講談社文庫

漆《しつ》花《か》ひとつ

澤田瞳子

講談社

目次

主要人物関係図

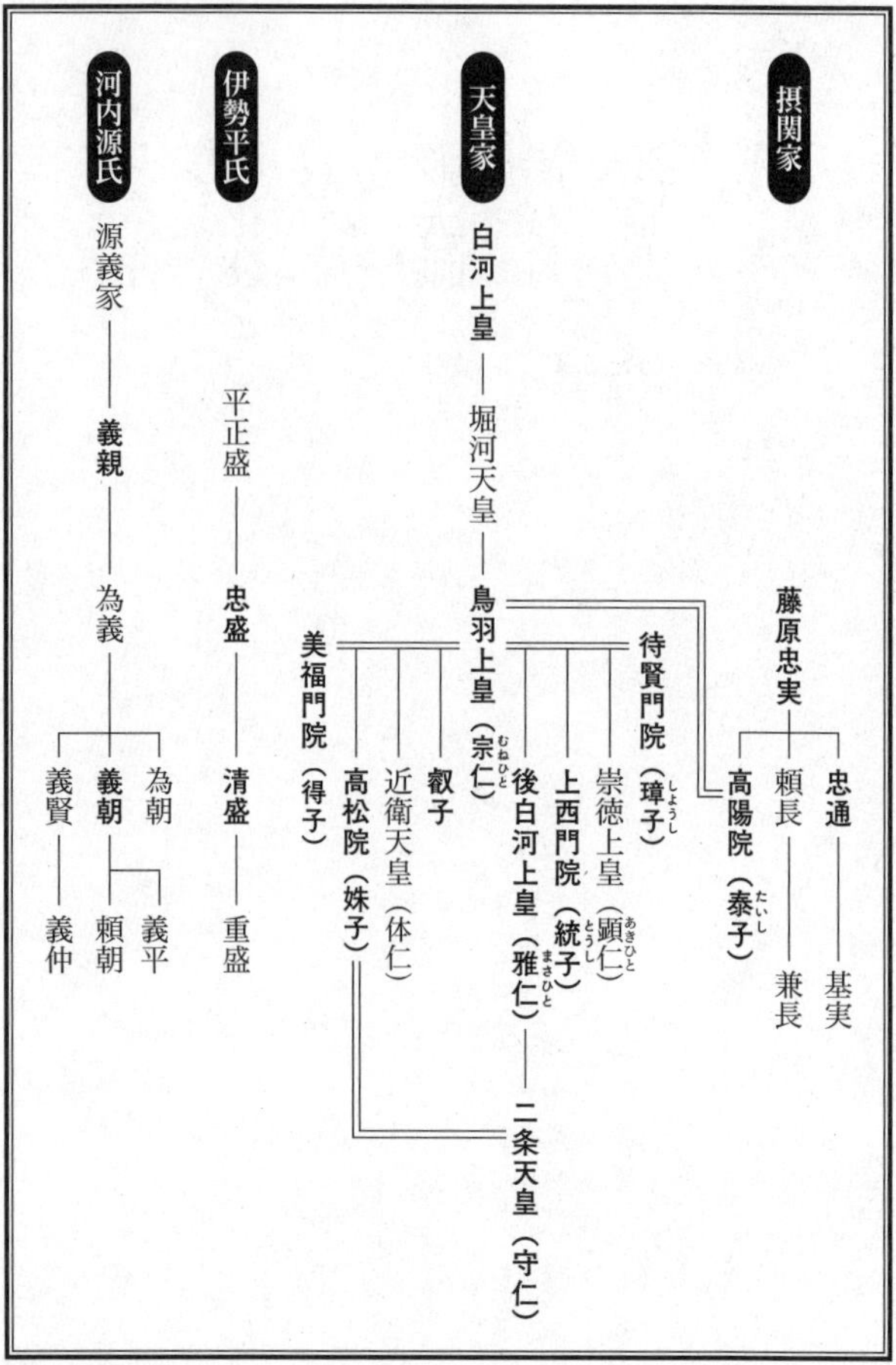

図版・瀬戸内デザイン

漆花ひとつ

漆花《しっか》ひとつ

薄絹を思わせる長い雲が、滔々《とうとう》たる賀茂《かも》の流れに淡い影を落としている。川面《かわも》のそこここには細かな波が立ち、しどけなく呆《ほう》けた岸辺の芒《すすき》とあいまって、まるで大河全体がぼうと霞《かすみ》に覆《おお》われているかのようであった。

「なあなあ、応舜《おうしゅん》。応舜さまあ」

鳥羽《とば》ノ宮《みや》の門前に腰を下ろし、膝上の紙に目の前の光景を写し取っていた応舜は、自らを呼び立てる声にびくっと身をすくめた。

「な、なんじゃ。今日のわしは非番ゆえ、決して勤めを怠けているわけではないぞ」

その狼狽《ろうばい》ぶりがあまりに面白かったのだろう。けけけという笑い声とともに、膝切《ひざきり》姿の童《わらべ》たちが四、五人、築地塀《ついじべい》の陰からわらわらと現れた。

「今日は、なにを描いておられるんじゃ」「なあなあ、見せておくれ」と口々に言い立てながら、あっという間に応舜を取り囲んだ。

「なんだ、お前らか。脅《おど》かすなよ」

応舜は文句を言いながら、反故紙《ほごがみ》の裏に描きつけた河辺の絵を、子供の一人に手渡した。そのついでに掌《てのひら》の汗を腰で拭ったのは、つい昨日、師僧の覚猷《かくゆう》から受けたばかりの叱責《しっせき》がそれなりに応《こた》えていればこそだ。

現在、権僧正《ごんのそうじょう》の職にある覚猷は、鳥羽ノ宮南殿の御堂《みどう》の別当《べっとう》。応舜のような下郎法師にすら心配りを欠かさぬ、優しい学僧である。

「おぬし、最近、御堂僧の勤めを疎《おろそ》かにしているそうじゃな。聞けば昼も夜も描き絵に明け暮れ、気もそぞろとか」

とはいえ、年が明ければ齢《よわい》七十九。絵を能《よ》くし、昨年亡くなった白河院《しらかわいん》（白河上皇）から鳥羽御堂の扉絵制作を命じられもしたことのある覚猷は、三十歳間近の下郎法師がどんな絵を描くものか、興味があったのだろう。ひとしきり小言を述べた後、応舜の前に紙と筆硯《ふですずり》を運ばせて鳥やら花やらを描かせた末、

「好きなことがあるのは、よい。ただし、勤めに障《さわ》らぬように励《はげ》めよ」

と使いかけの唐墨《からすみ》まで与えてくれたのであった。

実際のところ応舜の絵は、天下の名手と名高い覚猷のそれに比べれば、ただの手慰《てなぐさ》み。まともな師についたこともなく、ただ目に見えるものを紙に写すのが好きなだけ

の素人である。

それだけに初めて手にした唐墨が、応舜には踊り出したいほど嬉しかった。何を描こうかあれこれ頭を悩ませたものの、一晩明けてみると使うのが惜しくなり、結局今日もいつもの消し炭を手に、ふらふらと宮門脇にやってきたのであった。

「こりゃあ、なんじゃ。もやもやとして、よくわからんぞ」

「阿呆。あの川を描いておられるんじゃわい」

絵を覗《のぞ》きこんでしゃべり立てる彼らは、いずれも鳥羽ノ宮で働く下人の子供たち。どうやら応舜のことを自らの父母の同輩と考えているらしく、絵を描こうとすると決まって現れ、やかましい囀《さえず》り口を叩く。

都に至る鳥羽作道《とばのつくりみち》に面したこの一帯は、つい五十年ほど前までは、広い野面《のづら》のただなかにぽつりぽつりと公卿《くぎょう》の別邸が建つのどかな鄙《ひな》であったという。それが亡き白河院が、近臣から献上された別邸の改築を始めたのを皮切りに、近習《きんじゅ》公卿やそれに仕える下人・雑人《ぞうにん》の家々が次々と増え、あっという間に都もかくやの繁華な町に変貌《へんぼう》してしまった。

亡き院は鳥羽ノ宮を愛し、事あるごとにこの地に御幸《ごこう》を行ったし、その崩御《ほうぎょ》後は故院の孫である上皇・宗仁《むねひと》（鳥羽上皇）が新たな主として、頻繁な滞在を繰り返している。いわば都から離れたもう一つの都、帝《みかど》を退いた上皇たちの権力の象徴が、この華やかなりし離宮であった。

「おい、魚名《うおな》。今日はただ絵を見に来たんじゃねえだろ」

童たちの中でもひと回り身体《からだ》の大きな男児が、傍《かたわ》らの仲間をつつく。その途端、魚名と呼ばれた少年が、ああと声を上げ、応舜の前におずおずと歩み出た。

「あのな、応舜さま。わし、お願いがあるんじゃ」

「願いだと」

これまで描絵の邪魔こそされても、ことさらに話をもちかけられたことはない。驚く応舜に、魚名は思いつめた様子でこくりとうなずいた。

「応舜さまは絵がお得意じゃろ。だから都に奉公に行っているわしの姉さまの顔を、絵に描いてほしいんじゃ。この間から、うちのおっ母《か》さまが寝付いてしまい、一目姉さまに会いたいと泣き暮らしておってな。せめて姉さまの顔を描いた絵でもあれば、少しは元気が出ると思うんじゃ」

「なあ、頼むよ、応舜さま。おいらからもこの通りだ」

大将格の童が魚名の頭を押さえつけ、自らもぺこりと低頭した。

「こいつの姉さまが奉公に出た桶屋は、ひどい吝嗇《けち》でさ。おふくろさまが病だと知らせても、宿下がりを許してくれねえんだと」

姉の容貌は、自分たちが可能な限り言葉で教える。何だったら五条《ごじょう》大路の桶屋まで応舜を案内し、店で働く姉の姿を透《す》き見させてもいい、と童は熱心な口調で語った。

「この間、応舜さまはご門前に坐りこんでいた物売りの顔を、こっそり描き写していただろう。あんな感じでいいんだ」

突然の頼まれごとに、応舜はおろおろと目をさまよわせた。

確かにこれまで、鳥羽ノ宮出入りの商人や同輩の法師の姿を絵に写したことはある。しかしそれはあくまで余技に過ぎぬ上、乳飲み子の頃に園城寺《おんじょうじ》の大門前に捨てられ、寺僧たちによって育てられた応舜は、これまでまともに女人に接した経験がない。

人や獣《けもの》を描くには、その容貌だけではなく、体つきや骨組みまでを知らなければ、それらしい絵には仕上がらない。応舜が男をうまく描けるのは、水浴をする同輩や己の身体を常々身近にしていればこそだ。

無論、鳥羽御堂に勤める中で、宮で立ち働く女房や御幸に扈従《こじゅう》してきた掌侍《しょうじ》・典侍《てんじ》を遠望する機会はあった。しかしながら、錦や綾織《あやおり》の衣を幾重《いくえ》にも重ね、長い髪をひきずった姿を垣間見ただけで、病人を喜ばせる顔絵なぞ描けようか。

「お願いじゃ、応舜さま」

詰め寄る魚名の眼は、すでに涙に潤《うる》んでいる。母親の病はそれほど篤《あつ》いのかと思うと、身寄りのない応舜の胸は痛んだ。

「わ――わかった。ただ、少し日数《ひかず》をくれ」

都から離れた別宮の気安さで、鳥羽ノ宮では江口《えぐち》や神崎《かんざき》から招いた遊女を宴席に侍《はべ》らせる折も頻繁である。それだけに鳥羽御堂に仕える下郎法師の中にも、女体を知っている者は幾人もいた。

気弱な応舜はどうしても仏罰が恐ろしく、女犯《にょぼん》を果たす気にはなれない。だがせめて同輩から女体のあれこれを聞き取れば、少しはそれらしい絵になるのではと思われた。

「必ず描いてやる。だから、二、三日の間、待っていろ」

泣き出しそうな魚名をどうにかなだめ、応舜は一目散に御堂へ駆け戻った。

鳥羽ノ宮の敷地内には、院の御座所《ございしょ》である北殿を中心に南殿・東殿の三殿が配され、それぞれに寝殿・小寝殿《こしんでん》・対《たい》ノ屋《や》といった堂舎が付属している。正しくは証金剛院《しょうこんごういん》と呼ばれる鳥羽御堂は、このうち離宮内南西の殿舎・南殿に付随する白河院の持仏堂《じぶつどう》。宮の中にはこの他、北殿にも仏堂が備えられている他、亡き白河院を供養《くよう》する九体阿弥陀堂《たいあみだどう》の建造計画も進められていた。

それだけに宮のそこここには、作事の下見に訪れた工匠がたむろし、縄を巡らしたり、図面を覗きこんで声高《こわだか》に話し合ったりとやかましい。その間を縫って御堂に向かえば、折しも昼の勤行《ごんぎょう》が終わったのだろう。きらびやかな袈裟《けさ》をまとった覚猷が従僧を従え、丈六《じょうろく》の阿弥陀如来《にょらい》像を安置した本堂から僧房へと戻ろうとしていた。

それと同時に、庭に跪《ひざまず》いていた下郎法師たちがそれぞれの堂舎に引き上げてゆく。中でも目立って背の高い男に、応舜はそそくさと駆け寄った。

「なんだ、もう今日の絵は仕上がったのか。まだ交替の時刻までは間があるぞ」

精悍《せいかん》な顔で笑う法師の袖を両手で摑《つか》み、「恵栄《けいえい》、頼みがあるんだ」と声を低めた。

「ここではちょっと話しづらい。わたしの長室《ながむろ》まで来てくれないか」

真剣な表情の応舜に、恵栄は一瞬、怪訝《けげん》な表情になった。だが言われるままおとなしく応舜の自室までやって来ると、「いったいどうした」と板の間を軋《きし》ませて尻を降ろした。

恵栄は元は、園城寺の悪僧（僧兵）。経巻《きょうかん》よりも弓矢薙刀《なぎなた》の方が似合う武張った外見にふさわしく、酒も飲めば女も犯す破戒僧である。園城寺法輪院《ほうりんいん》に居住していた覚猷が、白河院の求めに応じて鳥羽御堂の別当となった際、その護衛として湖国《ここく》を離れ、そのまま御堂に住みついて下郎法師の束ねをしている。

打ち物一つ、自ら手にしたことのない応舜からすれば、いささか身のすくむ相役だが、今は泣き言も言っていられない。実は、と口早に童たちの頼みを打ち明けた。

「なんだ、そんなことか」

応舜の話をみなまで聞かず、恵栄は浅黒い顔をにやりと歪めた。

「それなら、簡単だ。ちょうど今、西国からやってきた傀儡《くぐつ》の一座が、特別なお許しを得て宮内に寝起きしておる。あいつらに頼み、一夜、添い臥《ぶ》しをしてもらえばいいだろう。秘め事はおおむね暗中で行うものだが、奴らは銭さえ積めば、どれほど灯を点《とも》しても文句を言うまい」

「ちょっと待ってくれ。わたしは別に女を買おうというのではない。ただ、女体についておぬしに教えてもらいたいだけだ」

あわてて言葉を遮《さえぎ》った応舜に、恵栄はぼりぼりと顎《あご》を掻《か》き、「面倒くさいのう」と吐き捨てた。

「おぬしとて、もはやいい年であろう。この末法《まっぽう》の世、四角四面に御法を守ったところで、ろくなことはないぞ」

かつて和泉《いずみ》国某寺におわした吉祥天女像《きっしょうてんにょ》は、天女の如き美女を欲した優婆塞《うばそく》の願いに応じ、自ら下天して彼と交わった。男の煩悩《ぼんのう》を鎮《しず》める女は、いわばこの世の生き仏。それゆえ江口・神崎の遊女とて、自らを普賢菩薩《ふげんぼさつ》の来臨と称しているではないか、とまくし立てる恵栄の口調には淀みがなかった。

「我らが住まうこの日本とて、伊弉諾《いざなぎ》・伊弉冉尊《いざなみのみこと》のまぐわいがあればこそ出来上がったのだ。ならば女犯が罪だと、いったい誰が言えるものか。どうだ」

雷鳴を思わせるだみ声と共にぐいと顔を突き出し、恵栄は「よし」と応舜の肩を叩いた。

「こうなればわたしの馴染《なじ》みの傀儡女を、おぬしに譲《ゆず》ってやろう。いささか変わり者だが、顔も気立ても悪うはない。おぬしの初めての女には、うってつけだ」

傀儡女とは川べりを船で移動して春をひさぐ遊女に対し、山野を巡って芸と色を同時に商う女たちを指す。人形や手妻《てづま》（手品）などを得意とする傀儡男とともに一座をなし、洛中洛外の公卿の邸宅に住みこんで、何月にもわたって主一家に芸を見せることもあった。

先月の上皇の御幸の際に呼ばれた傀儡の一座が宮内にそのまま留まっているのは、応舜も知っていた。賑やかな鼓《つづみ》や笛の音、きゃらきゃらという甲高《かんだか》い笑い声が風に乗って御堂まで聞こえてくる折も頻繁だ。

「今夕、勤行が終われば、そのまま南殿を抜けだそう。あいつらが寝起きしているのは、十年ほど前に取り壊された泉殿《いずみどの》跡地の小屋。庭の池づたいに回り込めば、すぐだ」

「ま、待て。わたしはそんなつもりは――」

抗弁する応舜に「まあ、任せろ」と言い放ち、恵栄はそのまま長室を出て行く。その背を呆然《ぼうぜん》と眺め、応舜は低い呻《うめ》き声を漏らした。

恵栄の言い分も、間違いではない。世が末法に入って、すでに八十年。長年、政《まつりごと》を動かしてきた公卿の勢力は衰え、朝堂では院の取り巻きである院司《いんのつかさ》や院殿上人《いんのてんじようびと》たちがそれに成り代わろうとしている。都にほど近い比叡山延暦寺《ひえいざんえんりやくじ》と三井《みい》園城寺は絶えることなき争いを繰り広げ、宮城《きゆうじよう》を武力で守る武士が我が物顔で都を闊歩《かつぽ》する変遷《へんせん》甚《はなは》だしき昨今、頑《かたく》なに戒律を守ろうとする自分はむしろ間抜けなのだろう。

しかたがない。こうなれば腹をくくり、傀儡女を描かせてもらおう。自分の志《こころざし》さえ堅固であれば、いかに美しい女を前にしても、煩悩の付け入る隙はないはずだ。

そう心に決めると、応舜は覚猷からもらった唐墨を半分ほど磨《す》り、墨汁を竹筒に納めた。ほうぼうの堂舎でもらい集めた反故紙から、とっておきの雲母《きら》刷りの料紙《りようし》を選《よ》り出して、懐の奥深くに納めた。

鳥羽御堂では、夕の勤行は日没から一刻近くをかけて修《しゅう》される。しかもこの日は、昨年七月七日に没した白河院の月命日にも当たるため、鳥羽ノ宮に詰める別当や判官《ほうがん》代《だい》までが列席し、読誦礼拝《どくじゅらいはい》を終えた覚猷が僧房に向かう頃には、上弦の半月が西空へ大きく傾いていた。

「よし、行くぞ」

恵栄にうながされるまま本堂を離れ、二人は宮内に広がる池の端《はた》へと向かった。

鳥羽ノ宮は敷地の中央に広がる池の見事さで知られ、ことに見渡す限り蓮《はす》の花が咲き、その間を龍頭鷁首《りゅうとうげきしゅ》の船が行き交う夏は、まこと極楽もかくやと思わせる美しさである。とはいえすでに初冬の夜更けとあって、微《かす》かな月明かりが揺れる池の面は漆《うるし》を流したように黒く、力なくすだく名残《なごり》の虫の声を物憂《ものう》くこだまさせている。まるで池というより、底のない沼が広がっているのではと疑うほどの陰鬱《いんうつ》さであった。

一方で池の対岸の殿舎には篝火《かがりび》が焚《た》かれ、物々しい胴丸《どうまる》に身を固めた武士が厳《いか》めしい顔であたりを睥睨《へいげい》している。天に向かって高く突き立てられた鉾《ほこ》の刃が、舞い散る火の粉を映じてぎらりと光った。

日中、仲間同士で軽口を叩き合いながら門番を務めている姿に比べると、その様は鬼か羅刹《らせつ》かと思われるほどに険しい。だが恵栄は慣れているのか、そんな彼らに怯《おび》え

る気配もなく、池の端を小走りに進んでゆく。ちらりと応舜を振り返り、

「なあに、気にするな。あいつら院北面《いんのほくめん》の武士だって、暇なときは傀儡女を呼んで、酒の相手をさせているんだ」

と、白い歯を光らせて嘲笑《あざわら》った。

「だいたいあいつらは白河院さまがお引き立てになるまでは、宮門の外に坐りこんで、公卿がたの御用を待っていた犬みたいな奴らだ。故院さまが北面として引き立てられ、御幸のお供や宮の警護を仰せ付けられたおかげで、あんな大きな顔をしていられるだけさ」

北面の武士はもともと、延暦寺・園城寺の悪僧の都への乱入を防ぐために雇い入れられた者たち。このため元悪僧の恵栄からすれば、同じ鳥羽ノ宮に仕える相役というより、憎き敵との念が強いのだろう。篝火に照らし出された彼らを睨《にら》み、けっと足元に痰《たん》を吐いた。

やがて水の匂いが遠ざかったかと思うと、行く手に小さな明かりが見えてきた。幅六間ほどの軒《のき》の低い小屋のただなかで、ちらちらと灯火が揺れているのだ。

恵栄は不意に足を速めた。両手を口元に当てて、おおい、と声を張り上げた。

「中君《なかぎみ》、いるかあ。お前に男にしてやってほしい奴を連れて来たぞ」

いったい何を、と応舜が狼狽する暇もあればこそ、小屋の板戸がからりと開く。屋内からの明かりを受けた長い影が、地面にすっと伸びた。

「なんだい、こんな遅くに。今宵《こよい》はもう店じまいだよ」

眠気を滲《にじ》ませたその声は、およそ歌舞音曲に携わる傀儡女とは思えぬほどしゃがれている。だが恵栄は相手の突《つ》っ慳貪《けんどん》な態度に怯《ひる》みもせずに近づき、「まだ宵の口だろう」とその手に銭と思しきものを握らせた。

「それにさっきも言った通り、今夜はわたしの用ではない。こいつに添うてやってほしいのだ」

灯火を背にしているせいで、応舜から中君の顔はほとんど見えない。ただそれでも値踏みする目がこちらに向けられたのが、気配で察せられた。

「ふん。初物は嫌だよ。しつっこいからさ」

「何を言うか。いつもは何交挑もうとも、嫌がらずに果たす癖に」

言いざま、恵栄が中君の腰を抱きよせようとする。その手をぴしゃりと叩き、「まあ、いいけどね」と中君は応舜を手招いた。

「今日は寒いから、温石《おんじゃく》代わりに男を抱くのも悪くないさ。――ほら、ぐずぐずするんじゃないよ」

立ちすくむ応舜の手を、中君がぐいと摑む。その掌の熱さに驚いたのと、中君の横顔が灯火に赤々と照らしだされたのは同時だった。

ちんまりとした鼻は少々上を向き、眇《すがめ》気味の目尻に濃い紅が差されている。決して美形とは見えぬが、むしろそれがかえって応舜の緊張をわずかに解いた。

「では、楽しんで来いよ。わたしも誰ぞに相手をしてもらうかな」

「今夜は、相模《さがみ》と雪《ゆき》ノ下《した》が空いているよ」

中君がそう言って、「ちょいと。誰でもいいから出ておいで。御堂の糞坊主がおいでだよ」と小屋の中に呼び立てる。はあい、と言って走り出てきた女と入れ替わりに、応舜を引きずるように小屋に踏み入った。

屋内は一面に蓆《むしろ》が敷かれ、古びた几帳《きちょう》がそこここに置かれている。ふわふわと動く帳《とばり》の向こうに白いものが重なりあって蠢《うごめ》き、くぐもった呻きがほうぼうから漏れていた。

「それ、こっちさ」

立ちすくむ応舜を空いた一角に誘い、中君は蓆の上にゆっくり腰を下ろした。ふふと笑いながら、己のぞろりと長い帯に手をかけるのを、応舜はあわてて押し止めた。

「待って下さい。わ、わたしはあなたを抱きに来たのではないのです」

「ふん、初めての男のうち半分ぐらいは、同じことを言うねえ」

まったく意に介さず帯を解きにかかる中君の手を、応舜は「本当なのです」と押さえた。

「わたしは女子《おなご》の絵を描かねばならず、それで女性《にょしょう》なるものを知りたいだけなのです。裸体をとは言いません。ただしばらくの間、あなたを描かせてください」

初めて間近にした女体のせいで、頭はかっと火照《ほて》っている。応舜は震える手で、懐から紙と筆を取り出した。几帳の横に据えられていた燭台《しょくだい》を、中君のかたわらにぐいと押しやった。

中君の肩は珠《たま》でも込められているのかと疑うほどに丸く、しなやかな腕といい削ったようにくびれた腰といい、何もかもが男とは異なる。とっておきの料紙を、惜しまずに持参してよかった。灯火を弾いて光る頬《ほお》なぞは、まさに雲母の輝きにふさわしい。

唐墨の黒々と艶やかな描線が、そのまま中君の背に流れる髪を捉える。芳しい墨の香が目の前の女の体臭と入り混じって応舜の鼻腔をくすぐるが、それでも握り締めた筆先は留まることなく紙の上を滑ってゆく。

中君はしばらくの間、必死の形相で筆を走らせる応舜を薄笑いとともに眺めていた。だがやがて、「ちょっと……ちょっと、あんた。待っててったら」と言い、白い素足を伸ばして応舜の膝をつついた。

「あんた、本当にあたしを眺めるだけのためにここに来たのかい」

「ええ、そうです」

絶え間なく聞こえてくる淫靡《いんび》な喘《あえ》ぎも、小屋に立ち込めた青臭いにおいも、いつしか応舜には気にならなくなっていた。目の前の女の姿はそれほど不可思議で、どれだけまろやかな線を描いても及ばぬ気すらし始めていた。

「ふうん、変わってるねえ」

中君は四つん這《ば》いで応舜に近付いてきた。小袖の裾が乱れるのもお構いなしに、ぐいと片膝を立てた。

「だったらさ。こんな薄暗い小屋じゃなく、お天道《てんと》さまの下で思う存分、眺めた方がいいんじゃないの」

「それは仰《おつしや》る通りですが」

咄嗟《とつさ》に頭をよぎったのは、その場合、銭はどうすればとの懸念だった。今夜の支払いはどうやら恵栄が持ってくれた様子だが、傀儡女を外に連れ出すとなると、長者（一座の長）にそれなりの銭を払わねばならぬのではないか。

不安が顔ににじんでいたのだろう。中君はくくと鳩《はと》を思わせる声で笑った。

「大丈夫。物代《ものしろ》は要らないからさ。その代わり、あたしの外歩きに付き合っとくれよ。せっかく都の近くまで来たんだ。少しまとまった銭が手に入ったので市で新しい釵子《さいし》（かんざしの一種）を見たいし、それに最近の都じゃあ二人の義親《よしちか》さまが我こそが悪対馬守《あくつしまのかみ》だと名乗りを上げ、ほうぼうで小競《こぜ》り合いを繰り返しているんだろ」

「よくご存じですね」

目をしばたたいた応舜に、「当然さ」と中君は唇を片頰に引いた。

「旅暮らしの傀儡ってのは、噂に通じているんだよ。それに悪対馬守さまが出雲《いずも》で討たれたのは、ちょうどあたしの生まれた年。一座がたまたま因幡《いなば》にいたとかで、年嵩《としかさ》の傀儡どもから悪対馬守さまの噂はさんざん聞かされて来たのさ」

だからもし叶うなら二人義親とやらも見物したい、と語る中君の目は、好奇にきらきらと輝いている。玻璃《はり》を砕いたに似たその光を、応舜は言葉もなく見つめた。

悪対馬守こと源《みなもと》義親は、東国武士の棟梁《とうりよう》・源義家《よしいえ》の嫡子。生来の暴れ者で、対馬守に任ぜられたものの、あまりの乱行を咎《とが》められて隠岐島《おきのしま》に配流《はいる》となり、結局、今から二十二年前白河院の命令を受けた平正盛《たいらのまさもり》によって討ち取られた人物である。

その際、院は寵臣《ちようしん》である正盛の討伐成功を非常に喜び、帰京の際には都大路《みやこおおじ》を華やかに練り歩かせたというが、昨年九月、殺害されたはずの義親を名乗る人物が、突如、京に現れたのである。

とはいえ白河院はすでに没し、平家の棟梁もとっくに正盛から息子の忠盛《ただもり》に代替わりしている。このため宗仁上皇はとりあえず義親と称するその男を前関白《さきのかんぱく》・藤原忠実《ふじわらのただざね》の屋敷に留め、所縁の人物に引き合わせて虚実を改めさせようとした。だがその数ヵ月後、今度は大津《おおつ》からやはり源義親を名乗る男が上京。忠実の邸宅・鴨院《かもいん》に暮らす先の義親と、どちらが本物の義親かを巡って、町中で小競り合いを繰り返すようになったのであった。

「噂によれば、鴨院の義親さまは老いたりとはいえ、白髪痩軀《はくはつそうく》の偉丈夫。大津の義親さまはでっぷりと肥えた蝦蟇《がまがえる》みたいなお人だってね。最近の諍《いさか》いはほとんど手下同士ばっかりで、大将みずからお出ましになることは稀《まれ》だろうけど、それでもお住まいあたりをうろうろしていれば、少しぐらいお顔が見物できるかもしれないじゃないか」

その口調は祭礼を見に行くかのように楽しげで、全く屈託がない。応舜はほっと肩の力を抜き、「わかりました。それなら、お供いたしましょう」とうなずいた。

僧と傀儡女の二人歩きは人目につくだろうが、裹頭《かとう》（頭巾《ずきん》）を借りて顔を隠せば、覚猷に迷惑がかかりはすまい。もし検非違使《けびいし》に見咎められれば、主の屋敷に留まっている傀儡女の供をしていると説明すればいい。なによりこの美しい身体を明るい陽射しの下で眺められるという事実が、応舜の胸を弾ませ始めていた。

「本当かい。じゃあ、明朝、御門前で待っているよ」

「あ、いえ。明日は御堂の番なのです。明後日にしていただけますか」

言いながら、応舜は持参したすべての紙に中君の姿を描き写した。だが、はるかに足りない。もっとたくさんの紙を持って来れば、思う存分、女を学び得たのに。

名残惜しさを堪《こら》えて立ち上がった応舜を、中君は小屋の外まで送って出た。

「じゃあ、明後日だね。楽しみだねえ。二人義親さまは、どんなお人なんだろう」

と言って、中君が嬉しげに目を細めたとき、「義親だと」という低い声が不意に背後から聞こえてきた。

ぎょっと頭を巡らせば、簡素な胴丸に身を固めた武士が、険しい顔でこちらを見つめている。郎党を従えず、自ら松明《たいまつ》を手にしたその姿は、どうやら宮内の見回りの最中らしい。

それが誰であるかに気付き、応舜はあわてて中君の腕を摑み、その場に跪いた。

「こ、これは、忠盛さま――」

だが相手からすれば、一介の下郎法師の顔なぞいちいち覚えてはいないのだろう。

中君と応舜を汚《けが》らわしげに一瞥《いちべつ》すると、そのまま不機嫌な足取りで踵《きびす》を返した。

その姿が木立の向こうに消えてから、中君が「なんだい。随分《ずいぶん》、権高《けんだか》な真似をなさるねえ」と唇を尖《とが》らせる。額に浮かんだ汗を拳で拭い、応舜はそんな中君をしっと小声で叱った。

平忠盛は、義親を誅伐《ちゅうばつ》した平正盛の嫡男。父亡き後は白河院の引き立てを得、わずか数年でまるで階《きざはし》を駆け上がる勢いで左馬権頭《さまごんのかみ》兼備前守《びぜんのかみ》にまで出世した人物である。

白河院亡き後は一時期、新たに院政を揮《ふる》うこととなった鳥羽院が彼をどう用いるのかとの取り沙汰《ざた》が世間を騒がせもした。

それというのも忠盛を寵愛した白河院は太上《だいじょう》天皇としての権勢を恣《ほしいまま》にし、院宣によって摂政《せっしょう》関白はもちろん天皇まで自在に操った稀代《きたい》の傑物《けつぶつ》。鴨院義親を養っている藤原忠実などはかつて、白河院の不興を買い、関白でありながら蟄居《ちっきょ》を申し付けられたし、帝は除目《じもく》の際には必ず院御所に使いを遣《や》り、その意をうかがうのが恒例となっていた。

そんな白河院に対し、孫である鳥羽院がかねて反発を抱いていたことは、都の者には周知の事実。それだけに白河院が没するや、故院が布告した法令を次々と廃止。藤原忠実を内覧として宮城に呼び戻し、新たな政《まつりごと》を始めんとした。そのためあまりに白河院に可愛がられた忠盛は、新院の元では立場を失うのではとしたり顔で語る者も世には多かったが、結局今年の始め、忠盛は鳥羽院によって正四位下《しょうしいのげ》の官位を与えられ、今はかつて同様、院北面として新院に仕えている。

義親が討たれた二十余年前、世上には勇猛果敢で知られた彼があっけなく殺害されたことを訝《いぶか》しむ噂があったという。だが白河院はそれらに知らぬ顔を決め込み、弱小の在京武士であった平氏を自らの子飼いに育て上げるべく、正盛を重用した。それだけに白河院の没後、それを待っていたかの如く二人の義親が現れた事実に、忠盛は父の功績が踏みにじられたようで、腸《はらわた》を煮えくり返らせているのだろう。白河院が蟄居に追いやったはずの前関白の屋敷に、鴨院義親が預けられているとなれば、なおさらである。義親見物の約束を交わす応舜たちに憎々《にくにく》し気な顔をしたのも、やむを得ぬ話であった。

一介の下郎法師に過ぎぬ応舜には、鳥羽ノ宮を取り巻く上《うえ》つ方《かた》たちの思惑なぞ、なんの関わりもない。ただ、あまりに見事すぎる落陽の後は、きまって鴉《からす》たちが常よりうるさく啼《な》き交わすものだ。

白河院の死から、すでに一年。新上皇に仕える人々は今、移り行く世をどう渡るのか、互いを横目で窺《うかが》い合っているのだろう。中君にせがまれたからとはいえ、過ぎ去りし世から蘇《よみがえ》ったような二人義親の見物を請け合ったことを、応舜は今更ながら後悔した。

とはいえ自室に戻り、今しがた描いたばかりの絵を広げれば、淡い星影に照らしだされた女の姿は己の筆とは思えぬほどに美しい。揺らめく灯火の下でもああだったのだから、眩《まばゆ》い冬陽の下で眺めれば、中君の姿はどれほど嫋《たお》やかであることか。

翌朝になってもあまりに心が弾み、「おい、なにをぼんやりしている。初めての女は、それほどによかったのか」という恵栄の揶揄《やゆ》すら、まともに耳に入らない。かろうじて一日の勤めを果たして床に入ると、応舜は日の出を待ちかねて鳥羽ノ宮を飛び出した。

「本当に来たんだ。嬉しいよ」

人待ち顔で門前にたたずんでいた中君は、地味な小袖に褶《うわも》を重ね、長い黒髪を襟元《えりもと》でくるくると巻き束ねている。わざと薄く拵《こしら》えた化粧が、抜けるように白い肌をかえって引き立たせていた。

弾む心を抑え、どういたしまして、と応じた応舜に笑いかけ、中君は先に立って往来を歩き始めた。夜半に雨が過ぎたせいで、鳥羽作道のところどころはぬかるみ、荷車を曳《ひ》く牛の腹が泥で斑《まだら》に染まっている。これから都で商いをするのだろう。様々な蔬菜《そさい》を背の籠《かご》に投げ入れた男たちが、わいわいと声高にしゃべりながら応舜たちを追い越して行った。

「聞いたか。昨日は六角西洞院《ろっかくにしのとういん》の辻で、二人義親さまの家従どもが取っ組み合ったそうだぞ」

「わしはその喧嘩《けんか》が治まったすぐ後に、界隈を通りがかったんじゃがなあ。あと半刻早ければ見物が出来たと思うと、残念でならん」

「なにせ鴨院は、室町押小路《むろまちおしこうじ》の西南角。大津義親さまご一行がお暮らしの陋屋《ろうおく》は、姉小路《こうじ》の大宮《おおみや》。たまたまとはいえ、同じ左京《さきょう》に住んでおるのじゃもの。そりゃあ、喧嘩もたび重なるわなあ」

彼らのやり取りに、中君が嬉しげに応舜を顧《かえり》みる。二人義親の屋敷を見て回り、ついでに小競り合いを見物しようと考えているのが、眼の色だけで知れた。

崩れかけた羅城門《らじょうもん》の基《き》壇《だん》を乗り越えて都に入ると、中君はまず東市《ひがしのいち》に向かった。

「御坊に、釵子を選んでもらうわけにはいかないよねえ」

と言って、応舜を市門の傍らに待たせるや、小狭《こざま》な店のひしめく市に駆け込んでゆく。四半刻ほどで戻って来たその髪の根には、銀の粒で丸い小さな花を表した釵子が挿されていた。今日の地味な身拵えにはいささか派手だが、一昨夜のように濃い化粧を施せばさぞ似合うに違いない。

「どう？　いいでしょ」

「え、ええ。よくお似合いです。それはいったい何の花を模《かたど》っているのですか」

「漆の花ですって。面白いわよね」

裹頭姿の応舜が恭《うやうや》しく中君を褒《ほ》めるのが、奇妙なのだろう。門の傍らで網を繕《つくろ》っていた老婆が、ぽかんと口を開けてこちらを眺めている。中君はそれを一瞥するやするりと身を翻《ひるがえ》し、「さあて、次は一人義親見物よ」と艶《あで》やかに笑った。

東市から真っ直ぐ通りを北上すれば、大津義親の住まいは目と鼻の先。だがこの辺りと見極めて向かった辻には黒山の人だかりが生じ、近づくこともままならない。

「はて、これは皆見物の衆でしょうか」

通りがかった老爺を捕まえて尋ねてみれば、大津義親の郎党は昨夜の喧嘩でみな怪我を負い、ねぐらの中でうんうん呻いているという。

「明け方近く、医師が薬籠を抱えて入って行ったが、それから一刻も経つのにまだ出て来ぬ。この分では、しばらく悶着《もんちゃく》は起きんじゃろう」

老人によれば、二人義親の小競り合いが始まったのは、大津義親の上京からひと月が経った頃。鴨院義親が自ら郎党を率いて、大津義親の住処《すみか》を襲ったのが、きっかけという。

「郎従合わせて三十人ほどが、昼日中にいきなり怒濤《どとう》の如く往来を押し寄せて参ってな。わしら近隣の者は、そろって腰を抜かしてしもうたわい」

だが、大津義親側も負けてはいない。手に手に武具を取って応戦を始め、遂には往来の真ん中での大乱闘となった。ただ不思議に両者の勢力は拮抗《きっこう》しているのかなかなか決着がつかず、約一月の間で行われた合戦は十四、五回を数えるだろう、と翁《おきな》は白い眉をひそめた。

「果ては特に合戦をしているわけでもないのに、奴らの家にああやって見物の衆まで押しかけるのじゃ。近くに住まう身からすれば、まったくやかましくてならんわい。二十年も経ってから戻って来た輩《やから》なぞ、どちらも偽者に決まっておろうになあ」

長々と愚痴《ぐち》が始まりそうな気配に、応舜と中君は目を見交わしてその場を離れた。

冬の空は今日もよく晴れているが、比叡の御山が近いせいか、吹きすさぶ風は鳥羽よりはるかに冷たい。寒そうに首をすくめる中君の項《うなじ》の白さが、応舜の眼を強く射た。

「どうなさいます。鳥羽ノ宮に引き上げますか」

「せっかく、ここまで来たんだよ。鴨院義親の様子も見物しようじゃない」

そう笑って中君は足を早めたが、廃屋に勝手に住みついている大津義親と異なり、鴨院義親が暮らすのは前関白の邸宅。さすがに見物は難しいのではとの応舜の懸念とは裏腹に、いざ訪《おとの》うてみれば往来には先ほど同様の人垣が生じ、門の内側にわずかに見える雑舎をわいわい騒ぎながら覗いている。

「もしかして、あれが鴨院義親さまの住まいかい」

止める暇もなく中君が人垣に駆け込み、手近な若者の肩を叩いた。

「ああ、そうさ。ついさっきまで、そこで数人の郎党どもが組み合って力競べをしていたんだけどな。今は全員、引っ込んじまったようだ」

「義親さまはその中においでだったのかい」

「いいや、それらしいお人はいなかったぞ。ここしばらくは、誰もお姿を見ていないらしい」

ふうん、とつまらなさげに中君が呟《つぶや》いたそのとき、室町小路の南で牛を追う童の声と甲高い警蹕《けいひつ》が交錯した。それを待っていたように、雑舎の向こうにそびえる対ノ屋から、家司《けいし》らしき水干《すいかん》姿の男たちがばらばらと駆け出して来た。

「ああ、こら。ここに集まってはならん。さっさと散れ」

「それ、道を空けろ。貴《とうと》きお方のお通りだぞ」

よく肥えた牛に曳かせて往来を近づいてくる牛車《ぎっしゃ》は、大八葉《だいはちよう》をそここに打ち出した網代車《あじろぐるま》。はて、見覚えがあるような、と首をひねった応舜の目の前で物見窓が開き、「これ、止めよ」との芯のある声が牛追い童を制した。

御簾《みす》がするすると上げられたかと思うと、見慣れた錦の袈裟に身を包んだ覚猷がひょいと顔をのぞかせた。

「なんとまあ、そこにいるのは応舜ではないか。こんなところで何をしておる」

権僧正さま、と後じさった応舜の目の隅に、中君が身を翻して野次馬たちの間に駆け入るのが映った。

衆僧の堕落《だらく》は周知の事実とはいえ、こんな昼日中に女と共にいるのを主に見られるのは気まずい。中君の配慮に内心礼を述べながら、応舜は車の傍らに膝をついた。

「は、はい。非番ゆえ町歩きに出たところ、何やら人だかりがしておるのに惹かれ、ついつい覗きこんでおりました」

「それはまた、物見高い話じゃな」

呆れた口調で、覚猷は苦笑した。先日の絵の件と併せ、応舜をよほどの変わり者と思い込んでいる様子であった。

「用が他にないのであれば、ついて参れ。今日は前関白《さきの》さまの先の北の方さまのご命日。わしは法会《ほうえ》のためにおうかがいしたのじゃ」

「か、かしこまりました。ではお供させていただきます」

主の命となれば、否やは言えない。大急ぎで裏頭を引き剝《は》ぎ、応舜は覚猷の牛車の後に従った。

塀の外からでは分からなかったが、邸内には濃い香の匂いが垂れ込め、車宿りに居並ぶ女房たちも揃って鈍色《にびいろ》の衣をまとっている。確か前関白の最初の妻は病弱で、所生の三人の子を揃って早逝《そうせい》させた末、自らも病で没したと聞いていた。もしかしたら鴨院義親の郎党が組み打ちの稽古《けいこ》を中止したのも、これから始まる法要を憚《はばか》ってかもしれない。

屋敷の東北に建つ仏堂には、すでに三十人あまりの男女が坐し、覚猷の着座を待っていた。もっとも先頭に坐る恰幅《かっぷく》のよい初老の男が、おそらく前関白の忠実。ならば彼の左右に連なるのはその血縁《けちえん》、背後に詰めかけているのは譜代《ふだい》の家司や女房衆だろう。

他の従僧に混じって覚猷の脇に座を占めながら、応舜はふと目を眇《すが》めた。誰もが喪を表す鈍色の衣をまとう中、古びた藍《あい》色の直衣《のうし》をまとった老人が、仏堂の隅に居心地悪そうに腰を下ろしているのに気づいたからであった。

藤原忠実は諸国に広大な領地を有していることで知られ、その豊かさから富家殿《ふけどの》の仇名《あだな》を持つ男。仮にもこの家に所縁の者であれば、亡き北の方の法要に鈍衣を与えられぬはずがない。

折しも始まった読経《どきょう》に必死に声を揃えながら、応舜は頬骨の目立つ老爺の面上にうかがう眼差しを向けた。

坐り嵩だけで推し量れば、背丈は六尺前後。やつれた顎を覆う髭《ひげ》と鬢《びん》の白さが、ひどく明るく輝いている。ただでさえ長い顔が高い頬骨でさらに間延びし、すでに六十に手が届きそうな齢と相まって、粗暴な印象は薄い。胸の中で広げた紙に想像で筆を走らせ、応舜はその容貌を脳裏に刻み込んだ。

法要が終われば、次いで覚猷の説法。その後、座を改めての斎《とき》となるが、さすがに覚猷以外の従僧はそこまでの同席は許されない。まだ十二、三歳の女童《めのわらべ》に別室に案内されると、応舜は心づくしの精進《しょうじん》の膳もそこそこに、厠所《かわやどころ》（便所）に行くと告げて立ち上がった。広縁の際にしゃがみ込むや、常に身から離さぬ消し炭と紙を取り出し、先ほど目にした男の顔を大急ぎで描きつけた。

法要が終わったためだろうか。耳を澄《す》ませば広い庭の果てから、男たちの喚声《かんせい》が微かに聞こえてくる。およそ美しい屋敷にはそぐわぬ荒々しい声を聞きながら、応舜は描き上げたばかりの絵を懐の奥に押し入れた。

あの老爺が鴨院義親である証左はない。しかし、あれほどに二人義親見物をせがんだ中君だ。それらしき人物の顔絵だけでも、きっと喜んでくれるに違いない。

男の顔容《がんよう》を容易に描けたことに気をよくして、応舜は彼の前に坐っていた女房の姿を脳裏に思い浮かべた。年の頃は三十前後。肥り肉《じし》に色白、目尻に黒子《ほくろ》があった、と考えながら、別の一枚に炭を走らせれば、それは自分でも意外なほど素速く動き、あっという間に眠たげな中年女の姿となった。

(描ける、描けるぞ——)

つい一昨日、魚名の頼みに震え上がったのがおよそ信じられない。半夜半日、中君と共にいただけで、これほど女性を描くことに怯まぬようになろうとは。

斎を済ませた覚猷に従って鴨院を出れば、十重《とえ》二十重《はたえ》の野次馬がいまだ屋敷を囲遶《いにょう》しているものの、そこに中君の姿はない。先に戻っているのだろうと考えた応舜は、鳥羽ノ宮に帰り着くや、手足を洗うのもそこそこに泉殿跡に向かった。

案の定、井戸端で他の女とともに洗濯をしていた中君が、応舜の姿にあっと叫んで立ち上がる。「さっきは悪かったよ」と言いながら、膝までたくし上げた小袖の裾を揺らして駆け寄って来た。

「あたしが一緒だと知られない方が、いいんじゃないかと思ってね」

「ええ。おかげさまで助かりました。——あの、これを」

差し出された二つ折りの紙を開き、中君は弾かれたように応舜を仰いだ。

「権僧正さまに従って参列することになった鴨院の法会の席で、一人だけ身拵えの違うお方がいらしたのです。もしかしたらそれが鴨院義親さまではないかと——」

言葉が中途半端にくぐもったのは、中君が歓声とともに応舜の首にしがみついたからだ。あまりに柔らかく熱い女の身体に、応舜は「な、なにをするんですか」ととっさに中君を突き放そうとした。

だが中君は放すどころか、かえって双の腕に力を込め、「ありがとうよ、お坊さま」と応舜の頰に頰をこすりつけた。

盥《たらい》で汚れ物を洗っていた傀儡女たちが顔を見合わせ、「鴨院義親だって」「まさか。そんなわけがあるものか」と囁き合うのが、視界の片隅にひっかかった。

「よかったら今夜も来ておくれ。この間の夜に出来なかったあれこれを、思う存分してあげるよ」

「そ、それはありがとうございます。ですが――」

そもそも自分が中君のもとに行ったのは、頼まれものの絵のため。女性を描く自信がついた今、一日でも早く求められた絵を描き上げてやりたい、と上ずった声で語った応舜に、中君は眼を細めた。

「なんだい。今夜こそ、あんたを男にしてあげようと思ったのに、あたしに恥をかかせるつもりかい」

咎める言葉の割に、その口ぶりは優しい。ころころと笑う中君に「申し訳ありません」と頭を下げ、応舜は踵を返して駆け出した。

風が出て来たのだろう。広い池の面が、中君の笑い声に呼応したかのように騒ぐ。鷺《さぎ》が一羽、どこからともなくふわりとそのただなかに舞い下り、応舜の背に小さな影を落とした。

その日のうちに、童たちから容貌を聞き取って描き上げた姉の似顔絵に、魚名は

「そっくりだよ」と声を弾ませた。

「きっと、おっ母さまも喜ぶよ。ありがとう、応舜さま」

絵を両手で抱きしめ、魚名は子犬のように駆けて行った。だがそれから五日後の夕

刻、御堂を訪ねてきた大将格の童が告げたのは、魚名の母が昨夜、応舜の描いた絵を握りしめてこと切れたとの知らせであった。

「そうか――」

「もともと、あいつのおふくろさんは病弱でよ。もう長くはねえと、皆が諦《あきら》めていたんだ。だから力を落とすなよ。な？」

どちらが大人か分からぬ口調で労《いた》わって、童は帰って行った。しかしながらそれを見送る応舜の胸に去来したのは、激しい悔恨であった。

あわてて習得した自分の絵は、死にゆく魚名の母親に本当に救いになったのだろうか。もし女性というものをもっと早くから学んでいれば、あの作よりもっと素晴らしい絵を与えられたのではないか。

とはいえ、こんな後悔を人に話しても、鼻先で笑われるだけだ。それでもたった一人、中君であれば少しは耳を傾けてくれる気がして、応舜は日暮れを待って泉殿跡に向かった。だがどういうわけか小屋の門口から呼んでも、中君の応えはない。代わって色の黒い女がのっそりと顔を出し、「中君なら留守だよ」とぶっきらぼうに告げた。

「つい今しがたさ。何やら嬉しそうに身拵えをして、そそくさと外に出て行ったよ。ありゃあ、都に向かったんじゃないかな」

「こんな時刻からですか」

今にも冷たいものが舞い始めそうな曇天《どんてん》を、応舜は仰いだ。

女の口調から推《お》すに、どうやら中君は仕事として出かけたのではなさそうだ。ただそれにしてもこの寒夜、女ひとりでいったい何の用があるのだ。

応舜はあわてて、指を折った。中君と都に出かけた日から、今日で五日。先の小競り合いで負傷した大津義親の郎党も、そろそろ快癒《かいゆ》している頃合いだ。

鳥羽ノ宮の出入りの商人には、都に店を構える者も多い。もしかしたら中君は彼らから二人義親がまたも戦を始めそうだと聞かされ、喜んで見物に行ったのではないか。

なんと危ない真似を、と舌打ちして、応舜は大急ぎで宮を飛び出した。それを待っていたかのように冷たいものがちらちらと空を舞い、あっという間に鳥羽作道を白く染め上げた。

並みの夜であれば、盗賊が跋扈《ばっこ》する夜の都大路なぞ恐ろしくて踏み入ろうと思わなかっただろう。だが雪のおかげでぼうと明るい往来は、まるでこの世のものならぬほど美しい。はるか彼方にそびえ立つ壮麗な大極殿《だいごくでん》までが、白い絹に覆われているかに映る。

いったいどこだ、と応舜が大宮大路を駆けながら忙しく目を配ったとき、地響きに似た轟音《ごうおん》が行く手で弾けた。それとともに松明の明かりが二つ三つ、降りしきる雪のただなかで揺れ、「やれッ」「やっちまえッ」という怒号が錯綜《さくそう》した。それも一人二人のものではない。何十人もの男が声を限りに、物騒な言葉を叫び続けている。

ただごとならぬ気配に足を急がせれば、四条大宮の辻に黒山の人だかりが生じ、うおおおッという喊声《かんせい》がその向こうから波の如く繰り返し響いてくる。風を切って飛び交う礫《つぶて》が人垣のただなかに落ち、悲鳴とともに数人が昏倒《こんとう》するのが遠目に望まれた。

（なんだ、これは）

そこここの小路から駆け出して来た人々が、呆然とする応舜を追い越して辻を取り巻く野次馬に加わる。応舜はあわてて彼らの後を追った。

押し合いへし合いする群衆の間をすり抜ければ、重なりあった無数の頭の向こうで、数十人の胴丸姿の男たちが取っ組み合っている。

これまで散々、打擲《ちょうちゃく》されたのだろう。唇から血を流して逃げようとする数名を、「追えッ、逃がすなッ」という怒声とともに、十人ほどが取り囲む。一斉に袋叩きにしようとするところに、棒切れを手にした肥えた初老の男が乱入し、手近な敵の横っ面を張り飛ばした。

鈍い音とともに敵が昏倒し、浜に揚げられた魚の如く四肢《しし》をびくびくと痙攣《けいれん》させる。雪にぬかるんだ地面に、みるみるうちにどす黒い液体が広がった。

「畜生《ちくしょう》ッ」

との絶叫が弾け、棒切れを持つ男の腰に、ひときわ大柄な一人が組み付いた。そのまま相手を引き倒し、その腕を背後にねじりあげようとした。

「なにをぶっ倒れているんだッ。そんな雑魚《ざこ》なんぞ、投げ飛ばしちまえッ」

「おお、そうだ、そうだ。それでも悪対馬守と呼ばれた義親さまなのかよッ」

人垣から矢継ぎ早の罵声《ばせい》が投げつけられる。すると初老の男はぎりぎりと奥歯を食いしばり、うおおおッと絶叫しながら、両脚で相手の下腹を蹴り上げた。たまりかねて昏倒した男を突き飛ばすや、傍らに落ちていた太刀《たち》を振り上げ、その首元向かって振り下ろした。

うわあッという絶叫が辻を揺らし、夜目にも赤い血飛沫《ちしぶき》が空へと向かって吹き上がる。応舜の頬にまで生温かいものが霧雨《きりさめ》の如く降りかかり、一帯に鉄錆《てつさび》の臭いが満ちた。

中君が見物を待ち焦がれていた二人義親が、いま往来の真ん中で戦っている。しかし忙しく四囲を見回しても、鴨院で見かけたあの老人の姿はない。どうやら鴨院義親側は郎党のみで、大津義親一党と戦っていると見える。

うおおおッという歓喜の声が、大津義親の郎党の間から沸き起こる。返り血を浴び、鬼の如き形相と化した大津義親は、それに力を得た様子で血濡れた太刀を再び振り上げた。

だが鴨院義親側の郎党も負けてはいない。「礫《つぶて》だ。礫を投げろッ」との叫びとともに、握り拳ほどもある礫がばらばらと大津義親の手勢に降り注いだ。

ぎゃあッという悲鳴を上げ、数人が顔を押さえてもんどり打つ。その中にあの大津義親もが含まれているのを素早く見極めた鴨院方の郎従が、「こ、殺せッ。偽の義親を殺せッ」と叫び、彼に走り寄った。力任せにその襟首を引っ摑み、自陣の方へと引きずり始めた。

「なにをする、放せッ」

仲間から引きはがされた大津義親が、両手両脚を振り回す。しかしながら濃い髭を茂らせた鴨院義親の郎党はその身体を突き放すや、素速く抜き放った太刀を大津義親の首に当てた。

「こ——殺すな。やめてくれッ」

凍り付いた目を四方に走らせ、大津義親は震え声を上げた。目の前の敵の無言に怯えた様子で、「わ、わしは義親公とやらではないのじゃッ」と更に大声で叫んだ。

「なんだと」

人垣の中から、どっと驚きの声が上がる。それを遮るかのように、「許してくれ」と大津義親は続けた。

「わしはただ人から頼まれて、義親公とやらの真似をしていただけじゃ。じゃが、偽者はおそらく、わし一人ではないぞ。きっと鴨院にいる義親とやらも、わしと同じ――」

「だ、黙れッ」

鴨院方の郎党が顔じゅうを口にして、太刀を力任せに振り下ろす。ぎゃあッという絶叫が大津義親の口を衝き、その肩口から吹き出した真っ赤な血が、血泥《ちどろ》に彩られた辻を更に鮮やかに染めた。

「黙れ、黙れ、黙れッ。うちの義親さまは偽者などではないッ。わが主の御名を騙《かた》っておきながら、更なる無礼を言うなッ」

髭面の郎党が怒りに眉を吊り上げたまま、二度、三度と太刀を振るう。次第に小さくなっていく大津義親の叫泣に、応舜は足元をよろめかせた。

酸《す》っぱいものが喉元にこみ上げ、額がずきずきと脈打っている。たまりかねて踵を返した応舜の場所を占めようとする野次馬たちが、なだれを打って人垣を揺らした。

中君は本当に、こんな血腥《ちなまぐさ》いもののために鳥羽ノ宮を出たのか。だが群衆の中にその姿を探そうにも、目は墨を流したように霞み、指一本、思うままに動かせない。ぬかるんだ地面に、応舜はがくりと膝をついた。

「お、おい。どうしたんだ、お坊さま」

頭上で素《す》っ頓狂《とんきょう》な声が弾け、温かい手が身体を引き起こそうとする。大丈夫だ、と応じようとした声は、なぜか言葉にならぬ呻きにしかならなかった。

「しっかりしろ。いったいどこの御坊なんだ」

「御坊にこんな乱闘は似合わんだろうに。また何で見物に来られたのやら」

夜鴉《よがらす》を思わせる大津義親の断末魔の呻きが、男たちのやりとりにまとわりつくように不思議に長く細く響き続けていた。


幾度も応舜の頰を張って正気づかせ、かろうじてその身分を聞き取ると、男たちはどこからともなく戸板を持ち出して、応舜を鳥羽ノ宮まで送ってくれた。

しかし、寒空の下、血腥い合戦を目の当たりにしたのが悪かったのだろう。翌日から応舜は額の濡れ手拭いが瞬時に干からびるほどの高熱を出し、十日、二十日を経ても床を離れられなくなった。

「いったい、何を考えて、二人義親なんぞを見物に行ったんだか」

恵栄は勤めの合間を見計らっては長室に顔を出し、応舜の枕上で首をひねった。重い瞼《まぶた》をかろうじて開けてその姿を仰ぎ、ああ、中君は恵栄には二人義親見物をせがんでいなかったのか、と応舜は唇だけでほほ笑んだ。

もしあの場に中君がいたなら、彼女はきっと戸板で担ぎ出される自分に気付いていたはずだ。ならばいずれ中君は恵栄に頼み込み、ここに見舞いに来てくれるのではないか。一向に下がらぬ熱に浮かされながら、応舜はそんな淡い期待を抱いたが、中君が鳥羽御堂を訪れる気配は皆目なかった。

所詮、中君は傀儡女。自分で銭も払えぬ下郎法師なぞ、本当は歯牙《しが》にもかけていなかったのか。哀しい諦めがじわじわと胸に沁《し》み通るのと引き換えに、やがて応舜の熱は次第に下がり、遂には稚児《ちご》が運んでくる粥《かゆ》を床に身を起こして食えるほどに回復した。

「おい、大変だぞ。応舜」

恵栄が顔を蒼《あお》ざめさせて長室に飛び込んできたのは、昏倒から丸ひと月を経た十一月十三日の早朝。開け放たれたままの戸口の向こうでは、あの日同様、白いものがしきりに舞い落ちていた。

「昨夜遅く、鴨院義親が殺されたらしい。それも郎従十三人もろとも四囲から矢を浴びせられた上、首を奪われての無惨な殺され方だそうだ」

「なんですと」

うつらうつらとまどろんでいた応舜は、思わずがばと床に起き直った。

「それはもしや、大津義親の残党の報復でしょうか」

あまりに惨《むご》い鴨院義親の死にざまに、唇がわななく。恵栄はそんな応舜に、「いいや」と首を横に振った。

「そんなわけはないだろう。先月、大津義親が殺された後、奴に従っていた郎党は全員、蜘蛛《くも》の子を散らすみたいに逃げ去ったと聞くぞ」

恵栄によれば、四条大宮の合戦で大津義親が偽者だと判明して以来、鴨院義親の手勢は勢い立ち、槍《やり》や薙刀を押し立てて、都大路を我が物顔で練り歩くようになっていたという。野次馬の中にはもちろん、大津義親の最後の言葉を耳にはさみ、もう一人の義親もまた偽者ではと考える者もいたが、鴨院義親にはそんな噂を気にする気配は微塵《みじん》もなかったという。

そんな彼らを賊が襲ったのは、昨夜の夜半。塀を乗り越え、裏門を内側から押し開いて乱入した騎兵二十騎、歩兵四、五十名前後が宿舎を取り囲み、屋内に雨あられと矢を射かけた末に、鴨院義親の首を奪って遁走《とんそう》したという。

「鴨院の雑舎は一面の血の海。それを聞きつけた京 雀《きょうすずめ》どもが屋敷を取り囲み、いま鴨院界隈は上を下への大騒ぎらしいぞ」

そうひと息にまくし立て、恵栄は「ああ、すまん」と声を低めた。応舜の顔から血の気が引き、床の上に置いた拳がぶるぶると震えているとようやく気付いたのである。

「病み上がりのおぬしに聞かせる話ではなかったな。許してくれ」

「いえ、それはいいのですが」

もし今日も体調がよければ、応舜はそろそろ勤めに復する算段をしていた。だがこんな話を聞いては、何事もなかったかのように主の前に進み出るのは難しい。

「その……もう一日、休みをいただいてもいいだろうか」

「あ、ああ。もちろんだ。好きなだけ休んでいろ。覚猷さまには、わたしからその旨を申し上げておこう」

居心地悪げに長室を出て行く恵栄を見送り、応舜は隙間だらけの天井を仰いだ。どういうわけだ、という独言が、おのずと唇をついた。

応舜が知る限り、鴨院義親はほとんど都の人々の前に顔をさらしていない。それなのに昨夜、雑舎を襲った寄せ手は、何故、義親の首だけを持ち帰ることが出来たのだろう。

棒切れのように痩《や》せた足を励まして、応舜は床を出た。このひと月、壁際に置かれたままだった衣を身に着けると、長室の外に誰もいないのを確かめて南殿を抜け出した。

すでに師走《しわす》も間近なだけに、池端の木々は裸木となり、鴛鴦《おしどり》がひと番《つがい》、北風に波立つ池の面で身を寄せ合っている。低く雲の垂れ込めた空から落ちる薄陽が、かえって冬の庭の寒々しさを際立たせていた。

冬枯れた草をかき分けて池を回り込み、応舜はその場に棒立ちになった。傀儡たちが暮らしていた泉殿跡の小屋はかき消え、代わって更地となった一帯で工匠たちが忙しげに縄張りを行っていたからだ。

恐る恐る近づけば、地表には煮炊きの痕跡が残り、井戸端に箍《たが》の緩んだ盥が放り出されている。狐に摘《つ》まれた気分で立ちつくした応舜に工人の一人が近づき、「なにか御用でございますか」と小腰を屈《かが》めた。

「確かここには、傀儡の一座が暮らしていたと思うのですが」

震え声の応舜に、工人は「ああ」と急に口調に嘲《あざけ》りを滲ませてうなずいた。

「奴らでしたら、昨日、宮を追い出されましたよ。ここには白河院さまを供養する九体阿弥陀堂が建つと決まりましたんでね」

「なんですと」

鳥羽ノ宮は広い。どれだけ豪壮な堂宇《どうう》でも建てられる場所は幾らでもあるのに、わざわざ傀儡の暮らすこの地が選ばれたのか。

「いったい……いったい、誰がそれを定められたのでございます」

「左馬権頭さまでございます。それ、院北面を仰せ付けられておられる平忠盛さまですよ」

その刹那《せつな》、四角い顔を不機嫌に強張らせた忠盛の面が、応舜の胸裏をよぎった。だが工人はそれに気付くよしもなく、「新御堂造営の任務は、新院おん自らがご下命なされたそうでございます」と自慢げに続けた。

九体阿弥陀堂は、白河院臨終の地である三条室町殿の西《にし》ノ対《たい》を移築・改築して拵える。造仏の任は法印円勢《えんせい》、法眼長円《ちょうえん》父子に命じ、いずれは東殿に建てられている三重塔の下に白河院の遺骨を安置する計画だ、という工匠の声は、しかしほとんど応舜の耳に届いていなかった。

しゃべり続ける工匠を、あの、と制し、応舜は唇を震わせた。

「ここにいた傀儡たちはそもそも、上皇さまの御幸後もそのまま宮での起き居を許されていたと聞きました。それはいったい、なぜ」

話を遮られたのが不満と見え、工匠はちっと舌打ちをした。

「ああ、それも平忠盛さまですよ。こちらには上つ方がお運びになられる折も多いだけに、ああいった輩をすぐ呼べる方がよかろうと仰せられまして」

「忠盛さまが――」

何かが胸の中で音を立ててつながったような気がした。

きらりと足元で何かが光り、爪先で土を掘り起こせば、見覚えのある銀作の釵子が土の中から顔を覗かせている。血相を変えてその場にしゃがみ込む応舜に、工匠はますます鼻白んだ顔になった。だがすぐに、作事の最中であることを思い出したのだろう。

「危のうございますから、これより先には入らないでくださいよ」

とそっけなく言い残して、踵を返した。

両手で慎重に掘り出せば、釵子はいつぞや中君が市で買い求めた漆花をあしらった品に間違いない。うっかり地面に落とした後に、小屋を崩し、土を均《なら》す中で土中に埋もれてしまったのに違いない。旅暮らしの傀儡一座だけに、主の機嫌一つで宿所を追われることには慣れていよう。さりながらこんな品まで落として行くとは、中君たちはよほど突然に追い立てを食らったのに違いない。しかもそれが鴨院義親殺害と同日とは。

「おい、そこで何をしている」

聞き覚えのある野太い誰何《すいか》に顧みれば、二人の郎党を伴った平忠盛が、井戸の傍らからこちらを睨みつけている。中君の釵子を懐に立ち上がった応舜に眉をひそめ、「おぬし――」と呟いた。

「申し訳ありません。知人の釵子が落ちておりましたもので、拾うておりました」

忠盛はぎょろりとした眼を見開き、瞬きもせずにこちらを凝視している。足を励ましてそんな彼に歩み寄り、「先ほど同輩に聞きましたが、昨夜、室町押小路の鴨院で源義親を名乗っておられた御仁が殺害されたそうでございますな」と応舜は続けた。

「ただ、拙僧にはどうにも不思議でなりませぬ。なぜその寄せ手は鴨院義親さまのお顔をご存じだったのでございましょう」

「――知らぬ。誰かよく知った者がいたのだろう」

腹の底に響く忠盛の応えに、膝ががくがくと笑う。それを懸命に堪えて、「実は拙僧は一度、鴨院義親さまらしきお方の顔絵を描いたことがありまして」と応舜は笑顔を繕った。腰から下は瘧《おこり》に罹《かか》ったかと思うほど震えているのに、声だけは自分でも不思議なほど平静であった。

「その絵はここに暮らしておった傀儡女に与えたのですが、いま来てみると一座ごとその女がおりません。忠盛さまはいったい彼らをどこに追いやられたのでございます」

「それも知らぬ。旅から旅の下賤どもの立ち退き先なぞ、逐一《ちくいち》知るはずがあるまい」

「嘘を吐かれますな」

なに、という怒号は、忠盛の左右に従う郎党のものだ。気色《けしき》ばんで腰の太刀に手をかけようとするのを、忠盛は「よせ」と軽く手を振って制した。

「面白いではないか。おぬし、わしがここな傀儡女の行方《ゆくえ》を知っていると申すのか」

「はい。さようでございます」

前回、応舜が忠盛と顔を合わせたのは、傀儡たちの小屋の前。てっきり夜回りの最中と思った忠盛はあの時、傀儡たちの元に通おうとしていたのではあるまいか。

そう、さように考えれば、すべて辻褄が合う。なぜ中君はああも二人義親見物に執心だったのか。応舜が描いてやった鴨院義親の顔絵に、あれほど喜んだのか。すべてはこの平忠盛が、二人義親騒動を苦々しく思えばこそでは。

なにせ忠盛は、亡き白河院の股肱《ここう》の臣下。しかも父の正盛は当の源義親討伐によって名を挙げた男だ。ややこしい政の仔細は、応舜にはよく分からない。しかしこの一年余り、新院が亡き白河院の権勢を引き継ぐ一方で、彼の治世に対する批判を目論《もくろ》んでいることだけはよく分かる。

大津義親が口走った通り、二人の義親は両人とも偽者であった。白河院や彼によって武家の棟梁と定められた平家の器量を計ろうと、鳥羽院が筋書を書いた嘘が彼らだったのだ。

鳥羽院はそれで忠盛が不快を露《あら》わにし、自分に背きでもすれば、すぐさま彼の北面の任を解き、宮城から遠ざけるつもりだったのだろう。

だが忠盛は世の趨勢《すうせい》を、敏感に見極めた。偽の義親騒動にも動揺することなく、新上皇への忠誠を誓った。だからこそ鳥羽院は引き続き忠盛の重用を決め、亡き院の菩提寺建造を彼に命じたのだ。

とはいえいくら院の前で知らぬ顔を繕っていたとしても、忠盛は心の底では、二十余年ぶりに現れた義親が何者か――さらに言えば、万に一つかもしれぬとはいえ、彼らが本物の義親ではないかと疑っていたのだろう。だからこそどうにかその正体を検めようと考え、世上の噂に通じた傀儡たちを使おうと思いついたのだ。上皇の御幸が終わってもなお彼らを宮に留めたのも、彼らであれば洛中洛外へも気ままに出入りし得るためだったのだ。ことになかなか外に顔を見せない鴨院義親については、その面相を教えた者には大枚の褒美を与えると告げていたのかもしれない。

（そして、中君どのに渡した絵が元で、鴨院義親どのが討たれたとすれば――）

背中を伝う冷たいものを懸命に堪える応舜を、忠盛は真っすぐに見下ろしている。だがやがてふっと小さな息をつくと、「御坊は何歳のときに、出家をしたのだ」と低く問うた。

出家ですか、と戸惑いながら、応舜は素早く胸の中で指を折った。

「――得度しましたのは、十二歳でございます。赤子の頃に園城寺のご門前に捨てられ、爾来《じらい》、衆僧の手で養われて育ちましたもので」

「そうか。わしは、十三歳のときじゃった」

と、忠盛は呟いた。

「もちろん出家ではないぞ。初めて人を殺《あや》めたのが、だ。父が出雲国で悪対馬守どのの一党を討ち、都に凱旋《がいせん》した折じゃ。都大路を引き回すために生きて連れ帰った残党どもを、見事斬ってみよと白河院さまより命じられてな」

十三歳じゃった、忠盛はどこか虚《うつ》ろな口調で繰り返した。

「我らもののふは上つ方にお仕えし、その意のままに動くのが勤め。少しでも御主の機嫌を損ねれば、それこそ義親どのの如く、いつ討ち果たされるか知れたものではない」

「鴨院義親さまを殺められたのは、やはりご下命によるものでございますか」

応えはない。ただその無言が何よりも、武家とはそういうものなのだとの忠盛の諦念を物語っていた。

忠盛の忠誠さえ推し量ることができれば、鳥羽院にとっても二人義親なぞむしろ邪魔なだけだ。たまたま手に入れた応舜の絵で鴨院義親の顔を知り、その首を内々挙げたとなれば、鳥羽院は迅速な働きに感じ入り、更に忠盛を重用するに違いない。

世は推移する。上つ方の朝恩だけを頼りに生きねばならぬ武士にとって、白河院から鳥羽院への代替わりはまさに薄氷を踏むが如き日々だったはずだ。

「武士とは──大変なお勤めなのでございますな」

自分たち僧は、ただ御仏にさえ仕えればよい。中君の如き傀儡は、そもそも仕えるべき主なぞ持たない。しかし忠盛は違う。宮城に仕える彼らは、犬と侮《あなど》られ、父の栄光を踏みにじる真似をされようとも、這いつくばって主に従わねばならない。応舜にはまったく考えもつかないが、それが武士という存在なのだろう。

応舜の詠嘆《えいたん》に、忠盛は軽く目を見開いた。だがすぐに自嘲《じちょう》に似た笑みを浮かべ、「御坊がかような御仁でよかった」と呟いた。

「さもなくば、わしは御坊の口封じをせねばならなんだかもしれん。如何《いか》に戦が生業であろうとも、わしとて要《い》らぬ殺生はしたくないでな」

行け、というように、忠盛は軽く手を振った。だがすぐに思い返した様子で「あぁ、待て」と声を張り上げた。

「ここにおった傀儡一座じゃがな。これから東に向かうと申しておった。昨夜は逢坂《おうさか》の関あたりに宿を取ったのではなかろうかな。相当な銭を取らせたゆえ、ゆるりと旅を続けても何の不安もないほど、懐は暖かいはずだ」

目を見張った応舜にもう一度、「要らぬ殺生はしとうはない」とつけ加え、忠盛は踵を返した。その背がひどく頼りなく、また悲しげに見えたのは果たして気のせいか。

宮城の守り手として都を闊歩し始めた武士を、人は犬だの成り上がり者だのと嘲る。しかし誰よりも己の境涯に戸惑っているのは、きっと他ならぬ彼ら自身なのだ。

よろめく足で宮門を出るや、応舜は一路、都へと向かった。六条大路で道を折れ、渋谷《しぶたに》越えから東国へと続く街道に至る。さりながらひと月もの間、床に臥し続けていたせいだろう。すでに賀茂川を東へ渡っただけで息は上がり、一足歩むごとに喉《のど》が笛に似た音を立てる。

昨夜の泊まりが逢坂山となれば、今夜の宿は篠原《しのはら》かそれとも清水《しみず》か。いずれにしてもよほど急がねば、一座に追いつくのは難しい。

記憶の中の中君の顔に、応舜はおずおずと夢想の筆を伸ばした。上を向いた鼻と、眇《すがめ》気味の眼。日陰の花を思わせる白い項と、長く艶《つや》やかな髪。

足がもつれ、悲鳴を上げる間もなく、地面が目の前に迫る。腕と顎をしたたかに打った痛みに顔をしかめながら、中君どの、と応舜は吐息だけで呼びかけた。

これから先、世がどのように変化するのか、それは誰にも分からない。畜生と侮られる武士が公卿に成り代わる日が来るかもしれないし、再び延喜天暦《えんぎてんりやく》の如き御世《みよ》が訪れるかもしれない。だが仮にこの先どんな日々になろうとも、決して自分は絵を止めはしない。初めて目にした女性の美しさを胸に、山川《さんせん》を花鳥を——幾人もの男女の姿を描くはずだ。

いつか、再び鳥羽を訪れた中君に己の絵を渡せる日が来るだろう。その時、中君はどんな風に笑うのだろう。いや、案外、思ったより下手だと呆れ顔をするのかもしれない。

とはいえ、それでもいい。激しく推移する世にあってこそ、自分は変わらぬ中君の美しさを思い続けるのだ。

懐に入れたままの銀の釵子を、片手で強く握りしめる。痛みのあまり涙のにじんだ目に、頭上の裸木が風に揺れているのが映る。

淡く霞んだ視界のただなかに、いつか必ず咲くであろう漆の花が見えた気がして、応舜は胸裏に浮かぶ中君の髪に、そっと銀の釵子を描き加えた。

白夢
はくむ

「おおい、阿夜《あや》さまァ。おいでございますか。かれこれ三日も勤めをお休みとは、いったいどうなさいました」

大路を行き交う牛車《ぎっしゃ》の音、甲高《かんだか》い物売りの呼び声をつんざいて、遠慮のない女の叫びが門口から響いて来る。典薬寮《てんやくりょう》の命を受けて遣わされた自負ゆえか、まだ少女のあどけなさを留めたその呼び声には、誇らしげな気配すら含まれていた。

女医師の大津《おおつの》阿夜はぼさぼさに乱れた髪をかきむしりながら、板の間からむくと起き直った。途端に視界に飛び込んできたのは、埃が隅に丸まったがらんとした部屋であり、これればかりは置き去られたと思しき縁の擦り切れた円座《わろうだ》であった。

せめて顔ぐらいは洗わねばと思っても、調度類がすべて持ち去られた家内には、耳盥《みみだらい》はおろか鏡すらない。家財道具もろとも夫に去られた阿夜の八つ当たりを恐れてか、たった一人の下女すら姿を見せぬのがまた、情けなくてならなかった。

まだ朝夕は冷え込む春先にもかかわらず、一昼夜も板間に臥して泣き喚《わめ》き続けただけに、喉は嗄《か》れ、頭は鉛を詰めたかのように重い。そうでなくとも辛い離縁の痛手が、四十歳になったばかりの身を十重二十重に打ちのめしていた。

「阿夜さまァ、聞こえているのでございましょう。典薬頭《てんやくのかみ》さまもひどく案じていらっしゃいます。どうかここをお開けください」

とうとう表戸を叩き始めたらしく、けたたましい音が頭に響く。

帝のおわす御所から離れているとはいえ、ここ塩小路《しおこうじ》室町小路《むろまちこうじ》は東《ひがしの》市《いち》にもほど近い繁華な辻。ほんの目と鼻の先の八条《はちじょう》東《ひがしの》洞院《とういん》には、近年、上皇・宗仁《むねひと》（鳥羽《とば》上皇）の寵愛著しい女性《にょしょう》が住んでいるとかで、先触れを立てたきらびやかな牛車の一行が日夜を問わず行き過ぎもする。

そんなところで騒ぎ立てられては、あっという間に近隣の――いや、下手をすれば都じゅうの噂にされかねない。

高背の中ほどまでしか伸ばしていない髪を、阿夜は無理やり袿《うちき》の中に突っ込んだ。高足駄を突っかけて庭へと下りると、「大声を上げるんじゃないよ、筑野《つくの》」と叫び返しざま、古びた表戸をほんの一尺ほど押し開けた。

「典薬頭さまには、咳がひどくて寝込んでいるとお伝えしておくれ。あと二日もすればよくなるだろうから、それまでお休みをいただきたい、とね」

「そんな見え透いた言い訳、通るわけないじゃないですか。日頃の阿夜さまのご壮健ぶりは、内裏でも有名なんですから。——ああ、それにしてもひどいお顔」

ため息交じりの応《いら》えとともに、ぐいと板戸が引かれる。あ、こら、と伸ばした手をかいくぐってするりと門の内側に入り込み、筑野は庭の向こうに建つ母屋《おもや》に目を向けた。

阿夜が勤めているのは、朝堂にまつわる医術を管轄する典薬寮。天皇・皇族の侍医を筆頭に多くの医師が所属し、生薬を産する薬園や滋養強壮《じようきようそう》に効のある牛の乳を取るための乳牛院まで置かれている中にあって、女医師の地位は低い。他の官医が最低でも従七位下、場合によっては昇殿を許される正四位下の官位を得ているのに比べ、阿夜の官位は下から数えた方が早い正八位下。当然、きらびやかな屋敷なぞ構えられる道理はなく、一旦門をくぐれば、形ばかりの庭の向こうに母屋が丸見えのおそまつさである。

「こりゃ、また——」

と呟いて、さすがの筑野が絶句する。まだ十五歳の女嬬《によじゆ》（下級女官）の横顔に走った哀れみの色に、阿夜は唇を噛み締めた。

夫の紀正経《きのまさつね》はこの家を出ていくに当たって入念に手配を整え、阿夜が宿直《とのい》の夜を見澄まして、庭に荷車を曳き入れたらしい。几帳《きちょう》や屏風《びょうぶ》はおろか、厨子棚《ずしだな》・唐櫃《からびつ》まで運び去られた屋敷は改めて眺めれば、身ぐるみ剝がれて捨てられた旅人の死体の如く、無残でよそよそしかった。

正経が最近、朱雀《すざく》とかいう平野《ひらの》社の巫女といい仲になっていることも、彼女の腹に子供が宿ったらしいことも、阿夜はとうに気づいていた。ただ、ついに子こそ産めなかったとはいえ、阿夜と正経はかれこれ二十年も連れ添った間柄。近年は正経もすっかり阿夜の家に居続けとなり、主たる藤原清隆《ふじわらのきよたか》の屋敷にもここから出仕していたほどだ。

それだけに今は外歩きが増えているとしても、いずれすぐ元の暮らしに戻るはず。朱雀との仲も落ち着き、もしかしたら彼女の産んだ子を阿夜に育てて欲しいと言い出すやもしれない。そんなことすら考えていた矢先のこの仕打ちである。

今ごろ、正経は若い妻の膨れ上がった腹を撫でながら、捨ててきた古妻の間抜け顔を共に笑っているのだろう。そう思うとまた腹の底から、怒りと悲しみがないまぜになってこみ上げて来た。

「まったく、だからあたしはかねて、あのお人を嫌な奴と思っていたんですよ。内蔵《くら》寮《りょう》の下働きとして典薬寮にお越しの際も、いっつも小狡《こずる》げな面をして」

どすんと足を踏み鳴らして、突如、筑野が毒づく。

少々太目の眉をきりきりと吊り上げるや、筑野は阿夜の腕を強く摑んだ。「あんな馬面野郎なんぞ忘れてしまいましょう」と怒鳴り、乱暴に舌打ちをした。

「だいたいあいつは自分の才覚で宮仕えをしているんじゃなくって、内蔵頭たる藤原清隆さまの家従っていうだけで、官人に取り立てられただけじゃないですか。それに比べれば、阿夜さまは内裏にたった一人しかいない女医師。ここは勤めに励んで、あんな小男を見返してやるんです」

「それはお前、いくら何でもちょっと言い過ぎじゃないかい。あれでもいいところもあるんだよ」

いくら捨てられた相手とはいえ、こんな小娘に悪口をまくしたてられる謂《いわ》れはない。だがつい正経をかばった阿夜に、筑野はますます頰に力を込めた。

「なにを言っているんですか。阿夜さまの背の君だから、これまで胸をさすって堪えていましたけどね。あたし、あの方にはこれまでに幾度となく物陰で手を握られたり、頰をすり寄せられたりしてきたんです」

なんだって、と呻いたものの、なにせ筑野は女嬬として女医師を目指すのがもったいないほどの若盛り。口は悪いし、肉づきの良すぎる顔は美人とは程遠いが、あの正経であれば勤めの間の息抜きとして、それぐらいの不埒を働いても不思議ではない気がした。

「あんな下種《げす》より仕事ですよ、仕事。実は典薬頭さまのところに、阿夜さまにお越しいただきたいという依頼が来ているんです。詳しくは頭さまが仰せになられるでしょうが、何でも皇后さまの診察だとか」

「皇后さまだって。はて、それはいまの帝のお母君のことかい。でも確か、あの方は今は上皇さまの女院でいらしたような——」

それとも阿夜が夫の夜離《よが》れに気もそぞろになっていた間に、上皇の元中宮・待賢門《たいけんもん》院藤原璋子《いんふじわらのしょうし》は皇后の座に昇っていたのだろうか。これまでの慣例から推し量れば、皇后とはあくまで天皇の正妃の意味であり、上皇の妃を新しく皇后に任じるわけがないのだが。

「ああ、もう。詳しいことは、典薬頭さまにうかがえばいいじゃないですか。こんなところで悩んでいても、ますます気が沈むだけですよ。さあ、行きましょう。早く、早く」

首をひねりかけた阿夜の腕を摑んで、筑野が無理やり歩き出す。

久方ぶりに外に出た眼に、切れ始めた雲の隙間から差し入る春の陽が、痛いほど眩しかった。

化粧も施さず、髪に櫛すら通さぬまま出仕した阿夜の姿が、よほど憔悴して見えたのだろう。筑野に背を小突かれて進み出た阿夜に、典薬頭はいささか狼狽しながら、

「内覧でいらっしゃる藤原忠実《ただざね》さまのご依頼でな。女医師を土御門東洞院《つちみかどひがしのとういん》のお屋敷に遣わして欲しいとの仰せなのだ」

と、告げた。三日間の無断欠勤を咎めるどころか、こちらの機嫌を取るような口調であった。

藤原忠実は先祖代々、朝堂の実権を掌握している摂関家《せっかん》の先代当主。一度は先の上皇・白河院に疎まれて隠居を命じられたものの、七年前、院が没するとともに朝堂に返り咲き、現在は関白たる長男・忠通《ただみち》ともども、まだ十八歳の若き帝・顕仁《あきひと》（崇徳《すとく》天皇）の政を支えている。

もっとも近年、政治の実権は天皇ではなく、その父や祖父たる上皇が執るのが慣例で、現在この国を動かしているのは、顕仁の実父である宗仁上皇。摂関家の人々もまた、そんな上皇と帝双方の顔色をうかがいつつ、国政に当たっているのであった。

「土御門東洞院のお屋敷には今、忠実さまのご息女にして上皇さまの皇后、藤原泰子《たいし》さまがお住まいでな。そのお方を診てほしいそうじゃ」

典薬頭の言葉に、阿夜は今度こそはっきりと首をひねった。

いまでこそ上皇として権勢を極めているが、治天の君としてこの国を四十年あまりも支配し続けた白河院が亡くなる日まで、宗仁上皇は祖父である彼に言いなりの日々が続いていた。白河院の養女であった藤原璋子を正妃に迎えたのも、その腹に生まれた長男・顕仁に早々に天皇の座を譲る羽目となったのも、すべては祖父の意志あればこそ。

その反動ゆえか、白河院の没後、上皇と藤原璋子との仲はすっかり冷え切っていると聞く。八条東洞院の女性のもとに足しげく通っているのもそれゆえのはずだが、そんな上皇がいつの間に皇后を迎えていたのだ。

「やっぱり、おぬしも知らぬか。いやな、わしもとんと忘れておったのじゃが、実は上皇さまは一昨年、泰子さまを妃に迎えておられるのじゃ。それもご自身が上皇でいらっしゃいながら皇后として召される、前例のないお沙汰でな」

「はあ。そこまでなさるとは、泰子さまはよっぽどの美女でいらっしゃるのですね」

なるほどと得心した阿夜に、典薬頭は苦笑とともに首を小さく横に振った。

「御顔《かんばせ》のほどはわからぬ。ただ、実は泰子さまは上皇さまに召された三年前には、すでに三十九歳におなりでな。つまりこのところのご不調は、女子特有のお年に伴うものらしい」

典薬頭によれば、藤原忠実が最初に泰子を入内させんとしたのは、今から二十年近くも昔。泰子は二十歳、天皇たる宗仁はまだ十二歳で、久方ぶりの摂関家息女の入内計画に、藤原家の人々は心の弾みを抑えきれなかったという。

だが当時、上皇として絶対的な権力を有していた白河院は、両者の婚姻によって年若い天皇と摂関家が強い絆を持つと危ぶんだのだろう。「上皇の許しを得ぬまま娘を入内させんとした僭越者」と忠実を叱責し、自らの養女・藤原璋子を強引に天皇の妃に据えたのである。

白河院の怒りはそれでもなお収まらず、結局、忠実はすべての官職を辞して、宇治《うじ》に蟄居《ちっきょ》。泰子はあたら女ざかりの日々をむなしく過ごすこととなった。

しかし白河院が没し、朝堂への帰参が許されるや否や、忠実はすぐに娘の入内工作を再開。長らく祖父に頭を押さえつけられていた上皇にとっても、摂関家との結びつきは得策だったと見え、こうして前代未聞の三十九歳の新妃が誕生したわけである。

「多くのお子こそ生《な》されているが、上皇さまと藤原璋子さまの御仲はもともとさして睦まじくはいらっしゃらぬ。それだけに上皇さまは泰子さまの入内によって、長年、ご自身のたった一人の后として好き放題をなさっていた璋子さまのお力を削げると考えられたのじゃろう。このところご寵愛が著しい八条東洞院の御方はただの諸大夫《しょだいぶ》(中流公卿)の娘じゃが、泰子さまは前《さきの》従一位関白太政大臣《だいじょうだいじん》の姫君。ならば、こういったお役目にはもってこいじゃでなあ」

細い顎をしきりにうなずかせながら、典薬頭が見て来たかの如く語る。だが阿夜からすれば、男たちの駆け引きなぞ、どうでもいい。気になるのは、自分よりも年上で初めて夫を持った姫君の存在であった。

摂関家息女の皇后冊立《さくりつ》は相当な盛儀だったはずだが、阿夜にはそんな賑やかな出来事の記憶がない。しかも当の上皇はこの三年ほど、ほぼ毎日八条東洞院に通っているのだから、皇后たる泰子のもとへのお渡りは皆無に近い道理だ。

上皇は今年、三十四歳。院として精力的にこの国を動かす彼からすれば、もはや子も望めぬ初老の女なぞ、枯れ木も同然。父の忠実とてそれをすべて承知で、娘を入内させたのに違いない。お飾り、という言葉が胸の底でことりと音を立て、阿夜は上目遣いに典薬頭を見つめた。

「あの……この勤め、他の御医師にお願いしていただけませんか」

女の身体は、四十歳前後でがらりと変わる。それまで兎の如く毎年子を産んでいた女ですら、四十の坂を越えた途端に孕《はら》まなくなるし、月のものはやがて間遠になって止まり、身体も急速に衰えていく。それは身分の貴賤を問わず、どんな女にも訪れる哀しい宿命だ。

夫に顧みられぬ皇后と、夫に捨てられた女医師。似た者同士が患者と医師として顔を合わせるなど、まったく滑稽でしかない。筑野は仕事でもって正経を見返せと言ったが、これでは夫に捨てられた傷を更に深くするだけだ。

しかし典薬頭は阿夜の言葉に肉の薄い頬を引き締め、「ならん」と短く言い放った。

「他の医師どもはみな、各々の職務に忙しい。おぬしとて、わがままを言える立場か」

それは、と阿夜は奥歯を食いしばった。

女医師の濫觴《らんしょう》はまだ都が南都にあった古《いにしえ》、身分の賤しい官婢が産や創腫《そうしゅ》（外科）、鍼灸の手伝いとして典薬寮に雇い入れられたことに遡る。現在では女孺として典薬寮で修業を積み、一定の学識があるとの許しを頭から得られれば、他の御医師同様の診察が許されるが、実のところわざわざ女医を用いる病人は内裏に皆無に近い。病や怪我であれば御医師の方が信が置け、産であれば腕利きの産婆が都に幾人もいるためだ。

阿夜は早世した父親が典薬寮の御医師であったことから、この勤めに飛び込んだ。ただ女医師に任ぜられた後の仕事といえば、典薬寮での調薬や書物の書写、ごくごく稀に産婆の介添えといった程度。女なぞ要らぬと言い立てる御医師も珍しくない中、本来ならこれは飛び上がって喜ぶべき依頼であった。

「つべこべ言わず、さっさと行け。皇后さまのお気に召していただけたなら、そのまま皇后宮職付きの女医師に役替えしても構わぬぞ」

とはいえ阿夜がそんな真似をしたなら、典薬寮はいい折だとばかり、二度と女医師を雇わなくなるだろう。まだ修業中の筑野も後宮の下役に勤め替えを強いられ、そのまま医薬の道を閉ざされるに違いない。

重い足を引きずって典薬頭の自室から退けば、医師の詰所はがらんと人気がない。当然だ。この時刻は御医師たちはみな、それぞれの患家に出かけているのだから。

そんな中で小臼の音が隣室から響いてくるのは、調薬を押し付けられた筑野が生薬《しょうやく》を挽いているため。いつ果てるとも知れぬ密やかな響きから逃げる思いで、阿夜は土御門東洞院の屋敷へと向かった。

かつて、天皇・上皇は全員内裏内に暮らし、街中の邸宅に起き居するのは、内裏が炎上した際などに限られていたと聞く。だが昨今の天皇たちはみな平安京内裏を離れ、それぞれの所縁の屋敷を御座所と定めており、現在の帝の内裏は二条東洞院。それに伴って后妃たちもまた、各人の実家や所有する邸宅に分かれて生活しており、官人からすれば面倒臭いことこの上ない。

前もって知らされていたのだろう。東洞院大路に面した四脚門を守るもののふに訪《おとな》いを告げると、胴丸に身を固めた初老の武士はそのまま、阿夜を豪壮な邸宅の奥へと導き入れた。

典薬寮の官衙《かんが》が丸ごと入りそうなほど広い池の畔《ほとり》には、白梅が今を盛りと乱れ咲いている。だが本来であれば感じる馥郁《ふくいく》たる香りはまったくわからず、代わりに鼻がひん曲がりそうなほど強い香の匂いが垂れ込めているのはどういうわけだ。

目の前に薄い煙が漂い、梅の花が淡く煙る。それと同時に、先を歩んでいたもののふが真っ赤な目をしばたたき、げほげほと小さく咳き込んだ。韘《ゆがけ》(弓を引く手を守る手袋)をつけた手で目をこすりながら、「いや、失礼」と阿夜に軽く頭を下げた。

「ご覧の通り、無骨者にはとんと立ち寄りがたいお庭でございましてな。ここから先はお一人で参って下され。いや、何。いささか薫物《たきもの》(香)がきついだけで、他には何もありませせぬ」

踵《きびす》を返す彼を追う如く風が吹き、薫物の香りが更に強くなる。対《たい》ノ屋《や》の庇《ひさし》ノ間から庭へと、香煙がまるで滝のように流れ落ちているさまに、阿夜はわが目を疑った。

貴顕《きけん》の人々にとって、香は暮らしに欠かせぬ道具。衣に薫きしめる薫衣香《くのえこう》、屋内に香りを漂わせる空薫物《そらだきもの》など、貴族は用途ごとに異なる薫物を調合し、その妙を競う。とはいえそれはあくまで座を同じくしたり、対ノ屋に踏み入って初めて気づく程度の香り。庭から香煙が見えるほど盛大に薫物を薫く屋敷なぞ、これまで聞いた例がない。

まだ浮草一つ見当たらぬ池の表に淡い煙が走り、強い薫香が顔を叩く。薫物の原料は主に、唐渡りの沈香《じんこう》や白檀《びゃくだん》、丁子《ちょうじ》や鬱金《うこん》など。いずれも指先ほどの欠片《かけら》ひとつが阿夜の一年の禄に匹敵し、服用すれば多くの人の命を救う薬になる貴重な品だ。

それをこうも惜しみなく薫く豪奢に呆れながら対ノ屋に近づけば、大きく上げられた蔀戸《しとみど》の下に一抱えもある巨大な火取《ひとり》(香を薫く銅製の器)が据えられている。その奥に立て回された几帳の向こうから、「足りぬ」という低い女の声が響いた。

「まだ薫物が足りぬ。先だって父君から、宇治にて合わせ搗《つ》いた(調合した)『梅花』が届いたであろう。あれを早く薫かせよ」

「ですが泰子さま、御身やわたくしどもはともかく、これ以上、香煙を増やしては姫君のお体にお障りが」

「さようでございます。この煙だけでも、すでにお辛いのではと拝察いたします」

庇ノ間に居並ぶ女房たちが、一斉に制止する。まるでそれに応じるように、几帳の内側で弱々しい赤子の泣き声が上がり、阿夜は足を我知らず速めた。そのままの勢いで対ノ屋の階《きざはし》の下に片膝をつき、「失礼いたしますッ」と叫んだ。

「皇后さまのご不調をうかがうべく参りました女医師、大津阿夜と申します。これほどに強い薫物は、御身の障り。まずは火を落としていただけばと存じますが、いかがでしょうか」

そうこうする間にも赤子の泣き声はますます高くなり、もはや阿夜の言葉をかき消すほどである。

女房たちが困惑の顔を見合わせた刹那《せつな》、「――いらぬ」との声とともに、何かで床を突いたと思しき高い音が鳴った。一瞬遅れて、白い布にくるまれたものが几帳の内側からぐいと外へ押し出された。

いや、ものではない。女房の一人があわてて取り上げたそれは、白い練り絹の夜着にくるまれた赤子である。ますます大きくなった泣き声が、眩暈《めまい》がするほどの薫物の香を激しく掻きまわした。

「薫物のすばらしさも解さぬ赤子なぞ、いらぬ。女医師もじゃ。さっさと帰れ」

几帳の裾が大きく揺れたのは、その向こうに座っていた人物が席を立ったためだろう。衣擦《きぬず》れの音が遠ざかり、女房たちが一斉に低頭する。それを尻目に、阿夜は無礼を承知で階を駆け上がった。

袿《うちき》を脱ぎ、鳳凰《ほうおう》が胴に線刻された火取に打ちかければ、しきりに立ち上っていた香煙が目に見えて薄らぐ。まだ辺りにわだかまる香を両手を大きく振って外へ追いやり、阿夜は「なんという真似を」と女房たちを振り返った。

「煙は多く吸うと、大人でも命を落とすことがあるのです。乳飲み子の前でこれほどの薫物を薫くなぞ、この御子を害するおつもりですか」

「そ、そういうわけでは。ただ泰子さまはあまりに、幼子の扱いに慣れておられぬのです」

赤子を抱いていた四十前後の女房が、唇を震わせて言い返す。まだ泣き続ける乳児をあやしながら、「わたくしどもとて――」と続けた。

「この姫君を養女になさると決まった時から、薫物は少しお控えくださいと申し上げてきたのです。ですが泰子さまはどれだけお諫めしてもお聞き入れくださらず、むしろ躍起になって次々と秘蔵の薫物を薫かせる有様で」

養女、と呟いた阿夜に、女房は泣きぼくろのある目でうなずいた。

「はい。昨年の末、上皇さまが八条東洞院にお住まいの御方にお産ませになった姫君です。お名を叡子《えいし》さまと仰います」

公卿や皇族が、親類の子女を養子に迎える例は珍しくない。泰子の場合はその無聊《ぶりよう》を慰めるとともに、皇后の地位を確たるものにするべく、姫君を引き取ったのだろう。

また後宮で出世をし、中宮・皇后といった称号を得るためには確固たる後ろ盾が要るが、残念ながら八条東洞院の女はただの中流公卿の娘。そのゆえ、この先、上皇の寵愛が薄れた際のことを思えば、かの女性にとっても皇后たる泰子との紐帯《ちゆうたい》は願ってもない話というわけだ。

ただそれにしても典薬頭は、この屋敷に赤子がいると承知していたはず。それを隠していたのは、児医師（小児科医師）の任まで押し付けられかねぬとなれば、阿夜が無理やりにでもこの職を辞すと考えたためだろう。

そうでなくとも、児医師は難しい。ましてやようやく目が開いたばかりの姫君なぞ、わずかな油断が命取りとなりかねない。その上、当の泰子が赤子に皆目気を払わぬと来ては、まさに火中の栗を拾うようなものである。

駄目だ。典薬頭に何と言われようが、やはり自分には荷が重い。

胸の中でそう呟いた途端、女房は突如、赤子を抱いたまま膝行し、阿夜の正面を塞いだ。

「お願いしますッ」

と叫んで、深々と頭を下げた。

「泰子さまはこの一年あまり、気鬱の病でいらっしゃるのです。聞けば世の中には、女子の気鬱を治し、血の道を整える薬があるとか。どうかそれを泰子さまに奉って下さい」

「そりゃまあ、薬そのものは確かにありますけどね」

唐国にて記された『黄帝内経素問《こうていだいけいそもん》』は、腎気盛んにて歯が生え変わる七歳から、容姿が衰えて子を産めなくなる四十九歳まで、女の身体は七年ごとに変化すると記している。肉体の衰えは留められぬが、気や血の滞りは投薬によって補い得るし、火照りや頭痛、眩暈といった症状もそれである程度は収まるはずだ。

だがあの凄まじい薫物を見る限り、泰子に必要なのは身体の治療ではなく、心の平安なのではあるまいか。だとすればそれはどれだけ阿夜が腕を尽くしても、与えられるものではない。

そんな思いにはお構いなしに、女房は片手の赤子を揺すりながら、阿夜を庇ノ間の隅へと引きずり込んだ。膝と膝が触れ合うほど近くに座を占め、「わたくし、泰子さまの乳兄弟の中将《ちゅうじょう》と申します」と名乗った。

「泰子さまのために女医師をお呼びくださいとお願いしたのは、わたくしです。上皇さまの御元に召されてから間もなく三年、その間に泰子さまのお心とお身体はどんどん弱っていく一方でいらっしゃるもので」

お飾りだけの皇后位、まったく通って来ぬ夫、日に日に老いて行く我が身。これほどに心沈む出来事ばかり重なれば、不調をきたさぬ方がどうかしている。はあ、と阿夜は相槌を打った。

「治療が難しければ、時折、お顔を覗かせてくださるだけでよろしいのです。なにせ泰子さまの元には来客も乏しく、たまに訪れる者は忌々しい御使ばかり。そんな中でお身体を案じて下さるお方がいるだけで、泰子さまは心強く思われましょう」

何やら不穏な気配に阿夜が眉をひそめた時、広縁にぱたぱたと軽い足音が立った。

「中将さま。また法金剛院《ほうこうごういん》御所の前《さきの》中宮さまより、到来ものが」という硬い声がそれに続いた。

「なんですって。またですか」

中将が赤子を阿夜に押し付けて、がばと立ち上がる。思わず赤子を受け取ってしまったことを悔やみながら、阿夜はわなわなと身を震わせる中将を仰ぎ見た。

「あの、前中宮さまとはもしや」

「上皇さまのお后にして帝の御母君、璋子さまでございますよ。まったく、泰子さまが上皇さまに召されてからというもの、なにかにつけて嫌味な贈り物を寄越されて。昨年の秋なぞは美々しい衵扇《あこめおうぎ》を三枚も贈って来られ、泰子さまのご悲嘆といったらもうありませんでした」

檜板《ひのきいた》を連ねて截箔《きりはく》や砂子《すなご》を散らし、草木や人物を描いた衵扇は、高貴な女性には欠かせぬ持ち物。それだけに贈答品として扇を贈る例は決して珍しくないが、それはあくまで円満な関係の者同士の場合だ。

かつて前漢の皇帝・成帝に仕えた宮女・班婕妤《はんしようよ》は、君寵を失った我が身を涼風が立って捨てられた秋の扇にたとえ、「怨歌行《えんかこう》」なる詩を作った。そうでなくとも本邦において、「秋」は「飽き」に通じる言葉。一人の男を間に挟んだ后同士、ましてや婚姻からこの方、まったく夫に顧みられぬ相手に贈る品としては、秋の扇はあまりに悪意に満ちている。それはひどい、と阿夜は呟いた。

「泰子さまが皇后に立たれた折も、璋子さまはこっそり内裏の女房たちを脅しつけ、儀式の場に出向かぬように言い渡したのです。おかげで当日は理髪役《かみあげ》の典侍《ないしのすけ》すらおらず、わたくしたちお側仕えが懸命に泰子さまをお支えせねばならぬ有様で――」

養父・白河院の権勢を背景に、長年、上皇のたった一人の后として後宮に君臨していた璋子からすれば、摂関を後ろ盾とする泰子はなるほど不快な存在だろう。しかし相手はもはや、子を生《な》せるはずもない中年女。ここは当今《とうぎん》の母という余裕を持って、年上の皇后に接するのが礼儀であろうに。

見れば、中将はすでに緋の袴を大きくさばいて、渡殿《わたどの》へと歩み出している。こんなところで赤子と二人置き去りにされては敵わぬと、阿夜は急いで彼女の後を追った。

この殿舎ではそここで香が薫かれていると見え、長い渡殿を曲がる都度、異なる香りが鼻を突く。頭が痛むほどの薫香の中で、よくもまあ女房たちは平気でいられるものだと思ったのと、庭先に片膝をついた男の姿が視界に飛び込んできたのはほぼ同時。

「待賢門院璋子さまより皇后さまに奉る品をお届けに参りました。何卒《なにとぞ》皇后さまにお取次ぎを」

と口上を述べる水干《すいかん》姿の男の声には、なぜか聞き覚えがある。蔀戸の陰に、阿夜は身を寄せた。

「それはご苦労。ただ、皇后さまはご気分が優れず、お出ましは叶いません。どうぞ日をお改めを」

広縁の端に仁王立ちになった中将の口調は、氷のように冷たい。それにまったく応えた気配もなく、「それはそれは」と薄笑いを浮かべる馬面に、阿夜は片手で己の口を押さえた。

(正経どの――)

見間違えではない。長い顎をしゃくるようにして中将を仰いでいるのは、三日前に出て行ったばかりの夫であった。

そういえば正経の主である藤原清隆は待賢門院璋子のお気に入りで、彼女の暮らす花園《はなぞの》・法金剛院御所の細々とした用事を弁じていると聞く。それだけに正経が璋子の使者に任ぜられるのは不思議ではないが、目につくのは小馬鹿にしたようなその笑いだ。

「ならばぜひ女房どのから、皇后さまにお取次ぎを。先だっての扇は皇后さまのお気に召さなかったとうかがい、璋子さまはひどく残念がられまして。薫物好きの皇后さまのためにと、宋より取り寄せさせた薫物でございます」

正経に目顔でうながされ、庭の隅に控えていた従僕が漆塗りの手筥《てばこ》を抱えて歩み出る。金銀の砂子が刷かれたそれを受け取って中将の足元に据え、正経はまたもや薄笑いを浮かべた。

「どうなさいました。まさかこの家の女房どのは、帝の御母上からの下されものに知らぬ顔を決め込む無礼はなさいますまい。さあ、どうぞお受け取りを」

幾ら泰子が皇后であろうとも、その立場は当今の母たる璋子には劣る。ましてや、上皇の寵愛が皆無となればなおさらだ。

正経はその事実を承知していればこそ、こうまであからさまな侮りを浮かべるのだろう。そしてそれはすなわち、彼を遣わした璋子の意図そのものである。

宿直明けの重い身体をひきずって帰宅したあの日、何もかもが持ち去られた部屋に呆然と立ちすくんだ己の姿が、阿夜の脳裏にありありと浮かんだ。庭に刻まれた荷車の深い轍《わだち》、たった一枚だけ残された古びた円座。軒先から降り注ぐ、忌々しいほど明るい朝陽。

女子は子を産めぬだけで、容色が衰えただけで、それほど人から侮られねばならぬのか。人は生きてさえいれば、必ずや年を取る。それはこの世に生きる者すべてがたどる道にもかかわらず、なぜ自分たちはこれほどの侮蔑を受けるのだ。

額まで怒りに青ずませながら、中将がその場にゆっくりと膝をつく。つややかに光る手筥をわななく手で捧げ持ち、「——確かに頂戴いたしました」と苦々しげに述べた。

「璋子さまに何卒、よろしくお伝えください。いずれ皇后さまもまた、この礼をなさいましょうほどに」

「いやいや、どうぞお気遣いなく。お受け取りくださり、それがしも安堵いたしました」

はははは、と人もなげな笑いを残して、正経が踵を返す。その姿が籬《まがき》の向こうに消えるや否や、阿夜は頽れるように手筥を置いた中将のかたわらに走り寄った。

「ちゅ、中将どのッ」

空いた片手で突きのけた手筥は、中身が入っていないのではと思われるほど軽い。阿夜はひどく冷たい中将の手を握りしめた。

「わ、わたし、泰子さまのお力になります。あんな奴らにわが物顔をさせて、なるものですかッ」

阿夜の突然の翻意に、え、と中将が眼を見開く。「泰子さまに健やかになっていただくのです」と畳みかけ、阿夜はまたもぐずりそうになった姫君をあわてて片手であやした。

噛みしめっぱなしの奥歯がきりきりと痛み、強い薫物の香に眩みかける脳裏を清明に覚ました。

中将と二人で開けてみれば、璋子から届いた手筥には大鋸屑《おがくず》がみっしりと詰められていた。何か割れ物でも納められているのでは、とかきわけても、鶏卵一つ入っていない。

諦めきれず、なおも筥の底をかきまわす阿夜に、中将は「やっぱり」と大きな溜息を洩らした。

「またも嫌がらせでございますよ。泰子さまが日夜、湯水の如く薫物を薫かせているとお知りになり、薫いても薫いても意味のないものをとの嘲罵《ちょうば》のおつもりでしょう。まあ、前回の秋の扇ほどには面白くありませんね」

とはいえ、璋子から到来品があった事実を、秘し続けるわけにはいかない。「お知らせついでに、もう一度、泰子さまにお引き合わせいたしましょう」と促されて向かった対ノ屋は、またも朦々《もうもう》と薫物が薫かれ、火取の熱で汗ばみそうな温かさであった。

中将が言葉を選んで報告したためか、几帳すら立て回さぬまま、脇息にもたれかかった泰子は、案外静かな面持ちで、「そうか」と首肯した。

「しかたがない。陸奥紙《みちのくがみ》でもいっぱいに詰めて、手筥をお返ししておやり」

無礼に無礼をもって返すのは品を欠くが、だからといって嫌がらせに丁重な礼をする必要もない。日常の書き物に用いる安価な陸奥紙を、との泰子の指示は、実にうってつけであった。

間近にすれば、ほっそりとした泰子の面差しは、実際の年よりも五つ、六つ若く見える。白に蘇芳《すおう》を重ねた袷《あわせ》の色目が、色白の頬に淡い光を投げかけていた。

「泰子さま、女医師どのでございます。本日より、お身体を診てくださいます」

「申したはずだぞ。医師なぞ要らぬ」

「そういうわけには参りません。夜のお眠りの浅さも朝の御鬱も、お薬湯なと召されれば少しは和らがれるかと。ひと月、いえ十日で構いません。どうか御医師どののお言葉に耳をお貸しください」

乳兄弟の勧めにはさすがに逆らえぬのか、それとも重ねて要らぬと告げるのが面倒になったのか。泰子がぷいと横を向く。かくして阿夜はこの日から皇后御所に通い、泰子に薬湯を奉ることになった。

阿夜が見る限り、泰子は特に病人ではない。ただ日々の鬱々が四肢に蟠《わだかま》り、四十二歳という年齢とともに、気血の流れを滞らせているだけだ。

そのため進上する薬湯は身体の冷えを取る陳皮《ちんぴ》や生姜《しょうが》、強壮に効のある当帰《とうき》を中心に調合したが、いざ、朝夕の食事とともに奉れば、泰子は「ぬるい」「苦い」「今日は何も口にしたくない」と取りつく島もなく言い放つ。薬湯の鋺にろくに手も触れず、無理に勧めようとすると膳部（食事）そのものすら拒みかねぬ頑なさである。

こうまで嫌がられてはしかたがない。ひと月あまり様子を見た末、阿夜は典薬頭に頼んで、典薬寮が管理する乳牛院から牛の乳を皇后御所に届けさせた。

牛の乳は加工すると蘇《そ》・酪《らく》といった薬になるが、ほんの一人のために手間をかけるのも大変である。小鍋で表面に膜が張るほどに温め、中将に用意させた蜂蜜と生姜のしぼり汁を混ぜて、床に就こうとする泰子の御帳台《みちょうだい》（寝台）へと運び込んだ。

「これならば、苦くもぬるくもないはずでございます。さあ、どうぞおあがりください」

瓶子《へいじ》から杯に注いで奉った白い乳に、泰子は気味悪げに顔をしかめた。一旦は手に取ったものの、すぐに傍らの小机に音を立てて置く。やっぱりだめか、と阿夜はかたわらの中将と目を見交わした。

牛の乳は蜂蜜とともに、滋養強壮の効がある。ただ生臭さを消すために生姜を入れ、口当たりをよくするべく蜂蜜を混ぜたところで、やはり獣の乳に尻込みするのは当然だ。

杯からこぼれた乳が指先につき、泰子は軽く手を振ってその雫を切った。だが不意にまだ濡れた指先を鼻先に運ぶと、軽く臭いを嗅いでから、恐る恐るそれを舐めた。

「——甘い」

中将が目を見開いて、腰を浮かせる。「さようですとも」と言いながら、阿夜はひと膝、御帳台ににじり寄った。

「牛の乳はもともと甘いものなのです。そこに宋国渡りの蜂蜜をたっぷり足しましたので、下手な菓子（果物）より口当たりはよろしいかと」

そそるような口ぶりに興味を惹かれたらしく、泰子がもう一度、杯を取り上げる。ほんの一口、その中身をすってから、ほうと小さく息をついた。

「牛の仔はこの乳を飲んで育つのか」

決して口に合わぬわけではなかった証拠に、泰子は杯を膝先に置いたまま、放そうとしない。並みの者であれば、生姜を入れたとて乳臭さが鼻に付くはずだが、強く室内に垂れ込めた薫物のせいで、鼻があまり利いていないらしい。あれほど忌々しく思っていた火取が、今日ばかりはひどくありがたく思われた。

「さようでございます。赤子が母の乳を飲んで育つのと同様、牛もまた母牛の乳で育ちます。人が飲む分には羊の乳や馬の乳も害にはならぬそうですが、やはり一頭からたくさん乳が取れるのは、身体の大きな牛に限るとか」

泰子は無言で杯の中身を舐めた。口の中で転がすように味わってから小さく喉を動かし、「人の乳もこんな味がするのか」と問うともなく口にした。

「さて、わたしは子を生したことがないため、人の乳の味は存じません。ただ牛の乳より更に甘いとは聞いておりますので、ただいまお飲みの牛乳に近いのかもしれません」

「そうか、こんな乳が。女子とは不思議なものなのだな」

何も知らぬ者が聞けば、自身も女である泰子の詠嘆は奇妙と聞こえただろう。だが阿夜はこの時、至高の御位にあるはずの泰子の哀しみに、強く胸を締め付けられた。

男にとって女子とは、美々しく華やかで、子を産めばこそ意義がある。言い換えればそのどちらをも失った年経た女は、この世においては女子でありながら女子でない。ならば誰からも必要とされず、その癖この世を去ることも出来ず、ふわふわと宙を漂う香煙の如き存在が、自分たちなのではあるまいか。

泰子の白い顔が、水をくぐったかのように潤む。どうした、と静かに問われ、阿夜はあわてて己の顔を袖口で拭った。

「い、いえ。何でもありません。香煙が目に滲《し》みただけでございます」

泰子を哀れんだわけでもなければ、我が身が情けなくなったのでもない。ただ、歳月の流れによって境涯の変わる女という生まれつきが、ひどく辛くてならなかった。

「そうか。――中将に聞いたのだが、御医師どのは下女だけを置いて、一人で暮らしているとか」

「はい、さようでございます」

そう答えてからつい、「夫がいた時もあったのです」と続けてしまったのは、誰かにこの屈託を聞いて欲しかったのだろう。ほう、という微かな泰子の相槌が、不思議なほど心強く聞こえた。

「藤原清隆さまの家従を務めていたのですが、平野社の年若い巫女といい仲になった末、そちらに子が出来たそうで。わたしが宿直の夜に出て行ったきり、顔も合わせておりません」

なるほど、とうなずいて、泰子はぐいと杯を干した。あわててにじりよった中将に新たな牛乳を注がせ、白い喉も露わにそれを飲み下す。

その膝先にまとわりつく香煙が灯火を受け、まるでさざ波のように揺らめいていた。

　この夜から泰子は毎晩、半勺ほどの牛乳を飲んでから床に臥すようになった。これで背の君が通って来るのであれば、そんな習慣も破られる夜があろうが、上皇は相変わらず八条東洞院の屋敷にばかり足を運び、泰子を訪うことはまったくない。

　八条の御方が藤原得子《とくし》という名であり、来夏にもまた新たな御子が産まれるとの噂が聞こえてきたのは、それから半年余りを経た頃。同時に得子が従三位《じゅさんみ》に叙せられ、八条東洞院から上皇御所・二条万里小路第《にじょうまでのこうじだい》に住まいを移したとの話に、中将を始めとする皇后御所の女房たちは複雑な表情を隠さなかった。

　女主である泰子が顧みられず、他の女が上皇の寵愛を受けているのは腹立たしい。だがその相手が長らく泰子に嫌がらせを働いてきた璋子ではなく、叡子の母たる得子である事実は、皇后御所の者たちからすれば少なからず胸の空《す》く出来事でもあるためだ。

　中将によれば、得子は竹を割ったが如く気さくな気性らしく、叡子が泰子の養女となると決まった折には、産後間もない身体を押して皇后御所を訪れ、丁寧に娘の先行きを頼んでいったという。その後も半年に一度ほどの割合で丁重な文を送って寄越し、今回の二条万里小路への屋移りに際しても、自らの筆でそれを泰子に知らせた。

「なにせ得子さまは権中納言でいらした父君をとうに亡くされ、後ろ盾の乏しいご身分ですもの。できれば泰子さまとは親しくしたいとお考えなのでしょうよ」

そう語る中将の顔には、身分の低い得子への嘲りと彼女が上皇の寵愛を占めている現実への苛立ち、更にその人が叡子の母である事実への屈託がないまぜになっていた。

極端なもので得子が上皇と一つ屋根の下に暮らし始めた途端、璋子の皇后御所への嫌がらせはぱたりと止んだ。真の敵はもはや老女と呼ぶべき年齢の泰子ではなく、まだ若く、上皇に深く愛されている得子であると気づいたためだろうが、そんな変わり身の早さもまた、得子の存在同様、喜ぶべきか哀しむべきか分からない。

年が改まり、得子の御産が一日一日と近づくと、皇后御所には静かな緊張が漂い始めた。泰子は相変わらず感情のうかがえぬ顔のまま、香煙に包まれて過ごしているが、それでもその胸裏が穏やかならざることは、「香が足りぬ。もっと薫物を」と女房たちを叱りつける声の繁さが如実に物語っていた。

だが夏の訪れとともに産まれた赤子は、幸か不幸か女児。得子の立場がこれ以上強くなるのは望ましくないが、さりとて璋子をのさばらせるのも嬉しくはない。女房たちは中途半端な笑みを交わし合い、皇后御所に漂う薫物の煙はほんの少しだけ薄くなった。

叡子はすでに三歳になり、あまり親しみを見せぬ養母の泰子より、日々の世話を焼く女房衆によく懐いている。その癖、阿夜を見かけるや駆け寄ってきて、「ねえ、牛の乳は。今日は甘い乳はないの」とねだる姿は、不思議に養母との好みの一致をうかがわせた。

「よろしいですか。確かに一度、飲ませて差し上げはしましたが、牛の乳は本来、養母《はは》上《うえ》さまのためのものなのです。姫君はこれから大きくお育ちになる身なのですから、今は朝夕の御膳をよく召しあがる方が大切です」

「つまらないの。姫も早く養母君ぐらいの御年になって、牛の乳が飲みたい」

「そんなことを仰るものではありません」

我知らず声を尖らせた阿夜に、叡子の顔に小さな怯えが走る。ぱっと身を翻して渡殿を駆けてゆく少女に、阿夜はしまったと歯嚙みした。

あのあどけない童女はまだ知らぬのだ。女が年を重ねることで、どれだけの苦汁を嘗《な》めねばならぬのかを。

毎晩の牛乳が効を奏しているのか、このところ泰子の顔色はよく、気血の滞りも以前よりは軽くなっているかに見受けられる。しかしだからといって、すでに重ねた年が取り払われるわけでもなければ、衰えた容貌が復するわけでもない。川の流れが常に高きから低きに下る如く、歳月とは決して異なる方向には向かわぬのだ。

上皇はこのところ、洛南・鳥羽の地での新たな御所造営に忙しく、公卿は争ってその修造を手伝っている。数年前、武士でありながら昇殿を許された平忠盛《たいらのただもり》が院の覚えめでたく鳥羽院別当に任ぜられただの、その嫡男・清盛《きよもり》が父の譲りを受けて肥後守《ひごのかみ》に任ぜられただのと世の中はかまびすしいが、皇后御所だけはそんな世上から取り残され、漂う香煙の中に殿舎をかすませている。

「いいなあ、阿夜さまは。あたくしも皇后御所で働かせてくださいよ」

女嬬の筑野は顔を合わせるたびにそう羨《うらや》むが、阿夜は知っている。あの御所は結局のところ、どこにも行けぬ女たちの吹きだまり。だからこそ、自分もまた薫物の香に満ちた殿宇にしか居場所がないのだ。

そんなある日のこと、筑野が皇后御所に阿夜を訪ねてきた。通された長廊の片隅で、周囲に人がおらぬことをしきりに確かめてから、「お知らせするべきかどうか迷ったのですけど」とぐいと顔を突き出した。

「例の馬面野郎が典薬寮に顔を見せ、阿夜さまはどうしているのかと尋ねて来ましたよ。皇后さまの御所に伺候しているとの噂を聞いたが、それは本当か、ですって」

それがいったい誰を指しているのか、聞き返すまでもない。唇を衝きかけた驚きの声を、阿夜は唇を引き結んで堪えた。

「何の御用ですかと聞いたんですけど、それには答えず帰って行きました。阿夜さまのここへの日参は知っているようですから、おっつけ直々にやってくるかもしれません」

あの春の朝からすでに三年が経つが、その間、正経は一度として阿夜に連絡を寄こさなかった。それだけに捨てられた腹立ちよりも先に、不審の念が胸をよぎる。しかしそんな思いを他所に、それから間もなく皇后宮にもたらされたのは、藤原得子がまたも上皇のお子を孕んだとの知らせであった。

二度の女児出産の後の妊娠とあって、上皇はすでに畿内の主だった社寺に勅使を遣わし、得子の安産と男児誕生を祈願させているという。上皇の近臣衆が政を放り出して賀茂《かも》社に参籠を続けているだの、上皇みずからが石清水《いわしみず》八幡宮に男子生誕を祈願する誓文を捧げただのという噂に、阿夜はなるほどこれかと膝を打った。

もし次回の産で男児が産まれたならば、藤原璋子の権勢はますます翳り、得子への寵愛は更に厚くなろう。そこで利に聡い正経は、沈みかけた船から逃げる船子よろしく、かつての妻の縁にすがって、得子と親しい泰子に近づこうと目論んだわけだ。

（まったく、よくもまあ）

阿夜が物陰から見ていたことを知らずとも、自分が泰子の御所でどんな態度を取ったか、まさか忘れ果てたわけではあるまいに。厚顔無恥にもほどがある、と呆れかえったその矢先、更に思いがけぬことが湧き起こった。

ながらく絶えていた待賢門院璋子からの使いが皇后御所を訪れ、手筥いっぱいに満たされた薫物を献じて帰って行ったのである。

なにせこれまでがこれまでだけに、使いを出迎えたのは中将一人。受け取った薫物を泰子の御目にかける前に薫いてみれば、蓮の香に似ていることから「荷葉《かよう》」と名付けられている名薫物に間違いない。

「どう思いますか、阿夜さま」

蓋を閉ざしたままでも薫香を放つ手筥を目で指し、中将が眉根を寄せる。阿夜は小さく頤《おとがい》を引いた。

「璋子さまはよほど、得子さまの男児出産が恐ろしくていらっしゃるのでしょう。実際、お側仕えの者たちの中にも、その日に備えて策を取り始めた者たちもいるようです。それゆえ今のうちに皇后さまとよしみを通じ、ご自身の味方につけたいとお考えなのでは」

「わたくしも同様に思うております。それにしても、まったくどの面下げてこんな真似を。泰子さまにお知らせ申し上げ、早々に突き返してしまいましょう」

現在帝位にある顕仁とその妃の間には、いまだ子がない。もしここで得子が男児を生したなら、上皇は得子愛しさのあまり、まだ赤子の彼に次なる帝位を譲らせんとするかもしれない。そうなれば天皇の母という栄誉はあっという間に得子のものとなり、璋子の権勢には影が兆す。璋子はそうなる前に、少しでも自らの立場を固めんと足掻《あが》いているのだ。

だが舌打ちをする中将とは裏腹に、泰子は届けられた薫物を一瞥するや、「いただいておき」と短く告げた。

「そんな。さような必要はありません。これまでどれほどの仕打ちを受けたのか、お忘れなのですか」

悲鳴に似た中将の声を無視して、泰子は「筆硯と紙を」と命じた。

「礼の文を書く。適当な礼物を見繕って、ともに法金剛院御所に届けておくれ」

「泰子さま」

中将が泣きそうな顔で、主に向かってにじり寄る。阿夜はあわててその袖を強く引いた。

「中将どの、泰子さまのお好きにさせて差し上げなさいませ」

「ですが――」

泰子は優しいのだ。阿夜はそう思った。

長らく上皇に見捨てられてきた身だからこそ、泰子にはいまの璋子の悲哀がよく分かる。それゆえ若き得子に寵愛を奪われつつある璋子に、そ知らぬ顔ができぬのだ。

そんな皇后を痛ましくも誇らしく思いながら、阿夜はおもむろに墨を磨り始めた泰子にじっと目を据えた。

――得子が男児を産んだのは、それから三月後の宵。万歳の声が沸き起こった御所の中にあって上皇の喜びはひとかたならず、まだ血の臭いがわだかまる産室に駆け込んで、みずから得子をねぎらったと伝えられた。

だがそれ以上に阿夜が驚いたのは、産まれたばかりの皇子の乳母に待賢門院別当・藤原清隆の妻が召し抱えられた事実であった。

なにせ藤原清隆といえば、ほんの数日前まで、璋子の御所に日参していた男。それが皇子誕生の知らせを受けるや、妻ともども得子のもとに馳せ参じたとの噂には、さすがの皇后御所の女房たちも呆れ顔を隠さなかった。

「なんと、変わり身の早いこと」

「聞けば清隆どのはかつては璋子さまとのご縁を深めんと目論み、法金剛院御所の女房を妾《めかけ》にしていらしたそうよ。その女房をさっさと離縁し、得子さまに尻尾を振り始めたというから、とんだ忠義者だこと」

主たる清隆が見事、得子への鞍替えを果したのに従い、正経もまた何らかの縁故を摑んだのだろう。結局、別れた夫からの便りはない。

その事実に阿夜は安堵とも落胆ともつかぬ感慨を抱いたが、極端なもので得子が男児を産むや否や、皇后御所には得子への口利きを求める者が押し寄せ始めた。広い屋敷はこれまでの静謐が嘘の如き喧騒に押し包まれ、阿夜もまた中将たちを手伝い、来客の対応に追われる羽目となった。

そんな中で泰子だけは以前と同じ暮らしを崩さず、日夜、膨大な薫物を薫かせて、客人たちを驚かせている。唯一これまでと違うのは、十日に一度ほどの割合で璋子から文が届き、自ら筆を取って、それに返事をしたためていることだけだ。

中将によれば、璋子からの文はおおむね、これまでの無礼を詫びるとともに、上皇のつれなさを嘆く内容という。養父である白河院を失ってからの心もとなさ、帝でありながら父上皇に逆らえぬ息子の境涯への哀しみなども綴られていた、と中将は語った。

「泰子さまがそれにどんな応えをしていらっしゃるのかまでは分かりません。ですがおそらくは璋子さまをお慰めし、その悲しみに寄り添って差し上げているのでしょうねえ」

そんな親切なぞ焼かずとも、と言いたげに中将はため息をつくのに、阿夜は胸の中で苦笑した。

この年まで独り身で来た中将よりも、夫に去られた自分の方が、泰子の気持ちはよく分かる。きっと阿夜が泰子に身分の隔てを越えた親近感を抱いているのと同様、泰子もまた、上皇に顧みられなくなった璋子に知らぬ顔が出来ぬのだ。自分だけが泰子の内奥を熟知しているとの自負が、阿夜は内心、誇らしかった。

とはいえ璋子が我を折り、宿敵であったはずの泰子に愚痴を漏らすのも当然と思われるほど、産まれた皇子に対する上皇の偏愛はすさまじかった。

皇子は誕生の翌月、当今・顕仁とその中宮の養子になると定められ、上皇に抱かれて内裏に参入。更にその二月後には皇太子に定められ、得子もまた東宮の生母という理由から女御に任ぜられた。

上皇は当今以外にも、璋子の腹に多くの皇子を産ませている。それゆえ、すでに成人した彼らを飛び越え、産まれたばかりの赤子を帝位に即けることは難しい。かような障害を取り払うべく、皇子を当今の養子に据えた上、養父の跡取りだからという理由で皇太子に立てる策は強引で、だからこそ誰も異を唱えようがなかった。

皇太子の母となった以上、もはや誰の目を憚る必要もないのだろう。得子は上皇に従って、石清水や賀茂社、さらには熊野詣を繰り返し、時には叡子がそこに伴われる折もあった。だが泰子はどれだけ姫宮や得子から誘われても彼らに同行はせず、相変わらずの香煙の中、ただ黙々と璋子との文のやり取りを続けた。

誰もがそう遠くはないと感じていた皇太子への譲位が行われたのは、それから二年後。とはいえ、読み書きすらできぬ三歳の童に政が分かる道理がなく、国政は今後とも引き続き、実父たる上皇が執ることとなる。一方で、二人目の上皇となる顕仁は実権なき帝であったこれまで同様、権力なき若き新院にならざるをえず、新帝と新院、それぞれの母である得子と璋子の明暗は一層著しくなった。

「上皇さまがわが子である新院をこれほどになおざりにされるのには、どうやら理由があるらしいぞ」

「おお、わしも聞いたぞ。なんでも璋子さまはかつて、養父でいらした白河院さまとわりない仲でいらしたとか。実は新院さまは上皇さまではなく白河院さまのお胤《たね》でいらっしゃり、それがゆえに上皇さまは璋子さまともどもご子息たる新院さまを嫌っておられるとか」

新帝の即位とともに、野火の如く都に広まったこの噂がまことかどうか、阿夜には確かめようはない。ただ本当にそうだとすれば、新院が産まれた直後から似た噂が立ったであろうが、少なくとも阿夜の近辺に白河院と璋子の不義を口にした者はいない。

いずれにしても御位譲りの直後から、法金剛院御所の璋子から届く文はますます頻繁となり、泰子は御帳台の中に入ってもなお、筆硯を引き寄せてその返事をしたためるようになった。

国母となった得子のもとには、祝いの品を届けんとする人々が押し寄せ、邸内に収まりきらぬ牛車が長く大路に列を作ったという。まだ幼い帝が母后を恋しがるため、しかたなく昼御座《ひるのおまし》の背後に得子が伺候して朝儀を見守っただの、得子の胎にはすでに四人目となる本院のお子が宿っているだのといった噂だけが、またも来客の増えた阿夜たちの上を流れ過ぎて行った。

「やりましたねえ、阿夜さま。典薬寮の御医師たちはみな、歯噛みして阿夜さまをうらやましがっていますよ。あの女医師がまさか帝の姉君の侍医になるなんて、てね」

筑野がそう笑いながら阿夜を訪ねてきたのは、新帝の即位から間もない十二月の末。すでに年の瀬も押し迫っているとあって、庭に群れ咲く小菊を短い冬の日がうららかに温めている夕刻であった。

気の早い鴉が啼き始めたとともに、来客の人波は幾分引いた。他の女房衆に後を任せて筑野と庭を歩きながら、「帝位がどうなろうと、わたしはあくまで泰子さまの御医師さ」と阿夜は苦笑した。

「叡子さまはご壮健でいらっしゃるし、わたしが御薬を差し上げることはほとんどないよ」

そうなんですか、と言いながらも、筑野の頰は堅い。すでに二十歳になった女孀の横顔に、阿夜は小さくため息をついた。

「この間、典薬頭さまから聞いたけど、お前、まだ御医師の許しを得られていないんだってね。何ならこのあたりで一度、お役替えを願い出てみてはどうだい。なにも女医師にこだわらなくても、後宮には様々な仕事があるんだからさ」

阿夜が長年の下積みの末、女医師になったのは、二十五歳の時だった。その果てに待っていたのが御医師たちの侮りや夫の裏切りだった事実を思うと、あたら若盛りを典薬寮の下働きに費やそうとする筑野が他人とは思われない。

修業の最中にお役替えを命じられるのは哀れでならないが、年を重ねてもなお望む役職を得られぬのは更に哀れにすぎる。

だが阿夜の勧めに、筑野は強張った笑みを頰に浮かべ、「嫌です」と首を横に振った。

「あたくしは何があっても、女医師になるんです。だって学問は一旦身についてしまえば、男でも女でも関係ないんですよ。そりゃあ、女医師は御医師に比べれば、仕事は少ないかもしれません。だけどそれでも、あたくしの中にある学問が損なわれるわけじゃないですもの」

確かにね、と続けて、筑野は肩で息をついた。自分に言い聞かせんとしているかのような挙動であったが、それでも頰に浮かんだ笑みは先ほどよりくっきりとしていた。

「女だてらに医術なんてとか、勤めをしたいならどこぞの御所の女房にでもなればよかろうにとはよく言われます。あたし自身、なんで女なんかに生まれちゃったんだろうと嘆きたくなる時だってありますよ。でも、しかたがないんです。どう足搔いたって、あたしは女以外にはなれないんだから、このままで生きていく道を探すしか」

涼しい風に顔を撫でられた気がして、阿夜は目をしばたたいた。そんな阿夜の表情をあきれ返ったと取ったのか、筑野は困った様子で目を細めた。

「大丈夫ですよ。あたくしはどうとでも生きていけます。それより、阿夜さまこそせっかく栄達の糸口を摑んだんですから。どうせなら泰子さまのお侍医ではなく、得子さまのお侍医にまで出世してくださいよ。お願いですよ」

「あ、ああ――」

ひらひらと手を振って帰って行く筑野を見送りながら、阿夜は胸にぽっかりと穴が開いた気がした。

筑野は自分が女である現実を受け止め、それでもなお懸命に前を向いて生きようとしている。それに比べれば、自分はどうだ。年を重ねたことや夫に捨てられた事実をいまだに引きずり、そこから一歩も歩み出せていない。

どこかで道を誤ってしまった。そんな感慨が、冷たい風とともにその穴をしきりに吹き過ぎて行った。

子の産めない女、老いた女を顧みる男は、確かにいない。しかし誰からどんな目を向けられても己の価値は変わらず、自らが重ねた研鑽や知識は決して損なわれるものではないのだ。

そうだ。上皇から顧みられぬまま年を重ねた泰子とて、今は叡子の養母として人々から仰ぎ見られる立場に昇り詰めている。それはただ年若であったならば、決して手に入れられなかった栄達だ。

もしかして自分は——そして泰子は、分かりやすい女としての幸せに目を晦《くら》ませ、自らを早々に深い諦念の中に葬り去ってしまったのでは。

日が傾くとともに急に冷たくなった風に、阿夜は首をすくめた。指折り数えれば、阿夜が初めてこの御所に来てから、間もなく六年。初めて会った時の泰子の年は、とうに越えた。中将はこのところ、ずいぶん目が悪くなったとぼやいているし、阿夜もまた今日の如く風が冷たい日は足腰が妙に痛む。

「御医師さま、そろそろ牛の乳を煮てもよろしゅうございますか」

ひょいと厨《くりや》から顔を出した厨女《くりやめ》に、ああと阿夜はうなずいた。

泰子は最近夜が早く、まだ西空に茜色が留まっている間に夕餉《ゆうげ》を終え、さっさと臥所《ふしど》に入ってしまう。そのため厨では宵の膳を整えるのとほぼ同時に牛乳を煮て、火桶の灰に瓶子を埋めて置くのが慣例となっていた。

宵闇が迫るとともに、吹き付ける風はますます冷たさを増した。明日の朝には池に氷が浮かんでいるかもしれないと思いながら、火傷をしそうなほど熱い瓶子を布でくるみ、北ノ対へと運ぶ。

中将は弟帝に招かれた叡子の供をして、内裏に出かけている。たった一灯だけ高灯《たかとう》台《だい》が灯された母屋には、薫物の香と墨の香りが入り混じってたゆたっていた。

「泰子さま、牛の乳をお持ちいたしました」

文をしたためているとばかり思った泰子は、御帳台の中で脇息を抱え込み、膝先に広げた文に目を落としている。かたわらに置かれた小机の上で、すっかり陸《おか》の乾いた硯が揺れる灯りを鈍く映じていた。

「冷めてしまってはお身体に障ります。これから文を記されるのであれば、温め直して参りましょうか」

「いや、大丈夫だ」

阿夜の言葉に顔を上げるや、泰子は突如、目の前の文をつかみ取った。そのまま両手でぎりぎりと文をひねるや、かたわらの高灯台の灯に向かって突き出した。

「なにをなさるのです」

制止する間もあらばこそ、硬く丸められた薄様《うすよう》が焰に包まれる。打敷《うちしき》(油汚れを避けるための油単《ゆたん》)に落ち、瞬く間に真っ黒な燃え滓と化した文を、阿夜は驚いて凝視した。

泰子はこれまで、璋子から届いた文は一通残らず中将に渡し、文筥《ふばこ》にすべてしまわせていた。それがいったい何故、とわが目を疑った阿夜に向かって、無言で泰子は白い手を突き出した。

「牛の乳を」

あわてて杯を手渡し、瓶子から乳を注げば、泰子は水を干すに似た勢いでくいとそれを呷った。唇の濡れを指先で軽く拭ってから、「のう、阿夜」とこちらの目を見ぬまま呟いた。

「もはや璋子さまからの文は届かぬ。わらわも一筆たりとも差し上げぬ。中将に命じて、これまでいただいた文はすべて焼き捨てさせよ。池端に穴を掘り、灰を深く埋めさせるのだ」

「いったいいかがなさいました」

あれほど頻繁な往還が途絶えるとは、もはや璋子はまた泰子を目の仇として憎み始めたのか。不安を覚えた阿夜には答えず、「いつぞや申していたな」と泰子は続けた。

「おぬしの夫は、平野社の巫女との間に子が出来たため、おぬしを捨てて出て行ったとか」

いきなり変わった話頭に戸惑う阿夜にはお構いなしに、「その巫女、名は朱雀と言わなんだか」と斬り付けるような口調で言った。

「は、はい。さようでございます。わたしは泰子さまにかような下賤の巫女の名を申し上げましたでしょうか」

「名までは聞いておらん。ただ藤原清隆の家従となれば、当然、おぬしの夫は璋子さまの御所にも出入りしていたはずと思うてな。璋子さまにそれとなく問うたところ、確かにかつて召し使っていた男が巫女を娶っておった、その名は朱雀だとかとお教えいただいたのだ」

阿夜が出て行った夫について泰子に語ったのは、たった一度だけ。それをこうも鮮明に覚えている彼女に、なぜか背中に小さな粟粒が立つ。

そんな阿夜をまっすぐに見つめ、「璋子さまは間もなく、ご出家あそばされることになろう。上皇さま第一の妃君《きさいぎみ》も、これでもはや世捨て人だ」と泰子は唇を小さく歪めた。阿夜がこの六年で初めて目にする、泰子の微笑みであった。

「……それはまた何故でございます」

「源盛行《みなもとのもりゆき》なる璋子さまの側仕えが、朱雀なる巫女に命じて得子さまを呪詛させた。そんな密告が、検非違使《けびいし》に届いたそうでな。すでに昨日、検非違使の放免《ほうめん》どもが璋子さまの御所に踏み入り、呪詛を依頼した者たちを捕縛したそうだ。朱雀もまた夫ともに捕らえられ、取り調べを受けておるとか」

いくら関係ないと主張したところで、側近が国母を呪詛したとなれば、誰もが璋子の関与を疑う。ましてや璋子の近年の凋落を思えば、呪詛を行うに足る理由は十分にあると言ってもよい。表立っての咎めこそ受けぬとしても、出家遁世でも果たして俗世を捨てるよりほか、璋子の進む道はない。

呪詛、と呟いた阿夜に、泰子はますます口元の笑みを大きくした。

「夫を持ち、子まで生した巫女なぞ、ろくな験力もなかろうに。かような女子に呪詛を命じようと思うほど、璋子さまは新院のご退位が腹立たしくてならなんだのだな」

夫の寵愛を奪う若い女御の出現と、我が子の退位。奪われた国母の誉れ。坂道を転がるに似た衰勢に、璋子が得子を呪わしく思ったのは本当だろう。だが幾ら誰かを呪い殺したいとしても、その手立てがわからなければ、呪詛を命じなぞできない。阿夜は自分の唇が氷を嚙んだように冷えて来るのを感じた。

「わたしは……わたしは朱雀が呪詛に長《た》けているなぞ、存じませんでした。あの女子はいささか化粧と舞がうまいだけの、ただの社《やしろ》勤めの巫女だったはず。かような巫女に呪詛を依頼しようなぞと、なぜ璋子さまは思いつかれたのでしょう。得子さまを激しく憎んでおられたでしょう璋子さまの御耳に、いったい誰がそんな偽りを」

泰子はそれには無言であった。震える阿夜の手から瓶子をひったくると、みずから杯にその中身を注いだ。

白い水面がとぷんと揺れ、小さな光の輪が御帳台の天井に弾けた。

「――朱雀は恐らく、上総《かずさ》なり土佐《とさ》なりの遠国《おんごく》に流罪になる。おぬしを裏切った夫も、かつて璋子さまの御所に仕えていた縁から仲立ちをしたと見なされ、同様に処罰を受けようぞ」

（このお人は――）

阿夜は奥歯をぐいと食いしばった。いつから、という呻きが唇から洩れた。

「いつから、さようなことを企んでいらしたのです。璋子さまから最初に薫物が届いた時からですか」

「さて、いつからだろう。もしかしたら、白河院さまのお怒りゆえにわらわの入内が沙汰止みとなり、代わって璋子さまが後宮に入られたその時からやもしれん。いずれにしても、随分、昔の話だ」

わらわはな、と泰子は瞼《まぶた》の薄い目を伏せた。薄暗がりでも隠せぬ深い皺《しわ》が、目尻に小さな影を刻んだ。

「物心ついた頃よりずっと、いつかは帝の妃になるのだと教えられてきた。父も母も邸内の者もみな、そのようにわらわに接してきたし、父君に連れられてこっそり内裏に参り、まだ少年でいらした背の君を物陰から透き見した折もある。それはそれは凛々しく美しく、このようなお方に添える我が身の幸せに胸弾ませたものだ」

「だからといって、璋子さまを陥《おとし》れていい道理がありますまい」

阿夜のうめきに、泰子の口元にまたも薄い笑みが浮かぶ。花がほころぶに似たその笑いはまるで咲き初めた梅花の如く美しく、阿夜はほんの一瞬、その面上に若き日の泰子の面影を見た。

歳月は何もかもを巻き込んで、流れ去る。だがそれでも忘れられぬものがあるからこそ、人は悩み、苦しむのだ。うら若き日からずっと背の君に焦がれていた泰子は、最初から璋子を妬《ねた》み、上皇に顧みられぬ我が身を怨《うら》み——そしておそらくは得子すらを嫉《そね》み続けてきたのに違いない。

そんな泰子にとって、この二十年あまりの日々がいかに無情であったか、阿夜には嫌ほど分かる。そして泰子もまた、阿夜に己と同じ苦しみを垣間見ればこそ、璋子への文に呪詛に通じた巫女として朱雀の名を記したのだろう。憂愁の日々を送る璋子が、朱雀を用いて得子を呪い殺そうとするやもと期待しながら。

（そしておそらくは、検非違使への密告も——）

「どうした、嬉しくはないのか」

硬い表情を崩さぬ阿夜に、泰子の口元の笑みが拭ったように消える。阿夜は少し考えてから、「わかりません」と吐息だけで答えた。

正経に去られた日の怒り哀しみとこの六年の歳月が、胸中でとぐろを巻いている。あの男の流罪を喜ぶべきなのか、それとも目の前の泰子に怒るべきなのか。どれだけ考えてもその答えは出ない。

たった一つはっきりしているのは、この不遇な女性は筑野とはまったく違うとの事実だけだ。

子を産めぬ女、年経た女は、確かに哀れだ。しかしそれでもなお、自分は生きていくしかない。なぜなら結局、我々は女以外にはなれぬのだから。

泰子がまた牛乳を己で注いで、飲み干す。その迷いのない動きを眼の隅で捕らえながら、阿夜は静かに立ち上がった。

初めて典薬寮に足を踏み入れた若き日の胸の弾みが――学んでも学んでもなお、御医師の下働きに使われるばかりだった日々の悔しさが、小さく指先を震わせていた。

だが辛く悔しい目に遭い続けたあの日も、自分は決して我が身を憎もうとは考えなかった。夫に捨てられ、泣き続けてもなお立ち上がることができたのは、女医師として生きんとの意地あればこそだ。

泰子はきっとこれから先も、決して寵愛を受けられぬ我が身を恨みながら、香煙に包まれた殿宇に暮らし続けるのだろう。女である己を憎み、過ぎ去った歳月を数え、その憂愁を抱きしめながら、日々を過ごすのだろう。――だがそれは決して、自分の望む生き方ではない。

逃げ込んでいた長い夢が破れたようだ。不思議に醒めた頭の隅で、阿夜はそう思った。

「もう……牛の乳は要らぬご様子ですね」

「そうかもしれん。長い間、ご苦労だったな。典薬頭にもよろしく伝えてくれ」

かしこまりました、と低頭して真っ暗な広縁へと歩み出れば、夜空には灰色の雲が重苦しく垂れ込め、先ほどよりも更に冷たさを増した風が、葉の落ちた庭木を小さく揺らしている。

璋子はきっと泰子の語った通り、世を捨てざるをえなくなるのだろう。得子は天下に並ぶ者なき国母として、女人が極め得る最高の栄華を得るのだろう。そして泰子はそんな二人の興亡とはかかわりなく、あの厚い香煙の陰で過ぎ去った歳月だけを数え続けるのだ。

「仕事ですよ、仕事――」

いつぞやの筑野の言葉を口の中で呟き、歩き出す。

自分はもしかしたら、泰子よりも璋子よりも、国母たる得子よりも幸せな女なのかもしれない。なぜなら年を経ても奪われぬ知識が、子を産めずとも果たせる勤めが、己にはあるのだから。

白いものが風に乗ってちらちらと舞い、庭の土をかすかに濡らして消える。対ノ屋から流れ出る香煙よりもなおも淡く、間もなく訪れる新春の先触れとなる、宵の小雪であった。

影法師

上西門院統子内親王《じょうさいもんいんとうし》の護衛に当たるもののふ遠藤盛遠《えんどうもりとお》が、兵庫頭《ひょうごのかみ》・源頼政《みなもとのよりまさ》の郎党である渡辺渡《わたなべわたる》の妻女を殺害した。

そんな知らせが上西門院の暮らす三条南殿に届いた朝、下﨟女房《げろうにょうぼう》の相模《さがみ》は思わず、

「馬鹿な。そんなわけが」

と叫び、渡殿《わたどの》のただなかに棒立ちになった。

昨夜降った春の淡雪に彩られた広い庭も、微かに漂っていた梅の香りも一度に吹き飛び、磊落《らいらく》な盛遠の笑顔だけが脳裏に激しく明滅する。その癖、門院が顔を洗うための湯を満たした半挿《はんぞう》をひしと抱えて放さぬのは、七歳の春からかれこれ十年に及ぶ宮仕えの習い性であった。

「馬鹿なと言っても、本当らしいよ。検非違使《けびいし》に捕縛された盛遠さまご自身が、そう白状していらっしゃるんだ。たまたま透き見したご妻女への恋着断ちがたく、夫たる

渡辺渡さまを殺めれば自分を顧《あや》みてくれるのではと考えて、渡さまの邸宅に忍び入った。ところが暗がりゆえに誤って、当のご妻女を手にかけてしまった。首は賀茂川《かもがわ》に捨て去った——とね」

先輩女房である亮《すけ》ノ御《ご》が、両手に抱えた角盥《つのだらい》を揺すり上げながら、相模を振り返る。

この屋敷でも屈指の早耳と知られる女房だけに、噂を聞き付けるや家司《けいし》溜まりである侍所《さぶらいどころ》に駆け入り、周囲のやりとりに耳をそばだててきたのだろう。おかげで、と言いながら、福々しい顔に埋もれそうな細い目を動かして、庭の向こうの対《たい》ノ屋《や》を眼で指した。

「北《きた》ノ対《たい》はいま、上を下への大騒ぎ。なにせ盛遠さまはうちの武者所には珍しい生真面目な御仁だったし、加えてほら、うちの中﨟《ちゅうろう》の小宰相《こざいしょう》ノ局《つぼね》さまは、首を奪われたご妻女の実の妹君だから」

まるで亮ノ御の言葉に誘われたかのように、対ノ屋の広縁にふらふらと小柄な人影が歩み出てきた。おやと思う間もなく、それが声もなくばたりと倒れ伏し、一瞬遅れて、「誰か。誰か、御医師をッ。小宰相ノ局さまがお倒れに——」という絶叫があたりに響き渡った。

「そうれ、来た。相模、今日は忙しくなるよ」

亮ノ御がぶるっと身体を揺するや、緋の袴をさばいて歩き出す。あわててその後を追いながら、相模はふと背後を振り返った。

広い三条南殿の南東隅、殿宇《でんう》から立蔀《たてじとみ》で隔てられたその向こうには、常であれば邸宅の警備に当たる武者たちが詰め、にぎやかな笑いさざめきがここまで洩れ響いていたはずだ。しかし今、立蔀の向こうは水を打ったが如く静まり返り、薄雲越しの春陽の淡さまでが寒々しい。

「なにをしているんだい、相模。今日は忙しいと言っただろうッ」

先をゆく亮ノ御が振り返り、眉を吊り上げる。こういうときの亮ノ御は、言い訳をすればするほどますます機嫌が悪くなる。

きっと唇を引き結んで、相模は半挿を抱え直した。漆塗りの桶越しに感じる湯の温かさが、不思議なほど遠いものに思われた。

貴顕《きけん》の人々が住まう屋敷はどこも、敷地の南に作られた広大な庭とその北に建つ北ノ対を中心に、東西の対（棟）、棟廊や雑舎が敷地内にところ狭しと建ち並んでいる。

半月前に院号を賜り、上西門院と呼ばれるようになった統子内親王は、現在、上皇としてこの国の政《まつりごと》を掌握する雅仁《まさひと》（後白河上皇《ごしらかわじょうこう》）の実の姉。雅仁の准母として遇されるとともに、三十の坂を越えた今でも都屈指の美女として公卿たちの憧れを受ける、都一の高貴なる女性である。

そんな門院の屋敷だけに、その豪奢さは対ノ屋一つとっても帝のおわす清涼殿《せいりょうでん》にも劣らぬほどで、磨き抜かれた広縁には常に埃一つ落ちていない。だからこそ今、重ね着した袿《うちき》の裾を乱してあおむけに倒れた小宰相ノ局の姿は異様で、およそ現《うつつ》とは思い難い。普段はつんとすまし顔を崩さぬ上臈《じょうろう》衆までが御簾《みす》の隙間から首を突き出し、怖々とこちらをうかがっていた。

「もうし、小宰相さま。しっかりなさいませッ」

亮ノ御が小宰相ノ局の身体を引き起こして抱え、血の気のない頰を平手で軽く叩く。こりゃ駄目だ、と呟くや相模を顧み、「肩をお貸し。とにかく局までお連れしよう」と指図した。

屋敷勤めの女房は、女主に常に近侍する上臈、主の身の回りの雑用を担う中臈、その中臈の手足となって働く下臈の三種に大別される。下臈は何分、力仕事を任される折も多いだけに、小柄で肉付きも薄い小宰相ノ局如き、二人がかりで運ぶのは難しくない。

ただそれにもかかわらず、相模が足を釘で打ち付けられたように立ちすくんだのは、硬く瞼《まぶた》を閉ざした小宰相ノ局の白い顔が、あまりに華奢で美しかったからだ。

小宰相ノ局の姉は、左衛門尉《さえもんのじょう》の任にある渡辺渡の妻となるまでは、どこぞの公卿の屋敷に宮仕えしており、その面差しは妹と瓜二つだったと仄聞《そくぶん》する。

だとすれば遠藤盛遠は、これほどに嫋《たお》やかで美しい女性を手に掛けたわけだ。だが、何故だ。もののふでも功労次第では昇殿が許される世でありながらも、盛遠は常々、高貴で気位の高い女性は苦手だと呟いていた。同じ武者所の仲間が下手な歌を懸命に詠み、あちらこちらの中﨟・上﨟の気を引こうと必死な中、盛遠だけは不寝番の夜ごと、相模の起き居する雑舎の壁に背をもたせかけ、やれ打ち物（武具）の稽古で腕を痛めただの、今日、三条南殿に献上された馬は逸物だのと、屈託ない話ばかり一人でしゃべっていたというのに。

あのからりと陽気で、それでいて雑舎の窓から相模が顔を出すや、厚い唇をへの字に引き結び、照れた様子で背を向けた姿は、いったい何だったのだ。遠ざかる影法師に向かって、小声で「また明晩」と叫びかけた相模に、おうと片手を挙げて応じた背中は。

夫婦となる誓いを交わしたわけでもなければ、手一つ握り合ったわけでもない。ただ、日中は上臈・中臈衆の小言に追われた末、くたくたになって雑舎の一間で横になる相模にとって、互いの相役の目を盗んで盛遠と壁越しに語らうひと時は、宮仕えの唯一の安らぎだった。昼間はそれぞれのお役目に忙しく、ほんの時折、庭を隔てて眼差しを交わすだけであったが、それでも相模は心の片隅で、いつかあの無骨者と夫婦になる日が来るのだとぼんやり思っていた。

なにせ天皇の座に就いたばかりの雅仁と上皇たる顕仁《あきひと》（崇徳《すとく》上皇）が天下を巡って争い、北面の武士であった平清盛《たいらのきよもり》や源義朝《みなもとのよしとも》が目覚ましい活躍で天皇方を勝利に導いた三年前からこの方、都ではとかく武士は頼りになるものとの世評が高まっている。ほうぼうの公卿が争って腕利きのもののふを雇い入れ、平家の棟梁たる平清盛は正四位下・大宰大弐《だざいのだいに》に、河内《かわち》源氏の棟梁たる源義朝は正五位下・左馬頭《さまのかみ》に任ぜられた当節、かつての如く、武士をただ野蛮で恐ろしい者と考える者は激減した。

相模の父は洛西・仁和寺《にんなじ》に仕える寺男だが、あの頭の固い父もきっと生真面目な盛遠が相手であれば、その仲を許してくれるはず。右京あたりに小家でも借り、共に三条南殿に出仕を続けられればいい――という淡い夢が砕かれた事実が、まだどうしても信じがたい。

自分の雑舎とは比べ物にならぬ豪華な局に小宰相を運び、臥所《ふしど》にその身体を横たえる。あたふたと飛び込んできた医師に座を譲って立ち上がると、相模は「ああ、忙しい」と渡殿を急ぐ亮ノ御に背を向け、武者所目指して駆け出した。

上西門院御所に詰める彼らのほとんどは、六衛府《ろくえふ》や弾正台《だんじょうだい》・検非違使の尉や佐《すけ》といった官職を兼ねている。詰所では毎日具足を帯び、打ち物を佩いているとはいっても、その物腰はいつも穏やかで、女房や家司に頼まれれば井戸さらえや庭掃除の手伝いなどにも応じてくれる、気のいい男たちだ。

「あ、あの。おうかがいしたいことが」

だが今、武者所の入り口に立って呼びかけ、相模はびくと肩を引いた。勢いよくこちらを顧みた武士たちの表情は一様に強張り、中には何事か諍いでもしていたのか、苛立たし気に眉を吊り上げた者すら混じっていたためだ。常とは裏腹な剣呑な気配が、狭い武者所に満ち溢れていた。

「これは女房どの。いかがなされたかな」

もののふの中でももっとも年嵩の一人が、かけていた床几《しょうぎ》を鳴らして立ち上がる。他の武士たちを制するように一歩前に出て、相模に向かって小腰を屈めた。

侍烏帽子の下からのぞく鬢《びん》の毛が、差し入る朝陽を受けて白く光った。

「お……お聞きしたいことがあるのです。遠藤盛遠さまの御身が大変だとうかがったのですが、それは何かの間違いではないかと思いまして」

その途端、皺《しわ》の目立つもののふの頬が目に見えて強張る。それは、と口ごもる老武士の姿に、相模の胸の奥で何かが弾けた。

これは、夢ではないのだ。この場の武士はみな、その事実を理解している。哀しみと衝撃がないまぜとなって、相模の全身を貫いた。

「――わしには何も言えぬ。不審があらば、家司頭さまに尋ねるべきじゃろう。このお屋敷に勤める者を取り仕切っておられるのは、あの御仁ゆえ」

「も、盛遠さまは女子を手にかけるようなお方ではありませんッ」

踵を返そうとする老武士の袖に、相模はすがりついた。途端に気色ばむ他のもののふの形相も、自分が何を口走ったかも、皆目理解してはいなかった。

「これはきっと何かの間違いでございますッ。ここにおいでのみなさまの中には、検非違使にお勤めのお方もおいででございましょう。どうか――どうか、盛遠さまの罪を雪《すす》いでくださいませ」

仰いだ視界が水をくぐったかのように潤む。それでも摑んだ袖だけは放さぬ相模に、老武士が「おぬし」と低い声を落とした。

「盛遠のなにを知っておる。あやつと特に関わりがあったのか」

特にと改めて問われれば、何があったわけではない。もしかしたら盛遠は自分以外の女房の局でも世間話をしていたのかもしれないし、相模とのやりとりなぞ詰所における同僚との雑談と同じだったのかもしれない。

一旦、そんな疑念を抱いてしまうと、自分がひどく愚かしい真似をしていると感じられるが、だからといって一度唇をついた言葉が取り消せるわけではない。急に胸を襲った羞恥が混乱にますます拍車をかけ、相模は両手で顔を覆った。こみ上げるものが喉を塞ぎ、そのまま声を放って泣き出した。

「お、おいおい。泣かずともよかろう。弱ったのう。そもそもこの女房どのは誰なのだ」

「さて。顔には見覚えがあるが、名までは」

「とりあえず、家司頭さまの元に連れて行ってはどうじゃ」

もののふたちのやりとりが頭上で交錯する。因果を含んだ会話を制して、「ならば、それがしが」という低い声がした。

「そうでなくとも家司頭さまは本日、盛遠どのの尻拭いに大忙しでございましょう。そんなところにかような悶着を持ち込めば、この女房どのは元より、われらも要らぬ咎めを受けかねませぬ。どうにか泣き止ませて、女房溜まりまで送ってきましょう」

なるほど、それは確かに、とうなずく気配がして、相模の肩が小さく叩かれた。

「とにかくおぬし、立ってくれぬか。ここは武者所だ。女子がそうそう足を踏み入れるべき場所ではあるまい」

その口調は、凪いだ水面の如く落ち着き払っている。さあ、と二の腕を摑まれ、相模は顔に両手を当てたまま立ち上がった。

具足をつけているためであろう。がしゃがしゃとやかましい足音に導かれながら武者所を出、恐る恐る顔を上げれば、相模とさして年の変わらぬ若武者が腕組みをしてこちらを凝視していた。

その背後に茂る松の枝が、武士とは思えぬほど色白な面上に、薄い影を落としている。射るような眼差しに身をすくめる間もあればこそ、「おぬし、四郎どのの何を知っておる」と若武者は低く問うた。

「四郎って――」

と咄嗟に問い返して、すぐにそれが盛遠の通称だと気づく。そんな相模に、若武者は呆れたとばかり、大きく息をついた。

「おおかた、四郎どのと一、二度、言葉を交わした程度の淡い縁だろう。悪いことは言わぬ。あ奴のことなぞさっさと忘れろ。もののふとは、女子如きに理解できる生ぬるい勤めではないのだ」

大刀を振るうに似た物言いに、一瞬にして涙が止まる。この男は同輩である盛遠が心配ではないのか。彼は女を殺めるような輩ではないと信じられぬのか。

咎める眼になった相模から顔を背け、男は殿宇の方角に顎をしゃくった。

「さっさと戻れ。だいたいおぬしなぞが心配したとて、何の役にも立たん。もののふのことは、我らもののふが一番よく知っているのだ」

(——先月、わしがこの屋敷に推挙した滝口《たきぐち》ノ武者が、それはそれは生意気な奴であ)

いつぞやの夜、雑舎の壁越しに聞いた盛遠の声が、唐突に耳の底に蘇《よみがえ》った。連子《れんじ》窓《まど》から差し入る月の光、わずかに欠けたその面をかすめた灰色の雲の輪郭までが、まるで昨日の出来事の如くありありと思い出された。

(年は十六と聞くゆえ、相模どのと同じじゃな。名を千葉《ちば》六郎胤頼《ろくろうたねより》と申し、上総国《かずさのくに》から上洛して滝口となった男だが、鄙の出身と侮られまいとしておるのだろう。まあ、態度は大きい、物言いはぶっきらぼう。その癖、頭はよいし腕も立つという、まことに可愛げのない奴じゃ)

確か相模はその時、そんな男を上西門院御所に推挙するなぞ酔狂な、と応じたはずだ。すると盛遠は確かにと大声で笑ってから、「されどなあ」と続けた。

（滝口ノ武者は宮城に詰め、蔵人《くろうど》さまのご下命に従うが務めじゃが、所詮は内裏の下働き。そこから六衛府の官人に出世できるのは、ほんの一握りじゃ。以前も話したと思うが、わしは滝口勤めの折、たまたま左馬頭たる源義朝さまのお引き立てを得て、このお屋敷に勤められた。それだけに前途のある若者がかつての己の如く、滝口で飼い殺されているのに、見て見ぬふりはできぬのだ。なにせもののふが栄達できる世の中になったとはいえ、政のほとんどはまだまだ公卿衆のものだからなあ）

「あなた……千葉六郎胤頼どのですね」

相模の呟きに、胤頼の目が大きく見開かれる。誰が己の名を相模に告げたか、すぐに思い至った様子で、「あのおしゃべりめが」と吐き捨てた。

「聞いていますよ。あなたが門院さまにお仕えできるのは、盛遠さまのおかげなのでしょう。そんな恩人に向かって、何という口の利き方をなさるのです」

内裏の警固に当たる滝口ノ武者は、畿外諸国から上洛した豪族の子弟の主たる勤め先。ただ盛遠の言葉通り、残念ながらその地位は低く、ここから六衛府の官人に出世できればまず僥倖《ぎょうこう》。大半の滝口は底意地の悪い官人にこき使われるのが嫌さに勤めを辞し、それぞれの郷里へと戻っていく。

一方で上西門院武者所の侍たちがそうであるように、滝口から名だたる権門富家へと勤め替えが叶えば、ゆくゆくは主の威光を受けて、検非違使や六衛府の官人に任ぜられることはまず間違いがない。胤頼にとって、盛遠は恩人に等しい人物であろうに、その言い方はなんだ。

声を険しくした相模に、「これだから女子は」と胤頼は舌打ちをした。

「さっきまで泣いていたかと思えば、すぐこれだ。まったく信頼がならん」

「誰かを案じるのに、女子だの男子だのは関係ないでしょう」

宮城で政を執るのも、打ち物取って戦うのも、ともに男であることは事実だ。だが先の保元元年の乱の折、上皇方に味方しようとした平清盛を翻意させ、雅仁方の勝利を招いたのは、前《さきの》上皇（鳥羽《とば》上皇）の皇后・美福門院藤原得子《びふくもんいんふじわらのとくし》であるし、この邸宅の主たる上西門院が亡母から伝領した財は摂関家すら凌駕すると囁かれている。

宮仕えの者たちとてそれは同じで、男である家司がいなければこの邸宅は動かぬが、女房衆がおらずば主の暮らしは成り立たない。

結局この世には、男には男なりの、女には女なりの生き方の違いがあるだけ。どちらが欠けても日々は流れて行かぬのだ。

とはいえ武芸を生業とする胤頼からすれば、口達者な女子など疎ましくてならぬのだろう。頬を強張らせて、そっぽを向く。その頑なさがますます不快で、「だいたい」と相模は更に畳みかけた。

「胤頼どのは盛遠さまが心配ではないのですか。人の妻女を殺めたとあれば、その背の君とて黙ってはおられますまい。下手をすれば検非違使から渡辺党の方々に引き渡され、ひそかに斬り殺されてしまうやも」

渡辺党はさかのぼれば嵯峨《さが》源氏に連なる名族。一条戻橋《いちじようもどりばし》にて鬼を討ち取ったとの伝承を持つ源綱《みなもとのつな》が摂津《せっつ》国渡辺に住まいしたことから代々渡辺姓を名乗り、現在は清和源氏の嫡流・源頼政の郎党として勇名を轟かせている。

上西門院の威光があるだけに、盛遠が検非違使で死罪に処されることはまずありえない。とはいえ仮にも源氏ゆかりの者を殺めた彼をあっさり赦免しては、源氏のもののふが黙ってはおるまい。盛遠が内々に渡辺渡を含めた一党のもとに引き渡され、私刑に処される恐れは十分に考えられた。

「なんだ、そんな心配をしていたのか」

ますます呆れたとばかり、胤頼が呟く。そんなですって、と声を高ぶらせた相模にかぶせるように、「少なくとも、四郎どのは殺されはせぬ。安心しろ」と続けた。

「なにせ、妻女を殺された当の渡辺渡どのが、四郎どのの赦免を願い出ておられるそうだ。このまま門院さまにお仕えするわけにはいかぬだろうが、少なくともおぬしが案じているような事態にはなるまい」

「なんですって、渡さまが」

渡からすれば、盛遠は妻に恋着した上、自分の殺害を企て、誤って妻を殺した憎い敵である。八つ裂きにしても足りぬはずの宿敵への申し出があまりに思いがけなく、相模は我が耳を疑った。

「ああ。渡どのと四郎どのは、互いに滝口ノ武士を務めていた頃からの馴染みと聞く。不幸にもかような仕儀となったが、四郎どのを憎んでも妻女は戻らぬとの仰せらしい。当の渡どのがそうお考えであれば、渡辺党の面々もあ奴の命までは狙うまい。まずは安心しろ」

それが分かったら帰れ帰れと促され、相模は渋々、胤頼に背を向けた。だが対ノ屋に戻り、慌ただしく走り回る同輩とともに雑用を弁じ始めても、胸底には釈然とせぬ思いが蟠《わだかま》っている。

盛遠の身の安全が約定されたのは、確かに嬉しい。だが実直なあの男が人の妻女に恋着したとの事実はやはり腑に落ちないし、妻を殺された夫があっさり盛遠を許したのも奇妙な話だ。

とはいえ門院武者の凶行に仰天していた三条南殿の者からすれば、渡辺渡の申し出はまさに善行そのもの。ほんの半日も経たぬうちに、邸内の者たちはこぞって渡の慈悲深さを褒めたたえ始め、代わってそんな人物の妻を殺めた盛遠への謗《そし》り口がそこここで囁かれるようになった。

それは女房たちとて同様で、亮ノ御までが上臈衆の袿を縫い直しながら、

「だいたいあたしは元から、あの盛遠って武者が気に入らなかったんだよ」

と眉をひそめる。年の割に脂っ気の乏しい髪の根で針をしごき、「だってそうだろう」と同じく縫物に励む下臈女房たちを見回した。

「だいたいあの盛遠がこのお屋敷に勤められたのは、左馬頭さまのぜひにという推挙のおかげだろう？　あんなに無骨な奴が門院さまにお仕えするなんぞ、もともと無理な話だったんだよ」

「けどねえ。なにせ門院さまはほら、左馬頭さまがお気に入りだから。あの御仁に勧められたんじゃ、そりゃお断りにはなられないよ」

女房の一人が、縫い糸を鋏で断ちながら口を挟む。その途端、亮ノ御は手にした針の先を彼女に向け、「そう、そこだよ。あたしはそれも気に入らないんだ」と応じた。

「そりゃあ確かに、左馬頭さまは先の戦の功労者。けど所詮はあの武功のおかげで、

ようよう昇殿を許された輩じゃないか。それに比べれば同じ武士でも、平清盛さまはもう十年も昔から昇殿を許され、公卿の仲間入りも間近と囁かれるお人。門院さまも左馬頭の子息なんぞを門院蔵人に任ぜられるぐらいなら、大弐（清盛）さまの縁者を召されればよろしいのに」

「あら、亮ノ御。だけど新蔵人の頼朝どのは、お可愛らしいじゃない。あんな賢しく、顔貌《かんばせ》も愛らしい新蔵人どのを身近に出来るのは、左馬頭さまのおかげだわ」

女房の一人がまぜ返す。さすがの亮ノ御までもが苦笑まじりに、まあねえとうなずいたのは、先日、わずか十三歳で門院蔵人に任ぜられた源義朝の嫡男・頼朝の聡明さに、女房たちがすっかり虜《とりこ》になっていればこそだった。

もともと左馬頭たる源義朝と統子内親王の縁は深く、義朝の正室である頼朝の母も、若い頃には一時期、統子内親王に仕えていたという。それだけに源義朝はかねて上西門院へのご機嫌うかがいを欠かさず、嫡男たる頼朝を三条南殿に仕えさせたのも、門院との紐帯を強めんがためだとの噂であった。

頼朝は十三歳とは思えぬほどおとなびた少年で、出仕を始めてまだ半年足らずにもかかわらず、女房衆の覚えはめでたい。相模も幾度か庭先から姿を見かけたが、およそ万事荒けない義朝の子息とは思えぬほど、その挙措は物静かであった。

「いずれにしても、盛遠どのは命だけは助かるんでしょう。もしかしたら門院さまのご威光だけではなく、左馬頭さまのお口添えもあったのかもしれないわねえ」

確かにとうなずき合う同輩たちに、相模は唇を嚙みしめてうな垂れた。

かねて義朝の屋敷にも出入りしていた盛遠にとって、頼朝は実の甥も同然の存在だったのだろう。頼朝が初めて三条南殿に出仕してきた日、盛遠は朝から用もないのに北ノ対の庭をうろつき回っていた。束帯に身を正した頼朝が、統子内親王に向かって見事な出仕の挨拶を述べた折には、庭木の陰に身を隠したまま、ぎょろりとした目を潤ませてすらいた。

あれからさしたる月日が経っていないのに、一方は女房たちに褒めたたえられ、もう一方は天下の悪人の如く謗られる。違う、と叫び出したい思いを堪えて相模が針を握りしめたその時、「大変、大変よ」と喚きながら、一人の女房が庇ノ間に駆け込んできた。

「遠藤盛遠どのが今、ご門前に来ているわ。殺めたご妻女の菩提を弔うために世を捨てたそうで、頭を丸め、袈裟《けさ》を着して。門院さまに暇乞《いとま》いを申し上げるそうよ」

「なんですって」

女房たちが一斉に、縫いかけの袿を放り出して立ち上がる。相模もまた彼女たちの後を追って駆ければ、前後をもののふたちに挟まれた盛遠が、南庭へと続く小道をゆっくりと歩んでくるところであった。

剃髪に用いたのが、よほどの鈍刀《なまくら》だったのだろう。青々と剃りこぼされたその頭には、ところどころ血の色が滲んでいる。いったい誰から与えられたのか、妙に豪奢な錦の五条袈裟が、こちらは自らの衣とおぼしき擦り切れた直綴《じきとつ》とひどく不釣り合いであった。

（盛遠さま――）

その名を叫びたいのに、からからに喉が渇き、声が出ない。

疲労に落ちくぼんだ双眸《そうぼう》と、無精髭が生えたままの顎はいかにも非道な犯科人然としており、その事実がいっそう胸を締め付ける。

北ノ対の御階《みはし》の真下に、盛遠がよろよろと膝をつく。それと同時に母屋に立て回された几帳《きちよう》の奥に人影が差し、「盛遠か」という静かな門院の声が響いた。

「は。このたびはまことに――まことに愚かなる行いをいたし、申し開きのしようもございませぬ」

かすれた声でひと息に言い、盛遠が白砂の敷かれた地面に額をこすりつける。そのままわなわなと肩を震わせる彼に代わって、「この通り、こやつは形を改めてございます」と静かに語ったのは、かたわらに片膝をついたあの老武士であった。

「以降は御仏の御弟子として文覚《もんがく》と名乗り、命を奪った女性《にょしょう》の菩提を弔う日々を送るつもりとやら。門院さまより賜った袈裟を己の戒めとして、必ずや立派な仏弟子となりましょう」

「今はただ御仏の慈悲にすがり、己の罪に向き合うのです。そなたの赦免を願い出た渡辺渡や、左馬頭の恩を忘れるのではありませんよ」

門院の説諭への応えはない。ただただ肩を震わせ、うなだれる盛遠――いや、文覚の姿に、北ノ対や渡殿のそこここから透き見をする人々の間に重い沈黙が漂った、その時である。

この場にはそぐわぬ荒々しい足音が、渡殿の一角に沸き起こった。ざっと白砂を蹴散らして庭に駆け下りた人影の長い髪が、残映に似て長く相模の目の前に流れた。

「姉君の仇ッ。覚悟をなさいッ」

砂に足を取られながらも文覚に駆け寄るその手許で、剣呑な光が弾ける。「小宰相ノ局ッ」という甲高い悲鳴がそこここで上がると同時に、老武士がさっと身体を低くして、小宰相ノ局の手首を払った。

ぎらりと光りながら足許に落ちた黒柄の短刀を、老武士は素速く池に向かって蹴飛ばした。同時に小宰相ノ局の両手を背後にひねり上げ、そのまま相手を地面にねじ伏せる。誰もが動けぬままの、ほんの一瞬の出来事であった。

「放して、放してくださいッ。いかに様を変えたとて、この男が姉君の仇である事実に変わりはありませんッ」

双眸を吊り上げた小宰相ノ局の袿は乱れ、袴の裾からのぞく足の白さが、その内に滾《たぎ》る憎しみを鮮明に物語っている。

だがそれにもかかわらず文覚は相変わらず地面に顔を伏せて、肩をわななかせ、ちらりとも目を上げはしない。代わって老武士が小宰相ノ局の腕を摑んだまま、「女房どののお憎しみももっともでございます」と誰にともなく呟いた。

「されど文覚の命を助けんとしたのは、他ならぬそなたさまの義兄上《あにうえ》。かくなる上は早々に文覚を立ち退かせ、二度とこのお屋敷に近づかせぬようにいたしましょう。さすればそなたさまも少しずつ今の憎しみを忘れ、いずれは義兄君のお気持ちも理解できましょうほどに。――よろしゅうございますな、門院さま」

応えはない。代わりに几帳の向こうの人影が立ち上がる気配がして、小宰相ノ局がうわっとその場に泣き伏した。

御階を降りてきた上﨟たちがその肩を支え、口々に慰めの言葉をかける。文覚は相変わらず正面だけを向いたまま立ち上がると、もののふたちに前後を囲まれながら、よろよろと南庭を後にした。

瞬きすらせぬその姿は雨に打たれた野良犬にも似て、かつての無骨な武士の面影は一分《いちぶ》たりとも残っていない。

もし老武士がかたわらにいなかったならば、文覚の横っ腹には間違いなく、小宰相ノ局の短刀が突き立っていただろう。それにもかかわらず己の身を皆目守ろうとせぬその様は、まるで生きながらの死人のようだ、と思った途端、相模の背中を冷たいものが走った。

(このお人は、本当に――)

盛遠は嘘のつけぬ男だ。小宰相ノ局の凶刃を避けようとしなかったその事実ほど、彼の真実の行いを物語るものはない。

そんな、という小さな呻きは男たちの足音に紛れ、相模自身の耳にも届かなかった。

男たちの最後尾を歩んでいた胤頼が、素速く渡殿に目を走らせる。相模の姿を認めるや、すぐに目を逸らした胤頼の姿を隠すように、どうと音を立てて風が吹いた。

春が過ぎ、季節が移り変わるにつれて、三条南殿はいつにない慌ただしさに押し包まれた。それというのも上皇たる雅仁の邸宅・高松殿が火事に遭い、三条南殿に隣接する三条東殿が新たな院御所と定められたためである。

もともと一つしか年の違わぬ上西門院と上皇は、同母の兄弟姉妹の中でも図抜けて仲がいい。このため上皇の三条東殿遷御が本決まりとなるや、門院は屋移りに忙しいかの屋敷を手伝わせるべく、自邸の女房・家司を次々と兄の新邸に遣わした。

当然、相模を始めとする下﨟女房たちも、朝は三条南殿、夕は三条東殿と二つの屋敷を行き来せねばならない。ことに九月に入り、いよいよ上皇が三条東殿に引き移ると、門院と上皇は毎夜の如く互いの屋敷を往来し、歌舞音曲が好きな上皇のために呼ばれた白拍子《しらびょうし》や院の寵臣たちが、連日二つの邸宅に出入りする賑やかさとなった。

「ちょいと、今宵の宴にお出しする酒が足りないよ。今日は上皇さまこそ来られぬとはいえ、上皇さまお気に入りの三位権中納言（藤原信頼《のぶより》）さまがお客人としてお越しなんだ。遅れておいでの左馬頭さまともども、大の酒好きでいらっしゃるんだから、男たちに少なくともあと二つは酒甕《さかがめ》を出させておくれ」

亮ノ御が厨《くりや》の真ん中でそう叫んだのは、日ごとに風が冷たさを増す十月の始め。だがすでに日が傾き始めた時刻とあって、邸内の雑用を弁ずる雑使たちは今宵の客を迎える支度に忙しい。亮ノ御に顎で指され、相模はしかたなく武者所に向かった。

「誰か、手の空いている方はいませんか。蔵から今日の酒を運び出していただきたいのです」

すでに四方の門の警備を始めているのか、武者所はがらんとして人気がない。それでも相模の呼びかけに、壁際に座っていた人影が振り返り、すぐに嫌な虫を見たかのように顔をしかめた。千葉六郎胤頼であった。

文覚がこの屋敷を去ってから、すでに半年余り。その間、相模は懸命に盛遠を忘れんと努め、胤頼ともなるべく顔を合わせぬよう心がけていた。それがまさかお互い逃げようのない場で、対峙する羽目になろうとは。

とはいえここで踵を返し、逃げ出すのも業腹だ。なるべく無表情を繕って、「酒を」と相模は繰り返した。

「早く酒甕を運び出してください。門院さまに恥をかかせるおつもりですか」

門院の名を出されては、無視も出来ぬのだろう。真一文字に唇を引き結んだ胤頼が、足音も高く武者所を出て行く。小走りにそれを追いかけ、「酒蔵のもっとも奥、白磁の甕に入っている御井酒《ごいしゅ》ですよ」と相模は叫んだ。

門院自身は酒をたしなまぬが、酒蔵の棚には造酒司《みきのつかさ》から献上された御酒《ごしゅ》（清酒）や御井酒（アルコール度数の高い酒）、醴酒《れいしゅ》（甘みの強い酒）など、およそ市井の者の口には入らぬ高価な酒がずらりと並べられている。相模は酒蔵の戸口から薄暗い中を覗き込み、左右を見回す胤頼に声をかけた。

「そう、それです。その一番上の棚にある甕です。今日のお客人は三位権中納言さまと左馬頭さま。どちらも日々の飯より酒がお好きだそうですから、とっておきの酒をという門院さまのご下命で——」

相模の言葉を遮って、耳障りな音が轟いた。一瞬遅れて、強い酒の香りが鼻を突く。相模はえっと叫んで、酒蔵に飛び込んだ。

見れば胤頼の足元で、白い甕が粉々に砕けている。濡れた土の黒さと甘ったるい酒の香に、相模は息を呑んだ。

「なんてことを。大事な酒と言ったのが、聞こえなかったんですか」

胤頼はまるで相模の怒鳴り声なぞお構いなしに、またも唇を引き結んだ。酒に濡れそぼった足元を気にする様子もなく、そのまま相模のかたわらをすり抜けて、酒蔵を出ようとする。ちょっと、と相模はその腕を摑んだ。

「自分が何をしたのか、分かっているんですか。そりゃ、門院さまはお優しい方ですから、酒甕が割れたとてお怒りにはならないでしょう。でもだからといって、知らん顔をしていい道理はありませんよ」

「――あいつらに呑ませる酒なぞ、知らん」

押し殺した声に、相模は胤頼の顔を凝視した。宙の一点に据えられたその眼差しは険しく、硬く強張った頬はまるで憎い敵を目の当たりにしているかのようだ。

あいつらですって、と呟いた相模を、胤頼はぎこちなく顧みた。

「おぬし、本当になにも知らぬのだな。だからそんな呑気な顔をしていられるのか」

胤頼は相模の腕を乱暴に振り払った。待ちなさいよ、と叫ぶ相模を横目でうかがい、「酒を出すのなら、他の奴に頼め」とひと息に言い放った。

「たとえ誰に脅されようとも、あいつらに出す酒になぞ、わたしは手すら触れたくはない。家司頭どのに言いつけたければ、好きにしろ。とにかくわたしは知らん」

そのまま大股に立ち去る背は堅く、下手な問いかけを拒む色がある。相模は遠ざかる胤頼と酒蔵を見比べた。だがすぐに足半《あしなか》を鳴らして駆け出すと、胤頼の腕を再度後ろから摑んだ。

「ま、待ってちょうだい。あんた、もしかして盛遠さまのことで何か知っているんじゃ」

振り返った胤頼の目の色は、氷の如く冷たい。思わず後じさりそうになるのを堪え、相模は反対にぐいと胤頼に詰め寄った。

この男が自分に含むところがあるとすれば、それは盛遠のことでしかない。そしてどうやら胤頼は自分の知らぬ何かを、その胸の裡に秘めていると見える。

「そりゃ、あたしはただの下﨟女房だけど。けど、あの盛遠さまがか弱い女性を殺めるなんて、やっぱり納得がいかないのよ」

風の噂によれば、文覚は現在、西寺《さいじ》近くに居を構え、読経看経《かんきん》の日々を送っていると聞く。偶然、市でその姿を遠目にした三条南殿の従僕によれば、かつての雄々しさが信じられぬほどに痩せさらばえ、どこの念仏僧かと疑うみすぼらしさだったという。

叶うなら自ら文覚の家に押し掛け、ことの真偽を問いただしたい。だがもし仮に拒まれでもすれば、この半年、懸命に堪え続けてきたものが堰を切り、今度こそ失意の底から這い上がれぬだろう。そう自らに言い聞かせてきただけに、両の腕に自ずと力がこもった。

「――わたしはあ奴については、何も言えん。ただ一つだけ教えられるとすれば、盛遠どのはどこまでも生真面目で一本気な男だということだけだ。それはおぬしとてよく知っているだろう」

相模がこくりと頤《おとがい》を引いた時、「ちょいと、相模はそこかい」という亮ノ御の怒号が雑舎の向こうで弾けた。

「いつになったら酒を運んでくるんだよ。もうお客人がお越しだよ」

「は、はい」

わずかに相模の腕の力が緩んだのを逃さず、胤頼が腕を振り払う。そのまま踵を返して駆け去るのと、亮ノ御がこちらにやってくるのはほぼ同時。相模が言い訳をする間もあればこそ、「何だい、この酒の香は。あんた、甕を割っちまったんだね」と亮ノ御は喚いた。

「ああもう、抗弁は後で聞くよ。とにかく急いで、他の甕をお出し」

客人が到着したと見え、鈍い牛車の輪の音が叱責をかき消して響く。

そこここで焚かれ始めた篝火《かがりび》の色が、暮れ始めた空の一角を眩しいほどに明るませていた。

深更に及び、風が強くなってきたのだろう。相模が手にした紙燭《しそく》の灯が、渡殿に差しかかった途端、北風に煽られて大きく揺れた。

「おおい、酒が足りぬぞ。この家の者どもは、もはや眠り臥してしもうたのか」

西ノ対の一角からの怒鳴り声が、切れ切れに耳を叩く。すでに宵の口から飲み続けているだけにいささか呂律が怪しいが、かといって相模がこれ以上遅れれば、どんな狼藉を働くかしれたものではない。

まったく、これだから酔っ払いは、と舌打ちしたい気分を堪え、相模は酒甕を抱える片腕に力を込めた。「お待たせいたしました」と叫びながら孫廂《まごびさし》に駆け込めば、ぐったりと脇息にもたれかかっていた三十路手前の公達《きんだち》が真っ赤な顔を上げる。おお、来たか、と嬉し気に両手を打ってから、かたわらの壁にもたれかかって眠る男の肩を小突いた。

「おおい。起きろ、左馬頭。酒が来たぞ」

だが髭面の彼は、呻くばかりで、一向に目を覚ます気配がない。公達は一瞬、つまらなそうに口を尖らせた。しかし相模が新しい酒甕の封を切るや否や、男のことなぞ忘れたように、いそいそと膝先の盃を取り上げた。

公達は本日、三条南殿の主客であった正三位権中納言・藤原信頼。居眠り最中の男は、相客である左馬頭・源義朝である。

宴席はとうに果て、他の客人衆が引き上げたにもかかわらず、酒癖の悪い藤原信頼は先程、もう少し飲むのだと言って譲らず、三条南殿の上臈たちを困らせた。

上西門院が苦笑いして、「好きにさせてやりなさい」と命じたのは、藤原信頼がこの数年、上皇の寵愛めざましく、すでに正三位の高位にまで昇進しているゆえであろう。ただ信頼が幾ら酒好きでも、ただ一人で飲んだのでは面白くないらしい。座を移した孫廂に半ば無理やり引きずり込まれたのが源義朝であり、あくびを堪えかねていた女房たちから介添えを押し付けられたのが相模であった。

「その代わり、酒甕を割った件はうまく黙っておいてあげるよ。頑張りな」

亮ノ御はそう薄笑いして肩を叩いたが、信頼はこと酒に関しては底なしと見え、すでに三つ目の酒甕を開けてもなお、酔いつぶれる気配がない。ならばいっそ正気でいてくれれば楽なのだが、すでに身体は前後左右に大きく揺れ、半刻ほど前からは居眠りを始めた義朝を相手に、しきりに訳の分からぬ愚痴をこぼしている。

いつ終わるか分からぬその酔態にうんざりしながら、相模は床に散らばった肴の干し魚をそっと拾い集めた。

「それにしても、左馬頭。まことにあの信西《しんぜい》入道めは、どうにかならぬのか。この二年、せっかく院のおかげで順調な昇進を重ねたというに、あの坊主めがいらぬ諫言を院にお伝えしたせいで、わたしはなかなか大納言《だいなごん》に昇れぬではないか」

のう、聞いておるのか、と肩を叩かれた義朝の首が、がくんと前にのめる。

どれほど酒が好きであっても、深更に及んでもなお呑み続けられるものではない。それにもかかわらず、ここまで付き合わされる義朝に、相模は少なからず同情した。それぞれ官位を得、昇殿を許されはしても、もののふが公卿の上に立つことは決してありえない。結局、彼らは上卿の権勢によって働かされ、その手足となることで出世するのみ。そんな境遇をよくよく承知していればこそ、義朝はこんな酔っ払いにおとなしく従っているのに違いなかった。

「のう、左馬頭。おぬしとて、あの信西入道は小面憎かろう。聞けばあ奴は、おぬしがもちかけたおぬしの娘と入道の息子の縁談をすげなく断っておきながら、あの清盛の娘と倅を娶《めあわ》せたそうではないか。まったくいくら保元の年の乱の折に功があったとはいえ、上皇さまもなにゆえ、あのような二枚舌を重用されるのやら」

信西入道――とは、俗にあった頃の名を少納言・藤原通憲《みちのり》と言い、己の妻が雅仁院の乳母であったことから、まだ皇子であった頃の院に近づき、その即位を後押しした男である。

現在は院の信任を楯に、多くの息子たちを朝堂の要職に付ける一方、長らく焼失したままにされていた大内《おおうち》（大内裏）の再建を命じたり、相撲節会《すまいのせちえ》を始めとする古儀を復原させたりと、上皇の右腕として権勢を振るっている。

相模からすれば、共に上皇の寵愛厚い同士なのだから仲良くすればよかろうにと思うのだが、互いのめざましい出世が目障りでならぬのだろう。信西・信頼の不仲は、京内では知らぬ者がない。

加えて前年雅仁から位を譲られた新帝・守仁《もりひと》（二条天皇）は、まだ十七歳。政の大半はいまだ院に掌握されているとはいえ、新天皇を支え、新しい朝堂を作らんとする公卿たちにとっても、信西は眼の上のたんこぶらしいとも噂されていた。

それにしても酒の席で悪口を繰り返す信頼を見ていると、殿上を許された公卿とて、その行いは市井の者とさして変わらぬと感じられる。

船を漕ぎ始めた義朝のかたわらから、相模は折敷《おしき》をそっと引き上げた。この分では臥所を塗籠《ぬりごめ》に設えておいたほうがいいかもしれない、と相模が考え始めたとき、「だいたいッ」と叫んで信頼が拳で床を打った。

「あの信西さえおらずば、世の中はどれだけ平らけく治まろうか。おい、左馬頭、聞いておるのか。おぬし、先だって、己の子飼いのもののふの中には、自分のためであれば地位も栄誉も顧みぬ輩がおると自慢していたではないか。あの言葉は、ただの方便だったのか」

その刹那、義朝の頭が突然大きくもたげられた。酔いに血走った眼をがばと見開くや、「――偽りではありませぬぞ」と野太い声を漏らした。まるで先ほどまでの姿が嘘のような、唐突な動きであった。

「されど、企みとはすべてが思い通りになるわけではありませぬ。まずは信頼さま、お口を慎まれませ。口は禍の元と申しまする」

言いざま太い眉を撥ね上げて、義朝が相模を顧みる。信頼の放言を聞いていたことを咎めるような眼差しに、「わ、わたくしは何も」と相模はその場に両手をついた。

「わたくしは何も聞いてはおりません。たった今、酒をお運びしただけでございますので」

下手な言い訳とは承知している。だがそうとでも言わずば一刀のもとに斬り殺されかねぬと思うほど、義朝の目は鋭い。相模はますます身をすくめ、「で、では失礼いたします」と無理やり孫廂から退いた。

広い邸内はすでに火の気が絶え、寝ずの番に当たるもののふの焚く篝火の煙が、対ノ屋の向こうに細く立ち上っている。

背中に小さな粟粒が立っているのは、決して夜風の冷たさゆえではない。義朝の全身から放たれていた怒気を思い出し、相模はぶるっと身体を震わせた。

宮仕えをしていれば、他人の悪口なぞ嫌でも頻繁に耳にする。ことに諸官司の人事が触れ出される八月の除目《じもく》の直前には、目当ての職を得んという公卿たちが門院を訪れ、院への口添えを依頼するとともに、目障りな同輩をこれでもかと誹謗してゆく。それに比べれば先ほど信頼が口にした悪口ぐらい、わざわざ目くじらを立てるほどではない。だからこそかえって抜き身の刀を思わせた義朝の姿が、恐ろしくてならなかった。

（いったい——）

振り返れば西ノ対は先ほどまでが嘘の如く静まり返り、微かに揺れる灯火だけが信頼の酔態の名残を物語っている。

なぜ義朝は、あんなに警戒をあらわにしたのだろう。胤頼は先ほど、信頼と義朝の飲む酒甕になぞ、手も触れたくないと吐き捨てた。あの言葉と義朝の豹変には関わりはあるのだろうか——と考えても、まったく想像すらつかない。ましてやそこにあの盛遠が関与しているやもとなれば、ますます五里霧中だ。

相模は軽く頭を振り、冷え始めた肩を抱いた。

まあ、いい。胤頼とは、同じ屋敷に勤める者同士。次に顔を合わせた折には、何が何でも酒甕を割った理由を聞き出してやればいい。その上で、義朝が信頼の罵詈《ばり》に目を吊り上げたと告げれば、何か分かることがあるかもしれない。

──だがそんな相模の思惑は、それからほんの二ヵ月も経たぬうちに、思わぬ形で裏切られた。藤原信頼と源義朝が突如、五百の兵を率いて院の御座所を急襲し、三条東殿に火を放ったのである。

その日、すなわち十二月九日は風が強く、相模たち下﨟女房はまだ日のあるうちから蔀を下ろし、激しく鳴る木々の音に首をすくめ合っていた。それだけに大路を攻め寄せる騎馬の蹄音にも、滝の音を思わせる武士たちの雄叫びにも、すぐに耳を止める女房は三条南殿には皆無であった。

ようやくみなが異変に気付いたのは、北東の空が突如真っ赤に染まり、おびただしい矢が焔の輝きを受けながら、雨あられと南庭に降り注ぎ始めた時。それと同時に、

「みな、西の御門より早く逃げろッ。謀叛だッ。右衛門督《うえもんのかみ》信頼卿と下野守《しもつけのかみ》義朝が、院ノ御所を襲い奉りよったッ」

との雄叫びが、吹きすさぶ風の音を引き裂いた。

「なんですって──」

と、女房たちが棒立ちになる。まるでそれを見澄ましたかの如く、一瞬だけ風の音が止み、地鳴りとも喚声ともつかぬ音が轟《ごう》と響いた。

「そ、それはどういうことです。あのお二人は他ならぬ院のご寵臣ではッ」

女房たちの叫びに、野太い武士の声が庭先から、「分からぬッ」と喚き返す。とにかく逃げろ、との怒号に急かされ、相模は同輩とともに雪崩を打って渡殿へと走り出た。

見れば北東の三条東殿はすでに焔に包まれ、真っ赤な火の粉が風に乗ってこちらへ降り注いでいる。あっという間に目の前の渡殿の屋根がくすぶり始め、真っ赤な舌が檜皮《ひわだ》で葺《ふ》かれた軒を這い始めた。

「も、門院さまはッ。今宵は院ノ御所にお出かけなのではッ」

上﨟たちが甲高い悲鳴を上げて、三条東殿めがけて駆け出そうとする。その前にあの老武者が、がばと両手を広げて立ち塞がった。

「行くなッ。すでに賊どもは門院さまと院を御車《みくるま》に押し込め奉り、いずことなく連れ去ったと申す。奴らの狙いはただ一つ、本日、院ノ御所に伺候しておった信西入道らしい」

それが証拠に、と老武士はぎりぎりと奥歯を食いしばり、空を焦がすほどの火柱を噴き上げる三条東殿を顧みた。

「奴らはいま、院ノ御所の四方の門を塞ぎ、逃げんとする官人女房衆に片端から矢を射かけておる。それでもなお逃れんとする者は斬り伏せ、男であれば面相を改め、女子であれば衣を剝いで入道さまの一族が化けておるのではと確かめているそうだ」

この二年あまり、信西とその息子が日夜を問わず院の元に伺候しているのは、周知の事実。そのため藤原信頼と源義朝の手勢は、まず上皇と上西門院を他所に移してから、邸宅ごと信西を滅ぼそうとしているのだ。

とはいえ、三条東殿の広さは四十丈（百二十メートル）四方。この国を動かす院の御座所だけに、そこに詰める官人衆だけでも軽く百名を超すと言われている。それだけにたった今、目と鼻の先で行われているであろう殺戮の無残さに、女房衆の顔から見る見る血の気が引いた。

「おぬしたちも早く逃げよ。何としても信西入道を捕えんとしている以上、奴らはいずれこの屋敷にも押し入り、片端からおぬしらを撫で斬りにしよう。そうなる前にここを立ち退くのだッ」

さあッと促され、女房たちが裸足のまま庭へと駆け下りる。相模もまたその波に従って西の門へと向かいかけ、はたと足を止めた。

見回せば、もののふたちはいずれも大刀を抜き放ち、背の靫《うつぼ》には溢れんばかりに矢を満たしている。「み、皆さまは」と問いかける舌がおのずともつれた。

「皆さまは逃げぬのですか」

「女房どの。かような折のために、われらはおる。身を案じて下さるのはありがたいが、今ここで敵に背を向けてはもののふの名折れじゃ」

さあ、早くとうながす老武者の足元に、どこからともなく飛来した鴉羽《からすば》の矢がうなりとともに突き立つ。老武者は大刀を振るって、次々と飛来する矢を斬り伏せた。足元に落ちた矢を踏みにじり、「ものどもッ」と破れ鐘《わ》に似た喚きを上げた。

「まもなく敵は築地を越えて、こちらに押し入って来ようッ。油断するなッ」

おおッと声を揃えるもののふたちは、すでに相模の姿なぞ視界に入っていないかのようだ。そのただなかに胤頼の白い顔を見付け、相模は乾いた唇を強く噛みしめた。

「なにをしているんだい。さあ、早くッ」

門へと走る家司女房たちの列のただなかから、亮ノ御がこちらを振り返って叫んでいる。降り注ぐ火の粉が広い庭を照らし、まるで辺りは日中かと疑う明るさだ。

相模は震える足を励ますと、一目散に駆け出した。だが門前はすでに逃げ惑う人々が十重二十重の垣根を成し、まさに立錐の余地もない雑踏と化している。

「退《ど》けッ、退いてくれッ」

烏帽子を傾かせた家司が、悲鳴を上げる女房たちを突き飛ばして前へ前へと進んでいく。ぎゃああッと耳をつんざくばかりの絶叫が上がると同時に、人波の一角がまるで何かに押されたかのように倒れ伏す。だが後から後から押し寄せる人々はそれでも止まることなく、倒れた者を踏みつけながら、更に大きな人波を築く。

本当にこれは現《うつつ》の出来事か。自分は生きながらの地獄を見ているのではないか。あるいは目を血走らせ、あるいは頰を強張らせた目の前の顔は、確かにそれぞれ見覚えがあるのに、まるで赤の他人のような凶暴さだ。

「相模ッ、相模ッ」

必死に手を振る亮ノ御の姿が、人波に飲み込まれて消える。相模は唇を震わせて、もと来た方角を振り返った。だが南庭の向こう、雑舎の間から見える東門では、すでに四、五人のもののふが雪崩れ入ろうとする敵を相手に斬り結んでいる。

駄目だ。これでは逃げられない。顔を叩く熱風とともに、冷たい恐怖が相模の胸を駆け過ぎた。

うおおおッという雄叫びが、突如、東門の向こうで轟いた。同時にもののふと斬り結んでいた敵たちが、風になぎ倒されたかの如くばたばたと倒れ伏す。驚愕の声を上げる味方の肩越しに、門の向こうの大路がちらりと見えた。

「も、盛遠ッ」

血刀を引っ提げた武士の一人が、顔じゅうを口にして叫ぶ。法衣の袖を肩までたくし上げた盛遠――いや、文覚は、顔に散った返り血をぐいと拳で拭い、「ここより東の敵兵は、わしが引き受けたッ」とそれに喚き返した。

「早く、邸内の衆をここから逃がせ。すでに三条東殿は火の海だ。ぐずぐずしていると、こちらの屋敷の者たちも東殿の二の舞となるぞッ」

「も、盛遠さまッ」

相模はもののふたちの間を縫って、東門を飛び出した。相模どの、と目を瞠《みは》る文覚の胸元に飛び込むや、「助けに来てくださったのですねッ」と声を限りに叫んだ。

辺りに漂う煤の臭いを圧して、わずかな抹香の香が文覚の胸元から漂っている。文覚は言葉にならぬ呻きを上げるや、両手で相模の肩を摑み、無理やりその身体を引き剝がした。

「かような仕儀となってしもうたのは、ひとえにわしの過ちゆえだ。かくなる上は早くこの場からお逃げ下され」

それはいったい、と問い返す間もあればこそ、文覚は相模の身体を強く突き飛ばした。一瞬遅れて、頭上から短矢が雨あられと降り注ぐ。

文覚は大刀を頭上で大きく振るうや、それを片端から叩き落そうとした。だがわずかに逸れた一本が、倒れ伏した相模の左足を鋭い唸りとともに地面に縫い留めた。

激しい痛みが全身を貫く。相模は言葉にならぬ絶叫を上げた。

「相模どの、しっかりしろッ」

駆け寄った文覚がふくらはぎを貫いた矢をへし折り、無理やり立ち上がらせる。腰帯に挟んでいた白鞘を抜き取って相模の手に握らせるや、「早くッ」と大路の西を指した。

「これを杖代わりに逃げろ。さあ早くッ」

その怒声を遮って、地鳴りを思わせる音が響く。顧みれば三条東殿の方角から、二十名ほどの軍兵が手に手に打ち物を掲げてこちらに向かって疾駆してくる。強引に肩を突かれ、相模は足を引きずってよろよろと駆け出した。

ひと足ごとに激痛が半身を走り、獣のごとき呻きが唇を突く。さりながらここで足を止めれば、待っているのは明確な死だ。

そんな相模から顔を背けると、文覚はうおおおッと怒号を上げて、敵兵のただなかに走り込んだ。真っ赤な血飛沫が彼らの姿をかすませ、どうと地面を揺らして黒い影が次々と地面に倒れ込む。

「四郎どのッ。加勢申すッ」

雄叫びとともに門から駆け出してきたのは、胤頼だ。薙刀を振るい、次々と敵を斬り伏せる彼らに背を向けると、相模は血泥にぬかるむ大路をよろめきながら駆け出した。

炎がいよいよ北ノ対を押し包んだのか、激しい風音が逆巻き、足元に黒々とした影が長く伸びる。強い鉄錆の臭いが、相模の鼻先にかろうじて残っていた抹香の香をいともたやすく吹き払った。

この夜、三条東殿を急襲した藤原信頼と源義朝は、上皇・雅仁と上西門院を内裏内の一本御書所《いっぽんごしょどころ》に押し込めるとともに、清涼殿北の一室・黒戸御所《くろどのごしょ》に帝を軟禁。かろうじて都から逃げ延びていた信西が山城国田原《やましろのくにたわら》で自害すると、その首を西獄の門で梟首《きょうしゅ》し、臨時の除目《じもく》を行った。

だが信頼は念願の大臣に、義朝は従四位下播磨守に任ぜられたにもかかわらず、その権勢は短かった。折りしも熊野詣のために都を離れていた平清盛が急ぎ帰京するや、藤原信頼の隙を見て、天皇・院の両名をそれぞれの軟禁先から奪還。帝から発せられた信頼・義朝を追討せよとの宣旨を手に、両名の追捕にかかったのである。

相模はそんな一部始終を、かろうじてたどりついた宇多野郷《うたののさと》の生家で耳にした。仁和寺で働く父からは、御寺に逃げ込んできた藤原信頼が捕縛されたことや、源義朝が六条河原にて平氏と戦ったものの敗走し、東国目指して落ちて行ったことが伝えられた。しかし今の相模には、その目まぐるしさすらがひどく歯がゆかった。

相模たちが逃げ延びた後、三条南殿のもののふは大半が討ち死にし、中には奪われた首を信西のそれと並んで晒された者もいると聞く。あの老武者は、胤頼は、そして文覚はどうなったのか。すぐにでも走って行ってその行方を確かめたいのに、無理やり宇多野まで駆けたのが悪かったのだろう。足の矢傷は思うように癒えず、家の外に出ることすらままならない。

せめて文覚の行方だけでも、と思っても、気の弱い父にとっては、左馬頭と懇意だった武士というだけで恐ろしいものと映るのだろう。

「右衛門督さまが兵を挙げられたのは、信西入道さまの専横にたまりかね、院の君側《くんそく》の奸《かん》を取り除かんとなさったため。左馬頭さまは、それに渋々従われたとの噂だ。つまりお前が親しくしていたというそのお方は、左馬頭さまともども天下の大逆人というわけじゃないか」

違う。あの時、文覚は自分たちを身命を賭して助けてくれた。だがそう言い募れば言い募るほど、父は哀し気に首を横に振った。

「とにかくおとなしくしておいで。聞けば信頼さまは明日にでも斬首に処されるらしい。いくら目障りとはいえ、治天の君の御座所を襲い、そのお気に入りの入道さまを死なせたんだ。お気の毒だけどしかたがあるまいなあ」

義朝はかろうじて東国に落ちて行ったが、彼に従おうとする郎党はわずか十人にも満たなかったという。この分では道中のどこかで一行もろとも討ち取られるに違いない、という父の言葉に、相模はただただ唇を噛みしめた。

そんな中で唯一の幸いは、三条南殿ではぐれた亮ノ御がはるばる相模を訪ねてきたこと。市司《いちのつかさ》に勤める兄のもとに身を寄せているという彼女は、「あたしたちが落ち延びた後、三条東殿・南殿では逃げ遅れた女房たちがどうにか助かろうと井戸に飛び込み、数え切れぬほど死んだらしいよ」と太い眉をひそめた。

亮ノ御によれば、井戸の上部にいた者は燃え盛る殿舎の炎に煽られて黒焦げとなり、下にいた者は次々と飛び込んでくる同輩たちにおしひしがれ、踏みつぶされた蛙の如く圧死したという。その中にはあの小宰相ノ局も混じっていたようだ、と告げられ、相模は晒《さらし》を巻いた足を撫でながら、ため息をついた。

もしあの場に文覚がいなければ、自分もまた顔貌《かんばせ》すら分からぬ無残な骸《むくろ》となって、二度とこの家に戻れなかったやもしれない。加えて文覚はあの時、仏弟子でありながら、義朝の手勢に刃を向けた。ならば文覚は朝敵ではなく、むしろ上西門院御所の衆を助けた功臣ではないか。

「門院さまは西洞院《にしのとういん》六条の六条院を新たなお住まいと定められたらしい。あたくしも来月から、門院さまの元に戻るんだ。相模、お前も早く足を治して戻っておいで」

「え、ええ。足さえ治れば、必ずや――」

とはいえ気の弱い父は、娘が巻き込まれた政争の激しさにすっかり震え上がっている。この分では傷が癒えたとて、二度と宮仕えなぞ許してはくれぬだろう。

文覚の消息は、相変わらず杳として知れない。普段は物置に使われている小屋を自室代わりに、相模はただぼんやりと外だけを眺めて日を送った。

年が改まった正月九日、尾張国で討ち取られた義朝の首が京に届き、かつて信西入道の首が晒されたのと同じ西獄の門に晒された。子息の頼朝もその後、捕縛されたが、こちらはかろうじて命だけは助けられ、どこか遠国に流されるらしい。時々訪ねて来る亮ノ御からそう知らされ、相模はほんの少しだけ胸の閊《つか》えが取れた気がした。

六条院御所には現在、かつての三条南殿武者所の生き残りたちが、少しずつ宮仕えを始めているという。あの老武者は昨年末の乱の際に落命したが、生き残りの中にはどうやら千葉六郎胤頼も含まれているらしい。

信西入道、藤原信頼という寵臣二人を同時に失ったにもかかわらず、上皇・雅仁は相変わらず政の中枢に座し続けている。彼らに代わって、院の寵愛を増し始めた平清盛は近々、先の乱での功績を嘉《よみ》せられ、参議に昇ると評判だ。

自分が――文覚が、あの名すら知らぬ老武士がおらずとも、政《まつりごと》はなんの淀みもなく続いて行く。そう思うと相模には、あの豪奢な殿宇で立ち働いていた十年間が、はかない幻の如く思われた。

宇多野郷は三方を山に囲まれており、春になってもなお日が短い。じゃあまた、と手を振って帰っていく亮ノ御を見送って小屋に戻ると、相模は板壁に身体をもたせかけた。

久々に長話をしたせいで、どっと疲れが出たのだろう。わずかにまどろんだ気がして目を開ければ、外はいつしかとっぷりと暮れ、これぱかりは変わらぬ満月が山の端からちょうど顔を出しかけている。

居眠りの間に父が運んできたと見え、板の間の端には飯と汁が載った折敷が置かれている。だがまだ湯気を上げるそれを手元に引き寄せたものの、どうにも食欲が湧いてこない。

軽く目を閉じて相模が再度、壁に背中を預けたその時、枯れ枝を踏む微かな足音が、小屋の外で響いた。

「——お父っつぁまかい」

何の気なしに問うた相模の声に、足音がはたりと止む。重い沈黙に不審を覚えて相模が立ち上がろうとした刹那、「相模どのか」という低い誰何《すいか》が響いた。文覚の声であった。

あわてて壁に手をついた音が届いたのだろう。文覚は吐息に紛れそうな小声で、「動かずにそこにいてくだされ」と続けた。

直後、どさりという音とともに、目の前の壁が鈍くきしむ。

相模は片足をかばいながら、小窓に顔を押し当てた。その真下に真っ黒な影が座り込んでいるのが見えた途端、熱いものが胸底から音もなくこみ上げてきた。

「足の怪我はいかがだ。矢傷は案外、長引くもの。元の如く歩けるには、いささか日数がいるじゃろうなあ」

溜息混じりのその声が、泣きたいほど懐かしい。相模は壁に手を当てたまま、ずるずるとその場にしゃがみこんだ。

「今日はな。別れを告げに参ったのだ。京雀どもの噂によれば、左馬頭さまのご嫡男がこのたび、伊豆国北条《いずのくにほうじょう》に流されると決まったとやら。かの国は古来よりの遠流の地。いくらもののふの生まれとはいえ、まだ十四歳の頼朝どのに鄙の地の暮らしは厳しかろうでな。わしもかの地に参り、陰ながらこっそり見守って差し上げようと思っておるのだ」

「それは……左馬頭さまの御為でございますか」

ああ、という応えは短く、それだけに文覚の覚悟のほどが察せられる。相模はしばらくの間、節だらけの板壁に額を押し当てていた。だがやがて大きく息をつくと、

「一つ、お教えください」と静かに言った。

「文覚さまは……いえ、盛遠さまが渡辺渡さまのご妻女を殺められた一件、あれはもしや先だっての左馬頭さまたちの挙兵に関わりがあったのではありませんか」

「そんなことは――」

「嘘はおやめください」

文覚を遮った声が裏返り、涙を孕《はら》んで跳ね上がる。壁の向こうの文覚がびくりと身体を硬くしたのが、はっきりとわかった。

「わたくしを助けて下さった折、盛遠さまはかような仕儀となったのはすべてわしのせいだと仰せられました。ですがどれだけ考えたとて、あのような恐ろしい挙兵と盛遠さまの御身が結びつかぬのです」

この三月あまり、じっと考え続けていた不審が淀みなく唇をつく。それと同時に分

からぬのは、やはり渡辺渡の妻女の死だ。盛遠による殺害が不可解であれば、そんな彼を渡辺渡が許した事実もまた不可解。そして幾ら上西門院御所に仕えていたとはいえ、恩義ある左馬頭の挙兵に際し、出家となった盛遠が打ち物取って駆けつけてきたのもまた、理解ができない。

硬く唇を引き結んだ相模に、文覚はしばらくの間、無言であった。山の端からすっかり満月が顔を出し、がくりとうなだれたその横顔が澄んだ月影に照らされた頃、

「――相模どのには隠し事ができぬな」とのうめきが、その唇から洩れた。

「左馬頭さまのあの挙兵はな、わしがとんだしくじりを犯してしもうたがゆえのことだ。わしが愚かな過ちさえしなければ、左馬頭さまも右衛門督さまもあのように無残に果てられなんだじゃろうに」

「その過ちとは――」

「わしが渡辺渡の妻女を殺してしもうた、あの件じゃ。わしはな、左馬頭さまからあの頃、信西入道さまを内々に討ち取る方策はないかとご相談を受けておったのだ」

もちろんそれは、源義朝の発案ではない。義朝は藤原信頼から目の上のたんこぶである信西入道をどうにか追い落としたいと持ち掛けられ、かねて目をかけていた文覚にすべてを打ち明けたのだという。

「正直、わしは困った。なにせ信西さまと言えば、わしには雲の上のお方。とはいえあの入道さまさえおらずば、という信頼さまのお気持ちもよう分かる。そこでわしは昔なじみの渡辺渡に話を持ち掛け、二人で入道さまを闇討ちせんと企んだのだ。互いに滝口に詰めておった頃より、あ奴ほど信頼できる奴はおらぬと思うておったからな」

さりながら文覚の予想とは裏腹に、渡辺渡は協力をすげなく断った。

なにせ信西入道は、院のお気に入り。犯科人が自分たちと露呈すれば、己どころか渡辺党にまで咎めが及びかねない。そんな危険な橋は渡れぬと告げられ、文覚は愕然とした。

「わしが知っておる渡は、かような先行きを案じる輩ではなかった。だがそれも思えば当然だ。滝口から源頼政さまの郎党となり、そのご恩を受けておる今、あ奴は我が身一つのことだけを考えてはいられなんだのだろうよ」

そしてそれは、源義朝の恩ゆえに信西暗殺を断れなかった我が身も同じ。それだけに渡の拒絶は理解できるが、一方でかような男に策謀を知られた今、彼がいつ文覚の――いや、藤原信頼の企みを主たる源頼政に告げるか分からない。

「ゆえにわしは、渡を殺さねばならぬと思うた。されどそれが誤って、たまたま渡の部屋に寝ておった妻女どのを殺めてしまうとはなあ」

渡がすべてに口を噤んだまま文覚を許したのは、己の拒絶が元凶と気づいていたためだろう。もしかしたら自分さえ文覚をうまくなだめていれば、妻は死なずに済んだとの悔いもあったのかもしれない。

「信頼さまと義朝さまは、わしの過ちの理由を気づいておられたはずだ。わしが渡を説き伏せ、みごと信西入道さまを討ち果たしていれば、お二方はあのような乱を起こさずとも――天下の反徒としてお討たれにならずともよかったのだ」

すべてはわしゆえじゃ、との呻きが低くくぐもる。違う、と相模は奥歯に力を込めた。

文覚が様を改めた後も、信頼はただただ信西への憎悪ばかりを口にしていた。義朝にどうにかしろと迫り、挙句、三条東殿・南殿の者たちを大勢死なせる乱を起こした。

ようやくわかった。千葉胤頼が酒宴のための酒甕を割ったのは、信頼の企みと文覚にすべてを押し付けてもまったく悪びれぬその姿に気づいていたからだ。

武士なぞ畢竟、上つ方のただの手駒。彼らの気分次第で、幾らでも入れ換えられる。それにもかかわらず、文覚は己の務めを忠実に果たそうとし、結果、すべての罪を一人でかぶった。その事実とこの浮き世が、胤頼には腹立たしくてならなかったのだ。

とはいえその事実を突きつけたとて、不器用で実直なこの男は、それでもなお伊豆国に旅立つのだろう。流人となった頼朝を陰ながら支え、己の罪科をどうにか贖《あがな》おうと努めるのだろう。

がたりと壁が揺れる。窓から差し入っていた月光が、立ち上がった文覚の背中に遮られた。

「――そろそろ参らねばならぬ。最後に、相模どのと話ができて幸いじゃった」

「お、お待ちください」

相模は四つん這いのまま、土間に転がり降りた。戸口に置きっぱなしの白鞘を杖に飛び出せば、その魁偉《かいい》な影はすでに街道へと続く坂を降りようとしている。

「わ、わたしも、わたしも共にお連れ下さいッ。伊豆なりとも陸奥《みちのく》なりとも、盛遠さまとご一緒であれば、どこにでも参りますッ」

分かっている。相模の今の足では、伊豆はおろか京から出ることすらままなるまい。だがそれでも今、文覚にそう告げねば、これから先、幾度後悔しても足りぬ気がした。

真っ黒な影がゆっくりと振り返り、泣き笑いの横顔が皓々たる月影の中に浮かぶ。三条南殿で働いていた頃に幾度となく目にした、照れ笑いとあまりにそっくりで——その癖、何もかもが違う表情であった。

「そうか……わしは真にすべてを失うてしもうたのじゃな。まったく、もののふとは愚かなものだ」

目元をぐいと拭い、文覚が拳を握り込む。相模は震えそうな唇の端を必死に吊り上げた。

「いいえ、失ってはおられますまい。これから伊豆の地で、文覚さまはきっと新たなものを手に入れられるのではありませんか」

これからの世がどう移り変わるのか、相模には分からない。源氏を追い落とした平清盛はこれから、上皇の朝堂で並み居る公卿のごとく出世していくのか、それともやはり所詮はもののふと嘲られるのか。

しかしほんの半年前まで、誰が藤原信頼が首となって晒される日が来ると思っていただろう。数年前まで、誰がもののふがこれほど重用される時が訪れると知っていただろう。だとすればこれから先、武士が公卿に成り代わる日が来るとしても、決して不思議ではない。そしてそれが平家ではなく、惨めな敗残者と化した源氏であることとて今は、決してありえぬ話ではないのだ。

「胸を張られませ、文覚さま。きっと新しき世が——またお目にかかれる日が来るはずでございます」

更に大きく、文覚の顔が歪む。相模はその背中を励ますように、頭上に掲げた手を力強く振った。

文覚の足元に伸びた影法師だけが、かつて幾度となく雑舎の局から見送ったそれと同じく、黒々と長く冴えていた。

滲《にじ》む月

小雪混じりの寒風が、深夜の都大路《みやこおおじ》に調子はずれの音色を奏でている。東山《ひがしやま》の嶺に顔を出した半月の輪郭までが、師走《しわす》の夜寒におぼろに凍てついていた。

草履《ぞうり》越しに這《は》い上る冷えに足踏みをしながら、周防《すおう》は身を寄せていた築地塀《ついじべい》の陰から顔を突き出した。その途端、背後にうずくまっていた息子の平時経《たいらのときつね》が、周防の袿《うちき》の袖をひっ摑む。傾きかけた烏帽子《えぼし》を片手で押さえ、痩《や》せた喉《のど》をひくひくと喘《あえ》がせた。

「は、母上。本当にやるのですか」

「当たり前さ。今更、怖気《おじけ》づいたんじゃなかろうね」

表向きは母と息子であるが、間もなく三十四歳になる周防と時経は十歳しか年が離れていない。肉の薄い頰《ほお》を蒼白に変えた義理の倅《せがれ》を、周防は細い目で睨《にら》み据えた。

「康忠《やすただ》さまの息子は、お前しかいないんだよ。実の父君の首をあれ、あのように獄門《ごくもん》にかけられ、お前は悔しくないのかい」

「そりゃあ、悔しいですし、哀しいですよ。でもやっぱり、年の瀬も押し迫っているのに、こんな真似をしなくたって」

「新玉《あらたま》の春を祝ったその足で、獄舎の門によじ登るよりいいだろう。つべこべ言わずに、さっさとおしよ」

立て板に水の周防の叱咤に、時経が首をすくめる。怯《おび》え切った倅の表情に、周防は
「ああ、またやっちまった」と内心、後悔した。

周防は元は、内裏《だいり》の青女房。それが十五年前、兵衛府《ひょうえふ》に配されたばかりのやもめ武士・平康忠に見染められたのを幸いと致仕した理由は、この口の悪さが雅やかな宮中にそぐわなかったためである。

とはいえ内裏を警固する滝口《たきぐち》ノ武士として叩き上げてきた康忠には、十二歳年下の妻の短気すら愛らしく感じられたのだろう。周防が前妻の忘れ形見である時経を怒鳴りつけていると、いつも懸命に親子仲を取り成してくれたものだ。

(だけど——)

夜空を切り裂いてそびえる西獄の官衙《かんが》に、周防は目を据えた。中御門大路《なかみかどおおじ》と西堀川《にしほりかわ》小路《こうじ》の辻に建つこの殿舎は、京内で捕縛された罪人を押し込める獄。そして時には謀

叛人の首を門の屋根に掛け、都じゅうのさらし者とする刑場でもある。

三年前、時の上皇・新院（崇徳上皇《すとく》）と天皇・雅仁《まさひと》（後白河天皇《ごしらかわ》）が京を二分する争いを起こした際には、敗北した上皇方の武士の首がここに掛けられた。あの折、人波に揉まれながら怖々と見物した武士と同じ目に、まさか己の夫が遭おうとは。

いま、獄門の屋根に揺れる首は、計三級。ただもっとも目立つ棟端は、康忠の死から四日後に没した信西入道《しんぜいにゅうどう》の首に占められ、夫のそれは上役である左兵衛督《さひょうえのかみ》の首とども、目立たぬ軒の隅木にひっかけられている。

同じ梟首《きょうしゅ》でも、もっとも人目に立つ棟端にさらされれば少しは納得できるが、しかたがない。なにせ信西入道は、十日前の院御所・三条殿《さんじようでん》炎上の元凶にして、三年前に没した鳥羽《とば》上皇お気に入りの大学者。妻・紀伊局《きいのつぼね》が乳母《めのと》として養った雅仁親王を天皇の座に押し上げ、邪魔な新院を武力で排除した、都では知らぬ者のおらぬ切れ者であった。

その権勢は昨秋、雅仁が鳥羽上皇の遺言に従って、息子・守仁《もりひと》親王（二条《にじょう》天皇）に譲位しても変わらなかった。むしろ信西は故院の宿願だった守仁の治世を盤石のものにすべく、院御所と内裏を日夜往還する多忙な日々を送っていた。

権中納言《ごんちゅうなごん》・藤原信頼《ふじわらののぶより》と左馬頭《さまのかみ》・源義朝《みなもとのよしとも》の手勢五百騎が、そんな信西を殺害せんと院御所・三条殿を取り囲んだのは、十日前の十二月九日夜半。雅仁上皇の寵臣である信頼の挙兵に院御所は大騒動となったが、当の信西はいち早く三条殿を脱出。怒り狂った信頼は院御所に火を放ち、逃げ惑う女房や公卿《くぎょう》に向かって、雨あられの如く矢を射かけさせたのであった。

その夜、兵衛尉《ひょうえのじょう》として三条殿の警固に当たっていた康忠は、御所から逃げる上皇や寵姫《ちょうき》の輿《こし》を守って、上役ともども討ち死にしたという。夜陰をつんざく兵馬の響き、夜空を真っ赤に染め上げる焔に驚いた周防が院御所に駆けつけた時、すでに壮麗な殿舎は紅蓮《ぐれん》の炎に包まれ、かろうじて逃げおおせた女房たちが寒さと恐怖に震えながら往来に座り込んでいた。

康忠たちの首がすぐさま右獄の棟木に掛けられたのは、行方をくらました信西への脅しだったのだろう。ただその時は身悶えして藤原信頼たちの陵虐《りょうぎゃく》を呪った周防も、前途を悲観した信西が逃亡先で自害し、それまで夫が梟首されていた獄舎の棟端にその首が提げられてみれば、康忠は政争のとばっちりに巻き込まれたのだと悟らずにはいられなかった。

(何も死ぬ必要なんぞなかったんだ。さっさと三条殿から逃げた北面《ほくめん》や衛士《えじ》は、数えきれぬほどいるっていうのにさ)

近年栄達著しい大宰大弐《だざいのだいに》・平清盛《きよもり》と同じ平氏ではあるが、康忠は清盛一党の伊勢《いせ》平氏とは異なる坂東《ばんどう》の出。清盛一門が洛東に壮麗な六波羅第《ろくはらてい》を構えるのをよそに、西市《にしのいち》近くの古家で数人の郎党を細々と養う貧乏武士である。加えて、息子である時経は太刀《たち》を取らせても弓矢を持たせても不得手な優男で、清涼殿《せいりようでん》警備に当たる滝口ノ武士や院御所に仕える北面ノ武士としての出仕なぞ望むべくもない。

頼みの康忠ばかりか、子飼いの郎党までが討ち死にした今、母子二人の生計《たつき》のあては皆無に近い。だが数少ない伝手《つて》を頼って仕官の口を求めようにも、三条殿炎上の衝撃も冷めやらぬ今、新参者を雇い入れる公卿などいるわけがない。

そんな折、周防が思い出したのは、宮仕えをしていた頃に小耳に挟んだとある逸話であった。

かつて西域の王子が謀叛の罪で処刑され、見せしめとしてその亡骸《なきがら》が路傍に捨てられた折、王子の妹が禁を破って兄を葬り、同じく死罪を賜った。すると土地の者たちは兄思いの彼女を悼み、ひそかに二人の墓を建てて、その名を永遠に語り継いだという。――そう、これだ。

首を奪われた康忠の身体《からだ》は、殿宇《でんう》の火事に巻き込まれたのか、遂に見つからなかった。ならばせめて獄門の首を盗み、懇ろな供養を行えば、都の人々は時経をあっぱれな孝子よと誉めそやすだろう。上皇を守らんとして討ち死にした康忠の忠義とともに、時経の名が天下に知られれば、いずれは摂関家や皇親家なりから出仕の声もかかるのではないか。

勢い込んでそう語る周防に、時経は顔を青ざめさせた。しかし、「じゃあ、お前。自分で勤め口を探して来るって言うのかい。うちの米箱はもう、底が見えてきているんだよッ」とまくしたてられ、半ば周防に引きずられるように、西獄までやってきたのであった。

淡すぎる月影のせいで、獄門に下げられた三級の目鼻立ちは判然としない。だが人並み外れて身体が大きかった康忠の首は、他の二級より一回りも大きく、夜目にもそれとはっきり分かる。

康忠は歌も詠めず、気の利いた睦言《むつごと》すら言えず、夫としては物足りぬところも多々あった。そんな彼を突然失った衝撃から覚めてみれば、いまは夫の無残な死こそが自分たちの今後の頼みの綱である。

また風が吹き、首がゆらゆらと揺れる。周防は唇を真一文字に結ぶと、小腰を屈め、暗がりから飛び出そうとした。その途端、時経の両手がその腰に強くからみつき、周防は路傍にうつ伏せに倒れた。

「何をするんだよ。今更、怖気づいたのかい」

「ち、違います。人が、人がいますッ」

時経は震える指で、暗がりの果てを差した。見ればなるほどちょうど大路を挟んだ物陰から、三つの人影が駆け出してくる。あわてて築地に身を寄せた周防たちには気づかぬ様子で、獄舎の門前でぴたと足を止めた。

いずれも裹頭《かとう》（頭巾）で深く顔を覆い、指貫《さしぬき》の腰に大刀を帯びている。その中の一人が長さ三間（約五メートル）はあろうかという長い棒をひきずっているのに、周防の目は釘付けとなった。

男たちは二人がかりでその棒の根方を支え、反対の端を獄門の軒に向かって差し出した。棟端に吊るされた信西入道の首を懸命につつき、それを軒から落とそうとし始めた。

「信西さまのご縁者でしょうか」

時経が怖々と呟《つぶや》いた時、痩せた斑犬《まだらいぬ》が一匹、背後の路地から走り出てきた。うずくまる周防たちを睨み、低い唸りを立てた。

下手に咬《か》まれ、病でももらうと厄介だ。周防はとっさに、犬の脇腹を蹴飛ばした。

沸き起こった甲高い犬の悲鳴と駆け去る獣の姿に、一人だけ離れたところに立っていた人影が、ぐるりと頭を巡らせた。腰の大刀を抜き放つや、白々と光る抜き身を引っ提げ、こちらに向かって近づいてきた。

逃げようにも、こちらは丸腰。背を向けて走り出した途端に斬りつけられては、身のかばいようがない。

信西の首を盗み取ろうとしているとあれば、彼らは自分たちと同じ境涯に違いない。周防はすがりつく時経の腕を反対に握りしめ、物陰から飛び出した。

「き——斬らないでおくれ。怪しい者じゃないんだよ」

周防はわななく指を、獄舎の門に向けた。

「あたしたちは、そこの兵衛尉の首を取り戻しに来たんだ。あんたたちもお仲間だろう。だったらお互い、知らん顔をしようじゃないか」

「兵衛尉だと」

男がおもむろに獄門を振り返る。軒下で揺れる首に目を注いでから、大刀を静かに鞘に納めた。

「なるほど。そういう次第なら、確かにお仲間だ。それにしても、兵衛尉の倅は腰抜けと聞いていたのだがな」

言いざま、裹頭の端を顎《あご》まで引き下ろした男の年齢は、周防とさして変わらぬだろう。決して美男とは言い難いが、大きな鷲鼻と形のよい唇がはっきりと見て取れた。

「うるさいね。かく言うあんたたちはどうなんだい。信西入道さまのご子息がたは、いずれも出世に目のない奸物との噂じゃないか」

周防の悪口に、男は妙に響く声でははははっと笑った。周防たちばかりか、棒で信西の首を落とそうとしていた二人までがのけぞるほどの、高らかな笑いであった。

「まあ、確かにそれは一理あるな。だからこそ拙僧も父君に連座して、寺役解任の憂き目にも遭うたわけだ」

信西入道はあちこちに十指に余る数の子を産ませ、ある者は公卿として順調な立身を、またある者は叡山《えいざん》や東寺《とうじ》の学僧として名を馳せていると聞く。拙僧との名乗りから察するに、目の前の男は後者なのだろう。とはいえ在俗の兄弟をさしおいて親の首を盗もうとは、およそ坊主とは思い難い破天荒《はてんこう》である。

この時、ああっと上ずった声とともに、棒が宙を切る音が響いた。棒の端がようやく首を提げていた緒を揺らしたと見え、棟端に掛けられていた信西の首が弧を描いて虚空に投げ出された。

待っていたとばかり、男が脱兎の勢いで身を翻す。路上に腹這《はらば》って身を投げ出し、落ちてきた首を両手ではっしと抱えた。

「取った、取ったぞッ。二人とも、ご苦労だったな」

間近で眺めれば、男の腕の中の首は灰をまぶしたかの如く黒ずみ、鴉《からす》につつかれたと見えて、眼窩《がんか》はすでに虚ろな窪みと変じている。ただ、もともと髪がないせいか、それともすでに生前の面影を留めていないせいか、その様は無残というより破れた古毬を思わせるみすぼらしさであった。

男は抱きかかえた首を大事そうに撫でさすり、懐から取り出した麻布で包んだ。背中に結わえ付けたそれを軽く揺すり上げてから、怪訝《けげん》そうに周防たちを振り返った。

「それはそうと、おぬしらはどうやって尉どのの首を盗むつもりだったのだ」

「どうやってって……」

「見ての通り、獄舎の門は高い。さりとて左右の築地に足がかりはなし、首を盗み取るには拙僧たちの如く棒で叩き落とすしかなかろう。それにもかかわらず、おぬしらは何の支度もしておらぬと映るのは気のせいかな」

指摘されれば、確かにそうだ。康忠の首は信西より低い位置に掛けられているが、それでも肩車程度では到底、手は届かない。

生計の道を求めることに気を取られ、肝心の窃盗の手立てを考えていなかったとは、なんという迂闊《うかつ》だろう。かっと頬が熱くなり、周防は唇を引き結んで俯いた。

男はしばらくの間、そんな周防に目を注いでいたが、不意に従僕と思しき背後の二人に顎をしゃくった。

「こうなれば、乗りかかった船だ。尉どのの首も取ってやれ。——とはいえ、いったいどっちが尉どのなんだ」

首をひねる男に、周防はおずおずと軒の左に下げられた首を指した。

すると従僕たちは先ほどよりも手慣れた様子で棒を動かし、康忠の首をすくい上げるように軒から外した。先ほどの男を真似たのか、時経が真っすぐ落ちて来るそれを両手で受け止める。だがすぐに、ひえッと情けない叫びを上げて、その場に尻餅をついた。

とはいえ、それも仕方がない。もともと肉付きがよかったために、鴉が好んで喰らったのだろう。康忠の首は頬も顎も肉が削げ、ところどころ白い骨が覗いている。寒さのおかげで漂ってくる臭気は淡いが、これが夏であれば手に取るのもおぞましい有様だったはずだ。

周防に横目で睨まれ、時経は水干《すいかん》の袖で怖々と首を覆《おお》った。そうしながらも首から必死に目を背ける息子にため息をつき、周防は男に向き直った。

「すまないね。おかげで助かったよ」

「礼には及ばん。どうせこちらは罪人の身。その上、首を一つ盗むも、二つ盗むも同じだ」

怪訝な表情を浮かべた周防に、男は背中に担った信西の首に軽く片手を当てた。

「なにせあの忌々しい権中納言のせいで、我が父は稀代《きたい》の謀叛人の汚名を着せられてしまったからな。拙僧たちも父に連座して職を解かれ、近々、遠国《おんごく》に配流されそうだ。今後も都に残るおぬしらが羨ましいわい」

「羨まれるほどのものかい。こっちは背の君に死なれ、明日からどうやって食うか弱っているってのにさ」

「なるほど。それで尉どのの首を盗みに来たのか。孝行息子との噂が立てば、仕官の口もかかりやすくなるからな」

さすがは知恵者と名高かった信西の子である。周防の話を先読みし、男は己の顎をひと撫でした。

「ふん、あんたみたいな公卿のお家柄とは違ってね。武士ってのは、誰かに雇われなきゃ食っていけないんだ。そのために策を弄するのも、しかたがないだろう」

「確かにかつては、そうだったがな。ありあまる富や合戦の勝敗を決するほどの郎党を擁する平清盛の如き武士も、これからは増えて来よう。それを思えば、なまじ妙なしがらみを持たぬ分、もののふの方が生きやすかろうと思うが……まあ、いい。とりあえずおぬしらは、こ奴の任官先を求めているわけだな」

男の眼差しを受け、時経がおずおずとうなずく。その挙措は周防ならずとも、本当に武士の倅かと疑いたくなるほど弱々しかった。

「そういう次第なら、拙僧が口を利いてやってもよいぞ。これでも本来ならば、正月御斎会《ごさいえ》の講師を勤めるはずの身だからな。内裏の滝口程度なら、すぐにでも押し込んでやろう」

正月八日から清涼殿で執行される御斎会は、高僧たちに金光明最勝王経《こんこうみようさいしようおうきよう》を講義させるとともに、一年の安寧と五穀豊穣《ごこくほうじよう》を祈願する大法会。列席するだけでも僧侶としては一代の誉れと言われており、そこで経典を講義する講師に任ぜられるには並々ならぬ学識が要る。

我が耳を疑った周防に、男はにやりと頰を歪めた。年齢の割に稚気に満ちた、悪童を思わせる笑顔であった。

「まだ名乗っておらなんだな。拙僧、法号は澄憲《ちようけん》。またの名を蓮行房《れんぎようぼう》とも申す叡山僧だ。これなる信西入道には、七男坊に当たる」

「——あたしは、周防。こっちは倅の平時経だよ。けど、本当に口利きしてくれるのかい」

「ああ、これも何かの縁だ。とはいえこちらも、この先、どこの遠国に流されるかも分からぬ定めなき身でな。そこで、どうだろう。そ奴の仕官を取り持ってやる代わりに、万一この先、拙僧が罪を許され、みごと都に戻って来た折には、一つだけ願いを聞いてはくれぬか。なあに、無理難題はふっかけぬ。それに、無位無官の冷や飯食いを、仕官させてやるのだ。さして悪い話ではなかろう」

周防は時経と眼を見交わした。

院御所を焼いたとあれば、藤原信頼は立派な叛徒。しかし現在、内裏東隣の一本御書所《いっぽんごしょどころ》を新たな御座所と定めた雅仁上皇は、そんな信頼を咎めぬばかりか、三条殿襲撃に加担した左馬頭《さまのかみ》・源義朝《みなもとのよしとも》に四位の官職を与えまでしている。一方で信西の妻である紀伊局が内裏から追い出されたとの風評は聞こえて来ぬところを見ると、彼女はいまだ上皇に近侍し続けているのだろう。

政《まつりごと》の世とは、人の嘘と本音が幾重にも渦を巻き、何が真実かすら容易に分からないもの。藤原信頼が突如信西を襲ったのも、上皇がそんな信頼を遠ざけぬのも、余人にはうかがい知れぬ理由があるはずだ。だとすれば澄憲と名乗ったこの僧侶が、時経の一人や二人、どこぞに雇い入れさせるのも、さして難しくないのかもしれない。

それに、と周防は上目遣いに、澄憲の顔をうかがった。

信西が謀叛人扱いされているのは、疑いようのない事実。だとすれば澄憲たちは配流された後、そう簡単に赦免《しやめん》されまい。つまりここで澄憲とどんな約束を交わしても、それを実行するのはずいぶん先になるわけだ。

悪くはない、と周防は胸の中で小さくうなずいた。しかし当の時経は康忠の首を恐る恐る抱えたまま、すぐにでもこの場から逃げ出したいとばかり、眼を泳がせている。

周防はそんな息子の背を、乱暴に小突いた。そのままぐいと烏帽子の頭を押さえ、澄憲に向かって頭を垂れさせた。

「わかったよ、澄憲さま。よろしくお願いするよ。それでいったい、どこに口利きしてくれるんだい」

勢い込む周防に、澄憲はさてなあと呟いた。

「すぐにどことは決められぬな。二、三日のうちに使いを遣わして、沙汰《さた》しよう」

「分かったよ。あたしたちの住まいは西市の北。稲荷堂の脇を入った辺りで、平ノ兵衛尉の家はと尋ねてもらえればわかるはずさ」

そう周防が応じたのを待っていたかのように、視界の隅が急に明るくなった。夜明けまでにはまだ間があるのにと思いながら頭を転じれば、築地塀の向こう、獄舎の官衙の一角がぼうと明るんでいる。

不寝番の物部《もののべ》が、松明《たいまつ》でも手に夜回りを始めたのだろう。明かりがそのまま獄舎の門へと近づこうとしているのに、澄憲が唇をへの字に歪める。それと同時に銅鑼《どら》そっくりの胴間声が、辺りに轟いた。

「た、大変だあッ。首が、信西坊主の首がないぞッ」

一瞬の沈黙後、そこここの格子の上がる音が響き、「なんだとッ」「それはまことか」という大音声《だいおんじょう》が交錯する。澄憲は手早く、裹頭で面を覆った。

「では、いずれまた会おう。それまでは息災でな」

言うが早いか駆け出す澄憲の背を、二人の従僕が棒を投げ捨てて追いかける。その足音に気づいたのか、門の内側で、「外に誰かいるぞッ」との怒号が飛び交った。ぎぎ、と門《かんぬき》の引き抜かれる音が更に重なる。

「は――母上ッ。早く、早くッ」

先に駆けだした時経が、片手で懸命に周防を招く。袿の裾をたくし上げてその後を追いながら、周防は澄憲を振り返った。

その姿はすでに半ば大路の暗がりに溶け込み、背で弾む麻布包みだけが、夜闇にぽうと浮かび上がっている。そのこんもりとした丸みが、いまは不思議なほど近しく感じられた。

別れ際の言葉とは裏腹に、三日、四日と日が過ぎても、澄憲の使いは一向にやって来なかった。持ち帰った康忠の首は、すでに存じ寄りの僧に託し、洛北の山中に塚を築いて弔った。だが都人たちは西獄から消えた信西入道の首の噂には忙しくとも、康忠の首の行方《ゆくえ》なぞまったく気にもかけない。

「まったく、本当にあいつは口利きをしてくれるんだろうね。これで知らぬ顔を決め込まれたら、首盗っ人の功を奪われたようなものじゃないか」

時経は直視した父親の首のあまりの無残さゆえか、この数日、二度の食事すらまともに摂っていない。肝心の息子がこれでは、仮に仕官が叶っても、満足に勤めを果せるか心もとない。

そう思うと返す返すも、康忠の死が身に染みる。同じ討ち死にでも、梟首の憂き目なぞ見なければ、時経もここまで動揺しなかったろうに——と周防が嘆いた翌日、思いがけぬ騒動がまたも京に沸き起こった。

内裏におわすはずの天皇が平清盛の邸宅・六波羅第《ろくはらてい》に、また上皇が御室《おむろ》の仁和寺《にんなじ》にそれぞれ夜陰に紛れて動座し、同時に藤原信頼と源義朝を逆賊として討てとの宣旨が、畿内に発布されたのである。

天皇・上皇の遷座を計画したのは、内大臣・藤原公教《きみのり》。三条殿炎上の折、熊野詣《くまのもうで》のために都を離れていた平清盛が御座所として屋敷を提供したばかりか、関白・藤原基《もと》実《ざね》を始めとする公卿衆も続々と六波羅に駆けつけたとの噂に、都は蜂の巣をつくに似た騒ぎとなった。

なにせその前日まで、上皇は三条殿を焼き、信西を死に追いやった藤原信頼たちをまったく咎めなかったのだ。そんな上皇に加え、天皇までが摂関家や平家の庇護下に逃げ込んだことで、信頼は一夜にして追捕《ついぶ》を受ける身に落魄《らくはく》したのである。

「内裏の東で、戦が始まったぞ。陽明《ようめい》門や郁芳《いくほう》門を挟んで、平家が左馬頭さまの軍と斬り結んでおるッ」

「六条河原でも合戦が起きておるわい。六波羅第を攻めんとする源氏とそれを防ごうとする平氏、それぞれ三百騎あまりが入れ乱れ、川の水が真っ赤に染まっておった」

これまで京では数多くの内乱が勃発したが、洛中が合戦の場となったことは皆無に近い。それだけに都の人々は好奇と恐怖がないまぜになった面持ちで、声高に戦の情勢を取り沙汰した。とはいえ、上皇・天皇双方から背を向けられた逆賊が生きながらえられるはずがない。

合戦の翌日、藤原信頼は捕縛され、すぐさま六条河原で斬首された。源義朝は都を脱出して東国へと落ちたが、清盛はその息の根を完全に止めんと、すでに二百騎あまりの追手を遣わしたという。

「やれやれ、師走にあわただしいったらありゃしない」

周防が舌打ちとともに外に出れば、井戸端では近隣の女たちが水を汲みながら、昨日の戦の凄まじさを語り合っている。中には藤原信頼の処刑を見物に行った物見高い女もいるらしく、両手を振り回して命乞いを続けた権中納言の無様さを身ぶり手ぶりを交じえて話していた。

三条殿焼き討ちから、まだ一月も経っていない。それにもかかわらず康忠を死に追いやった者たちがすでに一人とて都にいない事実が、どうにも信じがたい。あっけないものだねえ、と呟いて、足元の小石を蹴飛ばしたその翌日、澄憲の使いがようやく周防の家を訪ねてきた。

「澄憲さまは先立って、下野国《しもつけ》への配流が命じられ、現在は洛南の寺に蟄居《ちっきょ》しておいでです。年明けと同時に都を発たれるかと」

信西を殺害した藤原信頼が、謀叛人として処刑されたのだ。息子たちの罪も消えてもよさそうなものだが、綸言《りんげん》汗の如しとの言葉通り、一度、命じられた配流の沙汰は取り消されないと見える。

半白の従僕は糊の利いた水干の袖を翻し、調度の乏しい家内を見回した。框《かまち》に居住まいを正す周防と時経を、静かに見比べた。

「では、澄憲さまからのお言葉をお伝えします。まず時経どのには内裏に赴き、式部省の史生《ししょう》としてお勤めください。また併せて周防どのには、帝の中宮・高松《たかまつ》殿さまの女房として、ご出仕願いたく存じます」

式部省は、内裏の人事や論功行賞を司る役所。時経の気性を考えると、文官としての仕官はありがたい。ただ頼んでもいない周防の出仕先までが勝手に決められているのは、どういうわけだ。

現在十九歳の高松殿姝子《しゅし》は故・鳥羽法皇の内親王にして、雅仁上皇の異母妹。二歳年下の甥である帝との婚姻は、皇統の安寧を願う鳥羽法皇の宿願によるものであったが、才気《さいき》煥発《かんぱつ》な帝は雅仁上皇と仲のいい高松殿を厭い、臥所《ふしど》を共にする折も稀《まれ》と囁かれている。

「確かに倅の仕官は頼んだけどさ。どうしてあたしまでが宮仕えをしなきゃならないんだよ」

　女房にはふさわしからぬ周防の口調に、従僕は動じなかった。ひと言ひと言噛んで含める口ぶりで、「澄憲さまの思し召しです」と告げた。

「周防さまが否と仰せであれば、ご子息の仕官もなかったことにしよう、とも仰せでございました。いかがなさいますか」

　腰を浮かせた周防の膝先に、従僕は掌に乗るほど小さな錦の袋を置いた。

「これは、出仕のお支度のための黄金です。特に周防さまにおかれましては、着るものはもちろん、髪も化粧ももう少し気を使っていただきませんと」

　周防とて内裏を退いたばかりの頃は、毎日着替えても追いつかぬほどの袿や唐衣《からごろも》を持っていたのだ。だがまだ少年の時経や郎党の世話に奔走する日々の中で、指先は華やかな衣が似合わぬほどに荒れ、紅白粉《べにおしろい》をつける折もなくなってしまった。

「うるさいね。あんたに言われる筋合いじゃないよ」

　周防は錦の小袋を土間に払い落そうとした。その途端、時経が背後から長い手を伸ばし、素早く袋を取り上げた。袋を握った片手を胸元に抱き込み、空いたもう一方の手を周防を制するように突き出した。

「母上のお腹立ち、ごもっともです。されどここは、お指図に従おうではありませんか。お仕えする先が式部省や中宮さまであれば、父君の如く、政争には巻き込まれずに済みましょうし」

「それは確かにお前の言う通りだけどさ――」

あれほど勢い込んで盗んだ康忠の首は、今のところ時経の仕官に役立っていない。それだけに、周防の口調は自ずと勢いを失った。

ただ、官人とは異なり、女房勤めは主の屋形に住み込むのが原則。つまり周防が出仕してしまえば、この家を守る女手は皆無となる。そのため周防は時経と計らい、年が改まるとともに広大過ぎる家を売り払って、七条大路にほど近い小家へ家移りした。与えられた砂金で最低限の身支度を整え、残った金と銭をすべて時経に預けた。

「じゃあ、行ってくるよ。分かっていると思うけど、女房勤めはなかなか宿下がりが許されないからね。用事がある時は、そっちから出向いておくれ」

「承知しております。どうか母上も息災で」

ところがいざ現在の帝の御座所・八条殿に向かえば、当の中宮は年明けから生家である白河押小路殿《おしこうじ》に宿下がりしているという。

賀茂川《かもがわ》の東、白河の地に位置する押小路殿は、中宮の母・美福門院《びふくもんいん》が構えた邸宅。白河はもともと洛東の閑静な村であったが、八十年ほど前から公卿たちが相次いで別《べつ》業《ごう》(別荘)や寺を建て、ことに鳥羽院の祖父・白河上皇が造営した法勝寺《ほっしょうじ》の壮麗さは、洛中の寺院が顔色を失うほどであった。

一昨年完成した院御所・白河泉殿を北に、美福門院が発願した金剛勝院《こんごうしょういん》を西に擁する押小路殿は、並み居る寺や邸宅に比べれば小狭《こざま》な屋敷。とはいえさすがは当今《とうぎん》の中宮の里第《さとだい》だけに、広さ一町の邸内には長い裳を引いた女房たちが行き来し、強い香の匂いが庭にほころんだ梅の香を圧して漂っている。

「澄憲さまより、話は聞いております。直接、中宮さまへのお目通りは叶わずとも、高松殿さまを御主としていただく身の上は同じ。心して働くのですよ」

按察局《あぜちのつぼね》と名乗った老女から言い渡された通り、周防に与えられた立場は殿宇の雑務を弁じる下﨟《げろう》女房。殿舎の掃除や上﨟の膳の上げ下げ、時には樋洗童《ひすましわらわ》の手伝いなどが主たる仕事であったが、なまじ一度、勤めをしくじっているだけに、下働きの方がかえって気楽である。

加えて中宮は華やかなことが苦手らしく、押小路殿からの外出はもちろん、客人を迎える折も滅多にない。そのため半月、ひと月と日が経っても、押小路殿の日々は長閑《のどか》極まりなく、昨年末の有為転変が嘘かと疑う静けさである。

「それにしても、中宮さまはいつまで里第にいらっしゃるんだろう。新春早々の宿下がりとあっては、帝もご心配なさっていように」

ある日、ふと呟いた周防に、「なあに。あなた、知らないの」と眼を丸くしたのは、相役の鶴舞《つるまい》ノ御《ご》という娘であった。

「中宮さまはもう、内裏には戻られぬおつもりなのよ。本当は落飾なさりたいと仰せなのを、上皇さまが懸命にお止めなさっているの」

庭掃除の折、御簾《みす》越しに垣間見た中宮は、鋭い頰の線に意志の強さをにじませた勝気そうな女性であった。ちょうどお気に入りの女房と貝覆いをしていると見え、時折、漏れ聞こえてくる声も、鋼を芯に詰めたように張りがあった。

ただ幾ら夫である天皇と不仲とはいえ、女人として望み得る最高の地位を得てなお出家を望むとは、周防には贅沢の極みとしか思えない。そんな周防に、鶴舞ノ御は主をかばうように言葉を続けた。

「だってほら、帝は昨年、蔵司として出仕していた大外記《だいげき》の娘を召され、姫君をお産ませになったじゃない。中宮さまはあれですっかり、帝に愛想を尽かしてしまわれたのよ」

「帝ほどのお方であれば、寵姫の二人や三人珍しくないさ。それはちょっとお心が狭すぎじゃないか」

非難がましい口を叩きながら、周防は胸の底にざらりとした感覚を覚えた。

御斎会講師に任じられるほど内裏に通じていた澄憲は、中宮の出家願望も里第への蟄居も承知していたはずだ。そんな中宮のもとに、彼はなぜ自分を送り込んだのだろう。

時経は藤原尹明《まさあき》なる上役に気に入られたとの文を送って寄越したきり、周防の元にやって来ない。来る日も来る日も官人の名籍《みようじやく》（名簿）を繰る式部省は、内裏の官衙の中でも際立って細かな雑務の多い官司。あの寒夜、澄憲はわずかな言葉のやりとりだけで時経の気性を見抜いたのだと分かるだけに、自分の出仕の理由に周防は戸惑った。

ところがその疑念を澄憲にぶつける機会は、意外にも早く訪れた。東山の峰々に山桜がほころびはじめた二月の末、澄憲を含めた信西の息子全員が赦免され、都に召し戻されたのである。

「いやはや、下野は寒かったぞ。あんな地で生涯を過ごせと言われたら、父の如く、己が胸を刺し貫いて自害する覚悟をせねばならぬ」

押小路殿にやって来た澄憲は白練《しろねり》の素絹《そけん》に身を包み、およそ先日まで流人だったとは思えぬ堂々たる学僧ぶりである。

京から下野までは、約半月の道程。だが流刑地にたどり着くや否やの都への召還に疲れた様子もなく、澄憲は庇《ひさし》ノ間に控えた周防に「さて」と笑いかけた。

「先ほど按察局に聞いたが、おぬしはすでにこの殿になじんでおるとか。さればかねての約束、果してもらってもよかろうな」

「――ああ、もちろんだよ。ただその前に教えておくれ。あんた、もしや中宮さまが里第に引っ込んでしまわれることを、始めから知っていたんじゃ」

声を低めた周防に、澄憲は懐から取り出した檜扇《ひおうぎ》を口元に当てた。「さあ、どうだろうな。そうなるやもとは思うていたが」と小さく笑い、両手を軽く打ち鳴らした。

「荻丸《おぎまる》。荻丸、いるのだろう。出て来い」

瞬きするほどの間を置いて、庭の植え込みの一角が揺れる。十歳になるやならずやの年頃の小狩衣《こかりぎぬ》姿の少年が走り出てくるや、階《きざはし》の下から周防と澄憲を仰いだ。

その足元には真っ黒な子犬がまとわりつき、短い尾をちぎれんばかりに振っている。まるで兄弟かと見紛うほどに、荻丸なる少年と黒眸《くろめ》の勝った真ん丸の目がそっくりの犬であった。

「拙僧の願いとは、この子についてだ。すまぬがおぬし、この荻丸を局《つぼね》（自室）で預かってくれ。年回りからすると、離れて暮らしていた倅を引き取ったと言えばちょうどよかろう」

　女房が幼い子連れで出仕することは、決して珍しくない。とはいえそれはあくまで、連れてくるのが実子である場合の話。縁もゆかりもない子供を我が子と偽って育てるなぞ、聞いたためしがない。

「よいな。荻丸もこのお人を母と思うて過ごせよ。今後はもし遠目に拙僧を見かけたとて、間違っても父と呼んではならぬぞ」

「ちょっと待っとくれ。この子はあんたの息子なのかい」

　割って入った周防に、澄憲はあっさり頤《おとがい》を引いた。

「ああ、よく似ていよう。母である女性《にょしょう》はとっくに亡いため、内々に自坊で養っていたのだがな。さすがにここまで大きくなると、人目についてならん」

　下野配流の間は従僕に預けていたが、荻丸の今後を思えば、どこかで礼儀作法を身につける必要がある。権力争いとは無縁で穏やかな押小路殿はそのためにぴったりなのだ、と澄憲は楽しそうに続けた。

「つまり……あたしをこのお屋敷に遣ったのも、いずれはこの子をこちらで育てさせるためかい」

　公卿の子女が行儀作法を学ぶ目的で出仕する例は、枚挙にいとまがない。ただその場合は母親や乳母が彼らに付き添うものだが、寺で育った荻丸にはその役目を任せられる女がいない。そこで先に周防に宮仕えをさせ、荻丸の世話を焼かせようとしたわけか。

とはいえ、これが帝のおわす八条殿であれば、そんな勝手も難しい。やはり澄憲は最初から中宮の宿下りを見越していたのだ。

何てこったい、と呟いた周防に、澄憲はふふっと笑って立ち上がった。

「まあ、そんなものだ。拙僧は今後は洛北紫野《むらさきの》に里坊を構え、そちらで暮らすつもりだ。もし困ったことがあれば、いつでも使いを寄越せばいいぞ。荻丸の身の回りの品は、後日、こちらに届けるからな」

さっさと立ち去る澄憲にあきれ果てながら、周防は恐る恐る按察局に相談を持ちかけた。すると当の局は澄憲からどんな説明をされているのか、池に面して建てられた透廊《すいろう》を目顔で指した。

「あそこであれば人も来ず、広々と暮らせましょう。必要な調度は運ばせますので、好きにお使いなさい」

とはいえ格子も壁もない透廊は、夏はともかく、まだ朝晩冷え込む春の住まいとしては風通しが良すぎる。しかたなく周防は下人に命じて几帳と屏風を運ばせ、荻丸の居室を拵えたが、当の本人は犬を抱いたまま庭先に突っ立ち、呼べど招けど、堂舎に上がって来ない。

「さっさとおいで。日が暮れちまうじゃないか」

周防に幾度も促されてようやく階に足をかけたものの、今度は犬を抱えたまま放さない。

「犬っころは外に出しな。餌は下人に運ばせてやるから」

「いやだ。小龍《こたつ》も一緒がいい」

首を横に振る顔は、子供ならではの頑なさに満ちている。ああもう、と周防は舌打ちをした。

「ここは中宮さまのお屋敷で、几帳も屏風も借り物なんだ。その犬っころが悪戯《いたずら》なんぞした日には、あたしが詫びなきゃならないんだよ」

「小龍はいたずらなんかしないよ。本当さ」

一歩も退かぬとばかり周防を仰ぐ荻丸の腕の中で、小龍がきゃんと啼《な》く。

澄憲が人目についてならぬと言ったのは、まさかこの犬が理由ではあるまいか。周防は荻丸にも聞こえるように、わざと大きなため息をついた。

「分かったよ。その代わり、そいつは首に綱を結わえて、部屋の隅に縛り付けておきな。これから先、あんたはあたしの子ということになるんだ。ここで暮らす以上、妙なわがままを言って、皆から怪しまれないようにしておくれ」

だが一夜が明けてみれば、小龍は夜の間に首縄を抜け出したらしく、床に敷かれた莚《むしろ》は食い破られ、部屋の隅には尿の跡まである。

怒りに顔を青ざめさせた周防に、荻丸は小龍とともに庭へと駆け出した。そのまま朝日にさざ波を光らせる池を回り込み、中宮の御座所のある南ノ対の方角へと逃げてゆく。

「こらッ、どこに行くんだい。そっちには近づくんじゃないよッ」

張り上げた怒号に、荻丸の足が更に速くなる。まったく、こんな厄介な餓鬼《がき》と分かっていれば、誰がなんと言おうと断っていたのに。周防は袿を壺折ると、荻丸を追って駆け出した。

庭の木々は鮮やかな新芽をつけ、うららかな春陽が白砂の撒かれた前庭を暖めている。箒目《ほうきめ》も美しいそのただなかを走り抜けようとする荻丸の襟首を、周防はむずと引っ摑んだ。

小さな主の危難に、小龍がけたたましく吠える。周防はその濡れた鼻先を、ぴしゃりと平手で打った。

「静かにおしッ。ここは中宮さまの御居間なんだよ。まったく、こんな道理を弁えないとは、親が親なら子も子だね」

その途端、荻丸がきっと眦《まなじり》を釣り上げて、周防を仰いだ。半ば身体を宙に吊り上げられたまま、「父上の悪口を言うなッ」と甲高く叫んだ。

「これは見上げたものだ。そんなに父君を庇いたいんなら、お前も少しはいい子にするんだね。まあ、そうは言ったって、父君があんたを置き去りにした事実は変わらないんだけどさ」

子供相手に大人げない口走りをして、周防ははっと身体を硬くした。四十がらみの背の高い官人が、南ノ対に続く渡殿《わたどの》を渡って来るのが見えたためだ。彼を出迎えるかのように、対ノ屋の奥に人の気配が差し、蔀戸《しきみど》が端から順番に上げられて行く。

今から駆け出したのでは、見咎められる。周防は咄嗟に、小龍の尻を強く叩いた。啼き声とともに矢の勢いで駆け去る犬を見届けてから、荻丸をひきずって広縁の下に身を潜めた。

「痛たたッ。なにするんだよ、おばさん」

「うるさい、静かにおし。あたしたちは本来、こんなところに入っちゃならないんだ」

男が身にまとっていた漆黒の束帯は、昇殿が許された殿上人の証。おそらくは里第に籠り切りの中宮の身を案じてご機嫌伺いに来たのだろうが、もはや世捨て人になろうとしている中宮のことだ。客人が誰であれ、さして長い間、言葉を交わしはすまい。

何か喚こうとする荻丸の口を手でふさぐと同時に、ぎぎ、と頭上の床が軋《きし》み、微かな香の匂いが漂ってくる。だがしばらくの沈黙の後に聞こえてきた、「それで異母兄《あに》さまのお怒りは少しは収まりましたか」という問いに、周防は更に身体を硬くした。いつぞや、御簾越しにわずかに聞こえた中宮のそれと、同じ声であった。

「はい。藤原経宗《つねむね》は阿波《あわ》国に、惟方《これかた》は長門《ながと》国に流罪に処すことで、ようやく得心いただけました。さりながら二人を処罰したとて、帝が上皇さまを軽んじていらっしゃる事実が消えるものではありませぬ」

男の応えは野太く、万事持って回った言い方をする貴人には珍しくぶっきらぼうであった。

「まったく、帝も困ったこと。男子《おのこ》は父親ととかく競いがちとは聞きますが、ああまで院をお嫌いにならずともいいでしょうに。院が西流《にし》の琵琶《びわ》をお好みと聞けば、ご自身は桂《かつら》流の琵琶を学ぼうとし、院が誰かを疎んじたと聞けば、喜んでそれを近臣に召される有様……藤原経宗と惟方が上皇さまの御幸を阻んだのも、結局は帝のお指図によるものでしょう」

脇息を引き寄せて抱え込んだのか、中宮の声がわずかにくぐもった。

「さりながら清盛、そなたも身辺には気を付けなさい。このところ異母兄《あに》さまのご寵愛著しい女房の小弁《こべん》は、そなたの義妹。加えてこのたび、いかに異母兄さまのご下命とはいえ、経宗と惟方を捕縛したそなたを、帝はお許しにはなりますまい」

「お気遣いを賜り、かたじけのうございます。さりながらこの大宰大弐清盛は、有体《ありてい》に申して上皇さま、帝、どちらかに肩入れ致すつもりはありませぬ。それがしはただ天下の安寧のみのために、粉骨砕身、力を尽くす所存なれば」

突き放す物言いに、中宮が鼻白んだ気配がする。清盛さま、と周防は声に出さずにひとりごちた。

源氏の棟梁である義朝が失脚した今、平清盛はこの国一の武門の棟梁。それだけに中宮が彼との関わりを強めようとするのは至極当然であるが、当の清盛の口調は不遜と取れるほどに冷たい。

（それにしても、帝と上皇さまがそれほどの不仲でいらっしゃるとはねえ）

亡き鳥羽上皇は雅仁にはあまり期待を抱かず、孫・守仁の即位を早くから望んでいた。それゆえ、早々に位を退いて上皇となったものの、当の雅仁上皇はまだ三十四歳。老い朽ち、政事に背を向けるには早すぎる父親と、亡き祖父の期待を背負って帝位についた若い帝が対立するのは、ある意味、当然かもしれない。

ただそんな二人を評する中宮の口調は、夫である帝より、異母兄の上皇に肩入れしているかのようだ。そう考えると宿下がりをした中宮に対し、これまで使いの一人も来なかった理由もよく分かる。なんということはない。静かと見えたこの押小路殿も、結局は政争のただなかに沈んでいたわけだ。

がたりと乱暴に床が鳴った。清盛の身も蓋もない言葉に機嫌を損ねたのか、中宮が席を立ったのだろう。それに続いて一歩一歩踏みしめるような足音が渡廊へと向かったのは、清盛が帰路についたためらしい。

足音が完全に去ってから、周防はようやく荻丸の口元から手を放した。だがすぐにその場から駆け去るだろうとの周防の予想とは裏腹に、荻丸はただでさえ丸い目を見開いて、頭上の床板を見つめている。

「どうしたんだい」

と肩を小突かれ、やっと我に返ったように地面に尻をついた。

「今、帝の悪口が聞こえてきた気がするんだけど——」

「ああ、そうだね。こちらの御主である中宮さまは、帝とは冷ややかな夫婦でいらっしゃるからね」

中宮さま、とくり返して、荻丸がますます目を瞠る。

そういえば昨日、澄憲は高松殿の名を口にしなかった。前もって父から教えられていたわけでなければ、荻丸がこの邸宅の主の名を知らずとも不思議はない。

なぜか顔を強張らせた少年を促して、周防は縁の下から這い出した。人目の届かぬ植え込みの陰に荻丸を立たせると、水干の肩といわず裾といわずまとわりついた埃を払ってやった。

「ここは上皇さまの異母妹君《いもうと》にして帝の中宮、高松殿姝子内親王さまのお屋敷さ。父君から聞いていなかったのかい」

「そんな――」

荻丸の丸い顔からは、なぜか血の気が引いている。そんなにびっくりしなくとも、と周防は苦笑した。

「中宮さまのもとで暮らすのが嫌かい。けど父君がお決めになったことさ。諦めな」

「だって、そんなのおかしいよ。父君はあれほど上皇さまを疑っていらっしゃるのに」

「それはどういう意味だい」

声を尖らせた周防に、荻丸はしまったとばかり唇を引き結んだ。腕を摑もうとする周防を突き飛ばし、踵を返して走り出す。どこからともなく現れた小龍がその傍らに寄り添い、共に池を回り込んで駆け去った。

周防が澄憲と言葉を交わしたのは、これまでたった二回。だがそのいずれの折も、澄憲は飄々《ひょうひょう》とした態度を崩さず、政については言及しなかった。

そもそも信西は、上皇の股肱《ここう》の臣。そんな主従関係を知りながら、澄憲は上皇のいったい何を疑っているのだろう。しかもその癖、血のつながった我が子を高松殿の屋敷で養育させようとは、ますます訳が分からない。

荻丸は日没とともに透廊に戻って来たが、意地でも口を利くものかとばかり、唇を真一文字に引き結んでいる。

思えば周防が康忠の妻となった際の時経も、今の荻丸と似た年頃だった。母親を二年前に失い、いまだその面影を慕い続けていた彼は、じっとりと恨みがましい目を周防に据え、ひと月が過ぎてもなかなか口を利いてくれなかったものだ。それを思えば赤の他人である分、荻丸の頑固は冷静に見定められる。

「ほら、夕餉だよ。さっさと食べちまいな」

厨《くりや》から届けられた折敷《おしき》を少年の膝先に滑らせ、周防は立ち上がった。

「あんたがこの屋敷を嫌おうがあたしを嫌おうが、それは勝手さ。ただあんたをここに遣ったのは、他ならぬ澄憲さまだ。それだけは決して、忘れるんじゃないよ」

無言で飯を頬張った荻丸は、その日から一切、周防と口を利かなくなった。昼間は他の女房の目につかぬ物陰で小龍と戯れ、夕刻になるとむっつりと透廊に戻って来る。澄憲のもとから届けられた櫃《ひつ》は、漢籍や草紙がぎっしりと詰め込まれていた。それらを懸命に読みふけった末、縁先で眠ってしまう折もしばしばで、そんな少年にそっと夜着を打ちかけてやりながら、

「まるで懐かぬ犬を飼っているみたいだねえ」

と、周防は呟いた。

半月ほど後、ようやく押小路殿を訪ねてきた時経は、周防から荻丸の一件を告げられるなり、「それはまた思いがけぬことで」と眼を丸くした。

「実はわたくしも母君にお伝えせねばならぬ話があるのです。わたくしが現在、目をかけていただいている藤原尹明《ただあき》さまは帝の御近臣でもいらっしゃるのですが、その方からうかがったところによれば、澄憲さまは先日、帝の護持僧に任ぜられたそうで」

護持僧とは帝に近侍して、その安寧や厄災除去を祈願する高僧である。公卿の息子

であり、学僧としての評価も高い澄憲の立場を思えば、護持僧への任命は決して奇妙ではない。ただ帝と上皇の仲が険悪な今、他ならぬ荻丸を押小路殿の周防のもとに預けながら、自身は帝に仕えるとはどういうわけだ。

（しかも――）

周防は時経に向かい、大きく身を乗り出した。

「ちょっと待ちな。お前の上役が帝とお親しいなんて、あたしは聞いちゃいないよ」

「ええ、わたくしも出仕後に知らされ、驚きました。何でも上皇さまにご無礼を働いた咎で流罪となった藤原惟方さまが、尹明さまの妹御を娶っておられるそうで」

周防は息を呑んだ。それでは澄憲と荻丸が帝方・上皇方に分かれて暮らしているのと同様、時経と自分も異なる旗幟《きし》をいただく者の元に身を置いているわけだ。

「わたくしがなかなかこちらを訪ねられなかったのも、それゆえです。知らず知らずとはいえ、我々が帝方、上皇さま方に分かれてしまったとなると、少々人目を憚《はばか》らねばならなくて」

知らず知らずのわけがない。自分たちはあの澄憲によって、わざと引き裂かれてしまったのだ。とはいえ安居院《あぐい》に押し掛けてその真意を問おうにも、澄憲が帝の護持僧だと聞かされた今となっては、足が鈍る。それに下手に彼に文句を言い、時経ともども勤め先を追い出される羽目になっては、また元の貧窮が待ち受けているだけだ。

不審も腹立ちも意地も、生活の不安に先立つものではない。しかたなく周防は、数々の疑念には気づかぬふりを貫こうと決めた。だがその一方で、歳月が過ぎるとともに、帝と上皇の対立は更に激しさを増して行った。

周防の出仕の翌年秋、かねて上皇の寵愛を受けていた小弁局（平滋子《しげこ》）が皇子を産んだ。すると帝は、小弁局の兄・平時忠《ときただ》に謀叛の疑いがあると言い立て、彼を配流。これに対して上皇は更に平家との紐帯を強めんと、御願寺・蓮華王院《れんげおういん》の創建に際して、参議兼検非違使《けびいし》別当に任ぜられたばかりの平清盛に作事を命じた。

両者の対立がここまで露わとなっては、押小路殿とて以前通りの静けさを守れはしない。異母妹に息子の愚痴をこぼすためだろう。上皇が中宮のもとを訪れたり、院の近臣たちを召し集めて宴を催す日も頻繁となったが、それと同時に目立ち始めたのは、荻丸の数々の悪戯である。

宴に集う公卿の車を曳く牛に小龍をけしかける、南庭の石に馬糞を塗りつける……果ては渡殿の板をこっそり外し、酒に酔った公卿を落とそうとするとあっては、さすがに放置もしがたい。

たまりかねた周防はついにある夏の日、洛北の安居院を訪ったが、当の澄憲は内裏に出仕して留守。従僕に言付けを頼んだにもかかわらず、十日、半月が過ぎても、澄憲からの便りは一向に届かない。

「ああ、もうッ。こんなことなら、あの坊主に借りなんぞ作るんじゃなかったよ。結局あいつはあたしがいるのを幸いとばかり、邪魔な餓鬼をここに捨てたってわけだ」

荻丸は押小路殿に来てから二年あまりでめっきり背丈が伸び、最近では声も太くなり始めた。本来ならそろそろ元服を考えてもいい年齢であり、透廊での共住みもいい加減、息が詰まる。

それだけに周防の苦衷を見かねた時経が、「よろしければ、荻丸君《ぎみ》をわたくしが引き取りましょうか」と申し出たとき、周防は我知らず万歳を叫んだ。

「助かるよ。ぜひそうしておくれ。だいたい荻丸は最初から、押小路殿での暮らしを嫌っていたんだからさ」

時経は昨年、藤原尹明の遠縁の娘を娶った。官職も史生から式部丞《しきぶのじょう》に昇進し、数名の家従や女房を雇い入れただけに、荻丸とて時経の世話になった方がよほど気楽なはずだ。

安居院にはわざと知らせぬまま、周防はすぐさま荻丸を時経の屋敷に送り届けた。そもそも彼さえいなければ、周防とて風の吹き入る透廊で起き居する必要はない。

借り受けたままの調度類を片付け、もとの局へ戻る支度を始めながら、周防は秋風に揺れる黄ばんだ几帳を見つめた。

帝はこの春、二十歳になった。すでに上皇の御幸を阻んだ咎で配流されていた藤原経宗を流刑地から呼び戻した彼は、押小路東洞院に新造成った内裏に居を移し、近臣たちとともに進んで政を取っている。そんな帝の政務への意欲の一方で、押小路殿への客人の訪れは潮が引くように減り、ふと気づけば上皇の御幸すらも激減している。

鶴舞ノ御は三月前、突然、暇を取り、押小路殿を去った。風の噂によれば、帝の近臣として復帰したばかりの藤原経宗の邸宅に勤め替えをしたらしい。

更に一年、二年と月日が流れると、押小路殿には人の出入りすら稀となり、周防が出仕を始めた頃の静けさが戻って来た。ただ一つ、かつてと異なるのは、邸内の女房や警固の武士の減少とともに、瀟洒な殿舎までがどことなくくすんで見えてきた事実だ。

（あたしにはこれぐらいがお似合いさ。時経さえ宮仕えが続けられれば、文句はないよ）

四十の坂も手前となった己には、むしろうら寂れた古御所の方がふさわしい。がらんと静まり返った押小路殿に、周防が安堵すら覚えていたその矢先、思いも寄らぬ知らせがもたらされた。

帝が病に倒れ、明日をも知れぬ容体に陥ったというのである。

日本《ひのもと》を治める万乗の君の病臥は、国を挙げての大事。だが押小路殿ではその知らせが届くとともに押し殺した快哉の声が上がり、それは日ごとに高まって行った。

帝はその前年、寵姫の一人に皇子・順仁《のぶひと》を産ませていた。悪化の一途を辿る帝の病状を受けて、順仁はすぐさま皇太子に立てられ、その八日後には父帝から皇位を譲られた。

天皇が幼年の際は、父である上皇が後見するのが古来の定め。しかし今、新院が没すれば、新帝に成り代わって政務を執れるのは、祖父である大院しかいない。

それは長らく続いてきた父子の対立に決着をつけるとともに、優位に立っていた息子と虐げられ続けてきた父の立場の逆転を意味する。それだけに譲位の儀からひと月後、内裏からの使者が、「ほ、崩御でございますッ。新院さま、ご崩御なさいましたッ」と叫びながら押小路殿に駆け込んできた時、人気の乏しかった押小路殿には一斉に歓喜のどよもしが満ちた。

「なんてこったい——」

呆然とした周防の呟きは、喜びにむせぶ人々の耳には届かなかった様子であったが、あくる日から押小路殿を取り巻く環境は一変した。先帝の葬礼も済んでいないにもかかわらず、公卿の車が門前に列を成し、珍しい高松殿の笑い声が庭の面を騒がせる。あまりに早い公卿たちの変わり身に、周防は来客の応対に追われながら、ほとほとあきれ返った。

とはいえ、浮かび上がる者があれば、沈む者がいるのが世の習いである。帝が没した今、その近臣の恩顧を得ていた時経はどうしていよう。とはいえそれを尋ねに行くには、押小路殿は浮足立ち、たった半日の暇を乞うことすら難しい。日を遂うにつれ、不安ばかりが募っていただけに、帝の死から十日後、ふらりと押小路殿に姿を現した澄憲に、周防は思わず眉を吊り上げた。

「久しぶりだな。息災だったか」

「あんた——よくもいけしゃあしゃあと顔を出せたものだね」

何がだ、と笑う澄憲の顎は、以前よりもずいぶん肉が増えている。周防は車から降り立った澄憲に、小走りに詰め寄った。

「何がじゃないよ。荻丸のことさ。あんな面倒な餓鬼を、よくもまああたしに押し付けて」

そこまでひと息に語り、周防ははたと四囲を見回した。

時経が先帝方の官人とすれば、澄憲は先帝の護持僧。そんな彼が押小路殿に平然と姿を現した奇妙さに、ようやく気付いたのである。だが澄憲はそれにはお構いなしに殿舎へと続く階を上がり、ちらりと周防を振り返った。

「なんだ。もっと怒っているかと思うたのに、話はそれだけか」

聞きたいことは、山ほどある。なぜ自分と時経は、対立する二つの権力のもとにやられたのか。なぜ、澄憲は荻丸に関して、知らぬ顔を決め込んだのか。

とはいえここでそれを声高に問い詰めれば、息子が帝の近臣の部下であった事実を押小路殿の者に悟られかねない。唇を引き結んだ周防に、澄憲はあの悪童めいた笑みを浮かべた。

「――実を言えば、拙僧からもおぬしに話がある。今夕、しばし語らいの時を持たぬか。殷賑《いんしん》を極める押小路殿の女房といっても、それぐらいの暇《ひま》はあろう」

「わかったよ。どこで話をするんだい」

そうさなあ、と澄憲は西の方角を顎で指した。

「初めて我らが出会った場ではどうだ。拙僧が後ほど聞かせる話に、実にふさわしい場だ」

眉根を寄せた周防にもう一度笑いかけると、澄憲は足早に渡殿を去っていった。その背は悠然として、およそ主である帝を失ったばかりとは見えない。

局に戻ると、周防は按察局に明日の夕刻までの宿下がりを願った。許しを得、真っ先に向かったのは、七条大路にほど近い時経の屋敷である。

日が頭上を越えたばかりにもかかわらず、門は堅く閉ざされ、家内も水を打った如くに静まり返っている。しつこく投げた訪《おとな》いの声にようやく顔を出した従僕は、時経は今、藤原尹明の屋敷に出かけていると告げた。

「実は一昨日、時経さまは式部丞の任を解かれたのでございます。藤原尹明さまにも同様に左降の思し召しが下られたそうで、今後についてをご相談なさりに参られました」

覚悟していただけに、驚きはなかった。それでもこめかみに激しい拍動を覚えながら、周防は努めて静かにうなずいた。

「荻丸はどうしているんだい」

「はい。あのお子ならば、今日も自室で書見をしておいでです。名のある大学者のお子やらお孫とやらうかがいましたが、ほんにおとなしくて頭のいいお子でございますなあ」

案内された一室で白湯をすすりながら、周防は従僕の言葉を脳裏で幾度も反芻した。日が傾くのを待って身支度を整えると、供を、という申し出を振り切って、暮靄《ぼあい》漂う大路に踏み出した。

暦はまだ秋にもかかわらず、吹く風は氷を含んでいるかと疑うほど冷たい。早くも枝ばかりとなった柳が、大路の左右で心もとなげに揺れていた。

大路を北に向かうにつれて、西空に蟠《わだかま》っていた赤光《しゃっこう》は去り、代わって眩いほどに澄んだ半月が頭上に輝き始めた。かき消すように人の消えた大路の果てに、高い築地塀に囲まれた西獄の堂舎が見えてくる。その門前に立つ人影が、周防の足音に頭を巡らせた。

「よく、過たずに来たな。違う場に行ってしまうのではと思うたぞ」

「間違えるものかい」

皓々たる月影を受けた獄門は夜空に甍《いらか》を輝かせ、かつてそこに幾つもの首級が提げられたとは思えぬ美しさである。

「さあ、わざわざ来たんだから教えておくれ。あんた、なんの目的があってあたしと時経の仕官を口利きしたんだ。荻丸をあたしに押し付けたのも、おおかた同じ理由なんだろう」

「性急だな。せっかくの夜だ。月の一つも愛でたらどうだ」

「あいにく、あたしは武士の妻なんだ。上《うえ》つ方《かた》みたいな風流は持ち合わせていなくてね」

そうか、と頤を引いて、澄憲は獄舎の門を仰いだ。かつて信西の首が提げられていた辺りを見据えながら、「すべての理由はたった一つ、父君の死の謎を探るためだ」とひと息に言い放った。

「信西さまのって……そりゃあ、藤原信頼さまと源義朝さまが三条殿に攻め寄せたのが理由だろう」

「ああ、確かに父を襲ったのは権中納言たちだ。間違いない。だが、奇妙とは思わんか。あ奴らはわが父を殺めるために院御所を焼き払い、おぬしの背の君を始め、多くの者を殺めたのだぞ。それにもかかわらずなぜ上皇さまはしばらくの間、あの二人を咎めなんだのだ」

月影を背から受け、「それゆえ拙僧は」と語る澄憲の横顔は表情が見えない。だが周防はなぜかそのぽっかりと暗い面上に、いつぞやの信西の首を思い出した。

「上皇さまこそが、父君を死に追いやったお方ではないかと睨んでおった。そしてこの数年の上皇さまと帝の不仲、こたびのご崩御に際しての院御所や押小路殿の賑わいを目にして、確信した。やはりわが父は、上皇さまに陥れられたのだ。権中納言たちはその手先として踊らされた末、弊履《へいり》の如く捨てられたのだろう」

「それは考えすぎじゃないかい。上皇さまほどのお方なら、あれほどの騒動を起こさずとも、信西さまを内裏から追い払えるだろうに」

「いや、それは違う。なぜなら上皇さまはまずわが父を排除し、次に御子である帝の勢力をも削ぐつもりだったのだ。あの当時、わが父は鳥羽上皇さまのご遺命を守るべく、帝を尊び、その政を守らんと懸命だったからな」

藤原信頼はもともと上皇の寵臣として、目ざましい出世を重ねていた。そんな信頼を信西は目の敵にし、彼をこれ以上昇進させぬよう、上皇に進言したのが、先の兵乱のきっかけだと澄憲は語った。

「ただ拙僧が語るのも妙だが、我が父は頭のよいお方じゃった。万事軽薄な権中納言の気性を承知の上で、憎しみを買いかねぬ上奏など行うわけがない。仮にどうしてもなさる場合は、誰にもそれが聞こえぬよう憚り、要らぬ憎悪を受けまいと注意なさったはずだ」

つまり誰か藤原信頼に信西を憎むようそそのかした者がいる。源義朝はたまたま信頼と交誼があったために、その企てに巻き込まれ、共に兵を挙げる羽目になった。そしてその筋書きを書いたのは他ならぬ上皇に違いない、と澄憲はきっぱりと言った。

さりながら信西の横死に伴って、上皇方の権力が増大した事実に、内大臣を始めとする帝周辺の公卿は危機感を抱いた。そこで平清盛を取り込み、帝の力を盛り返すべく計画されたのが藤原信頼と源義朝の排除。それに対して上皇は更に帝への遺恨を募らせ、露わとなった両者の対立がつい先日まで続いてきたわけだ——と澄憲は語った。

「拙僧は都に呼び戻されて以来、父君に代わって帝をお支えする一方で、上皇さまの所業の証を摑もうとしてきた。結局己の推測に確信が持てず、帝のご崩御まで時間がかかってしもうたのは、悔やんでも悔やみきれぬ」

「ちょっと待ちな。あんたの事情は分かったよ。ただそれでどうして、あたしたちを帝方、上皇方、双方のもとに仕えさせたんだい」

声をかすれさせた周防に、澄憲はなぜか寂し気に口元を歪めた。

「どうして、か。正直に言えば、拙僧自身にもよくわからぬ。ただもしかしたら拙僧は、おぬしの如き母御を荻丸に持たせてやりたかったのかもしれぬな」

信西の死の謎を探ろうと決めたとき、最大の懸案事は荻丸だった、と澄憲は続けた。

「あれの母は産の肥立ちが悪く、荻丸を産んですぐに亡くなってな。拙僧はそうでなくとも、僧侶でありながら倅を持つような破戒の身だ。そんな男の倅に生まれついた荻丸が、正直、拙僧には哀れでならん」

「荻丸はあたしを嫌っているよ。だから数年前から押小路殿ではなく、時経の屋敷に住まわせているんだ」

「ああ、住まいを変えたのは存じておる。されど、本当におぬしを厭うておったら、言われるままにおとなしく家移りなぞすまい。あれはあれなりに、おぬしを好いておるのだろうよ。だからこそ案外、時経の屋敷に移ってからは、おとなしく日々を過ごしてはおるらしいではないか。――それにおぬしに荻丸を預けた理由は、もう一つある。そうすることで、高松殿さまにお仕えしている周防という女子は、かつてこの澄憲と深い仲であったと、世に喧伝するためだ」

「なんだって――」

声を筒抜かせた周防に、「悪いな」と澄憲は軽く頭を下げた。

「だがそんな策を巡らせておいたために、拙僧は身持ちの悪い破戒僧だと世に知れ渡った。現在、帝にお仕えしておるのも、決して深い思慮があってではなく、ただのなりゆきなのだ、とな」

「なんでわざわざ、悪評を欲するんだい。普通の坊主は、己のそういう恥部は隠すものだろう」

「普通ならばな。されど拙僧は別に、論湿寒貧《ろんしつかんぴん》を尊ぶ聖僧になりたいわけではない。おかげでご崩御直後にもかかわらず、拙僧は帝への忠節なぞ持ち合わせていなかった僧と見下され、願うがままに高松殿さまの護持僧職を得られた。せめて一矢、上皇さまに報いるための布石も打った。すべてはおぬしのおかげだ。礼を言うぞ」

「待ちなよ。あんた、何をするつもりだい」

信西が守り通そうとした帝は、すでに没した。その近臣衆は左遷され、これからは上皇が権勢を揮う時代が来るだろう。そんな最中に、この男はまだ何を企むのか。

「なあに、そんな面をするな。決して危うい真似はせぬ。ただ、こうも何もかも、上皇さまに奪われてしもうては、亡き帝がお気の毒でならん。せめてはその栄華にひと握りの泥なと、なすりつけたいだけだ」

「泥――」

「そうだな。たとえば高松殿さまが密通でも働かれ、更に不義の子を産めば、面白いとは思わんか。上皇さまはきっと今、己の異母妹《いもうと》が背の君たる帝よりも自分に従った事実を誇らしく思うておられよう。そんな異母妹が一介の護持僧によって堕落させられたとなれば、後の世の人はさぞ上皇さまを嘲り笑おうでなあ。——ああ、あくまでたとえばだぞ」

この男は本当にやろうと決めているのだ。そう周防は思った。父親ほどの地位も権力もない澄憲は、上皇を傷つける手立てを求めて考えを巡らした末、身分の隔てすら弁えぬ破戒僧の汚名を着てまで、父の恨みを晴らそうと決めていたのだ。

とはいえ澄憲が復讐だけを思い定めていたとすれば、時経までを仕官させる必要はなかった。そして帝が病みつかず、長きにわたる治世を敷いていれば、そもそも澄憲が高松殿を籠絡する必要もなかったはずだ。

「あんた……本当は親切なお人なんだねえ」

「なんだ。ようやく気付いたのか。お仲間だと最初に言ったのは、おぬしだぞ」

ああ、そうだ。だから澄憲は帝方上皇方どちらに権勢が転んでも大丈夫なよう、自分と時経を別々の場所に仕官させた。それはあの夜、信西の首のついでに康忠のそれを落としてくれた時同様、権力によって肉親を奪われた者同士の哀れみだったのだろう。

(だとすれば——)

帝の死を臆面もなく喜ぶ押小路殿に、これ以上留まりたいとは思えない。そしてどうやら意外にも荻丸は時経宅での暮らしに満足しているようだ。ならば今後は周防があの家に戻り、一家の主婦として荻丸の面倒を見てやればよいのではないか。

少年を元服させ、仕官先を探し、妻を娶らせる。すでに一度、時経のためにやったことだ。決して、難しくはない。

「――ああ、でも時経は解任されちまったんだった。どうしてくれるんだよ。あんたの見通しが甘かったせいで、また生計のあてを考えなきゃならないじゃないか」

どんと踏み鳴らした足音が、人気のない街衢《がいく》に大きくこだまする。まるでそれを待っていたかの如く、月影がわずかに陰った。

「心配するな。おぬしもこの数年で分かっただろう。世間とは、些細なきっかけで潮目が変わる。いつぞやの首を盗む孝子ではないが、時経の評判を上げる噂の一つも立てれば、どこぞから任官の誘いがかかるかもしれぬぞ」

そうだなあ、と澄憲が空を仰ぐ。薄雲に覆われた月を見つめてから、うむ、と手を打った。

「亡きおぬしの背の君の忠義ぶりを、世間に吹聴するのはどうだ。荻丸は確か、小龍だか小虎だか申す犬を飼っていたな。あれを御所に放ち、かつての兵衛尉どのが忠心の思い止みがたく、犬となってなお内裏を守ろうとしている――と噂を立てよう。ついでに、その倅が官職を求めている、と付け加えれば文句はあるまい」

「やめとくれ。あんたに従っていると、どんな目に遭わされるか知れたものじゃないよ」

わざと顔をしかめて、周防は吐き捨てた。ただそうしながらも胸の中では実は、

「案外悪くないね」との思いが揺れている。

周防や時経がひょんな縁からとある少年を世話していると知れば、亡き康忠は相好を崩して喜んだだろう。小龍の尖った頭を撫で、庭を走り回る姿に目を細めただろう。

結局、誰に何を奪われようとも――誰がこの国の政を奪おうとも、日々は今まで同様、長く続く。そしていまだ命長らえている者は、その日々を各々のやりかたで足掻き、生き続けるしかないのだ。たとえそれが傍目には、どれだけ愚かしく、情けなく映ろうとも。

雲に滲《にじ》む半月は、およそ名月とは言い難い。しかしそんな薄い光でも、夜の闇を行くには十分なのだ。

「――同じ犬の噂を立てるんだったら、小龍なんかよりももっと立派で雄々しい犬を連れてきておくれ。ああ、それに万一、あんたが高松殿さまを孕ませちまったあかつ

きには、その御子もあたしが面倒を見てやるよ。こうなりゃ、あんたの子を一人世話するのも、二人世話するのも同じさ」

「ああ、それはありがたい。ぜひ頼むぞ」

周防と顔を見合わせてから、澄憲が堪えかねたように吹き出す。曇天の空に、その笑声はいつまでも長くこだまし続けていた。

鴻雁北
こうがんかえる

大岩の目立つ山嶺《さんれい》に切り取られた秋空を、雁《かり》の列が高く飛んでいる。

都を出たときは爽やかと感じた長月晦日《ながつきつごもり》の秋風は、埴川《はにがわ》（高野川《たかの》）を逸《そ》れ、比叡《ひえい》の山裾へと道を折れた途端、肌を刺す寒風に変わった。草鞋越《そうかい》しに伝わってくる湿気までが、洛中とはまるで別物だ。うう、寒い、寒い、と呻《うめ》き、中原有安《なかはらのありやす》は布衣《ほい》の首をすくめた。

有安が出仕する土御門内裏《つちみかどだいり》から都の東北・大原《おおはら》の郷までは、まだ二十歳と若い足でも二刻あまり。日の高いうちに往復できる地にもかかわらず、訪ねる先の尼公《にこう》の冷淡さを思うと、どうしても足が鈍《にぶ》る。空《から》の馬を曳《ひ》いて後に従う従僕たちもそれは同様と見え、うら寂しい山道を見回してはしきりに溜息をついていた。

とはいえ、それもしかたがない。大原に暮らす尾張尼《おわりのあま》を有安がはじめて訪ねたのは、細かな雨が降りしきる夏の始め。それから月に一度、必ず足を運び続けているも

の の、老尼はこちらの話をろくに聞こうともしない。尼公への礼物として帝より贈られた駿馬《しゅんめ》にも、いまだ目もくれぬ有様だ。

しかし並みいる相役《あいやく》の楽人《がくじん》を差し置いて尾張の説得役に名乗りを上げたのは、他ならぬ自分。このまま手を拱《こまね》いては楽所で侮《あなど》られるばかりだと己を叱咤し、有安は足元に積もった枯葉を乱暴に蹴り上げた。

「よし、今日こそは尼公にご翻意いただくぞ。そうでなくてはこの有安の面目が立たん」

山道を四半刻も歩むうちに山間は開け、田畑の向こうにぽつぽつと小家が見え始める。集落の最も手前にある陋屋《ろうおく》に駆け入ろうとして、有安は足を止めた。軒の低い庵《いおり》の中から、ぼそぼそと話し声が聞こえてきたからだ。

世捨て人の老尼に用事がある者が、幾人もいるとは思い難い。常々、有安に冷淡な目を向ける相役たちの顔が、目裏《まなうら》に火花の如く閃いた。

まさかと呟《つぶや》いて、有安が門口に垂れ下がった蓆《むしろ》に手をかけたのと、薄暗い家内から小柄な人影が飛び出してきたのはほぼ同時。突き飛ばされて尻餅をついた有安の耳を、「二度と来るんじゃないよ。この疫病神がッ」という金切り声が叩いた。

「なに、それがかつての夫に対する口利きか」

有安に突き当たった六十がらみの男が、眉を吊り上げて頭を転じる。門口に姿を見せた尾張尼が打てば響く素早さで、「なにが夫なものか」と言い返した。

「おまえさまとはふた昔も以前に縁切れとなっているんだ。今更、どの面《つら》下げてそんなことが言えるのかね」

並みの女は出家をしてもせいぜい尼削ぎにしかせぬものだが、尾張は珍しくすべての髪を剃り上げている。くりくりと丸いその頭を激しく振り立て、「それにそもそも、あんたに貸す銭なんぞ一文とてないよ」と続けた。

「見ての通りの貧乏暮らし……田畑を耕し、自分の食い扶持を得るだけで精一杯なんだ。この冬の炭を購《あがな》うために、こっちが銭をもらいたいぐらいさ」

「ふん。そう言う割には、えらく身形《みなり》のいいお客がお越しじゃねえか」

尻餅をついたままの有安を、男が顎《あご》で指す。その途端、尾張は鴉《からす》を思わせる痩せた顔を忌々しげに歪めた。

「知ったものか。勝手に押しかけてくる迷惑な奴らさ。いずれにしてもあたしの客が誰だって、あんたにゃ関係なかろう。さあ、帰っとくれ」

戸口脇の箒《ほうき》を握り締めた尾張尼に、男はやれやれと首を横に振った。改めて眺めればその水干《すいかん》は古びて擦り切れ、もとは白かったであろう菊綴《きくとじ》は灰色に汚れている。

今でこそ寒村に逼塞《ひっそく》しているが、尾張尼は琵琶《びわ》の天才と称された従二位《じゅにい》権中納言・源基綱《みなもとのもとつな》の孫娘。まだ少女であった四十数年前、曽祖父・経信《つねのぶ》が興した桂流琵琶の手ほどきを基綱から受けた楽の達人である。そんな尾張のかつての連れ合いとなれば、この男もおそらく元はそれなりの身分の官人だったのだろう。

近年、都は未曽有の有為転変のただなかにある。五年前の秋には藤原《ふじわら》氏の氏長者《うじのちょうじゃ》と関白がそれぞれ上皇・顕仁《あきひと》（崇徳《すとく》）と時の帝・雅仁《まさひと》（後白河《ごしらかわ》）を擁して争い、敗北した上皇は讃岐《さぬき》に配流。左大臣だった氏長者・藤原頼長《よりなが》は流れ矢に当り、奈良の野面《のづら》で横死した。

加えて一昨年の末には、先の乱で権勢を握った少納言入道信西《しんぜい》を憎む右衛門督《うえもんのかみ》・藤《ふじ》原信頼《わらののぶより》と左馬頭《さまのかみ》・源義朝《よしとも》が挙兵。退位したばかりの雅仁上皇と当今《とうぎん》・守仁《もりひと》（二条《にじょう》）を幽閉した上、信西を殺害してその首を西獄門《にしのごくもん》にかけた。

幸い、熊野詣《くまのもうで》のため都を離れていた正四位《しょうしい》大宰大弐《だざいのだいに》・平清盛《たいらのきよもり》がすぐさま都にとって返し、反徒一味を討伐。上皇・天皇を救出したが、帝や上皇の寵臣が次々と落命し、代わってそれまで昇殿も許されなかった河内《かわち》源氏や伊勢《いせ》平氏が公卿《くぎょう》の仲間入りをする当節の宮城《きゅうじょう》は、天地が入り混じったが如き混乱ぶり。とはいえ摂関家の家司《けいし》の息子に過ぎぬ有安が楽の腕前一つでのし上がり、楽所に出仕を許されているのもまた、昨今の世情のおかげである。そして目の前の男はもしかしたらそんな世相の中で、有安とは反対の境涯に陥ったのかもしれない。

男は有安と尾張尼を、交互に睨《にら》みつけた。「この婆あが」と芸のない悪態をつき、小走りに往来へと去って行った。

「ふん、あたしが婆あなら、おぬしも立派な爺だろうに」

尾張が足元に唾を吐く。箒を握り締めたまま踵《きびす》を返しかけたその袖を、有安は慌てて摑《つか》んだ。

「お、お待ちください、尾張さま」

「慣れ慣れしく呼ぶんじゃないよ。確かにあんたのおかげで、あいつもおとなしく帰ってくれたけどね。それはそれ、これはこれ。何度も言った通り、あたしはあんたにゃ用はないよ」

「されどそちらがどうあれ、主上《おかみ》はそなたさまを必要としておられるのです」

放せとばかり袖を振り払われ、有安は尾張の前に回り込んだ。衣が汚れるのも厭わず、その場に膝をついた。

「主上は桂流琵琶の継承者たるそなたさまを、琵琶の師としてお迎えしたいと仰せなのです。何卒《なにとぞ》わたしとともに、内裏にお運びください」

「しつこいねえ、あんたも。琵琶の手なぞ忘れ果てたと言っただろう」

そんなはずはない。有安がほうぼうで聞きまわった限りでは、尾張が大原に隠棲したのは、彼女の母が長患いの末に没した六年前。それまでの間、尾張は母親の枕辺で琵琶を奏しては、病人の心を慰めていたという。幼少から長らく琵琶に親しんできた尾張が、数年の隠遁ですべてを忘れるものか。

有安は粗末な庵の奥に目を凝らした。二間続きの草葺家は、手前が尼の自室、奥が念持仏《ねんじぶつ》を安置した仏間らしいが、軒は傾き、嵐でも来ればすぐに崩れ落ちてしまいそうだ。

本朝の琵琶は仁明《にんみよう》・文徳《もんとく》・清和《せいわ》の三帝に仕えた音楽者・藤原貞敏《さだとし》を祖とし、現在は嵯峨《さが》供奉《ぐぶ》賢円《けんえん》を祖とする西流と尾張の曽祖父・源経信を祖とする桂流の二流が存在する。ただし長らく隆盛を続ける西流に比べると、桂流は二代目・基綱以降、目立った奏者がほとんどおらず、衰退が著しい。

源基綱の末子、つまり尾張の叔父である信綱《のぶつな》は現在、有安同様、楽人として当今に仕えているが、すでに五十歳を越えながらその腕は名人と称された父にははるかに及ばない。当人もその事実に忸怩《じくじ》たるところがあるのか、どれだけ勧《すす》められても笙《しよう》や篳篥《ひちりき》ばかり奏して琵琶には手も触れぬことから、「弾かずの信綱」との異名すら奉られている。つまり今の都において、桂流琵琶の正統なる後継者は目の前の尾張尼一人なのだ。

尾張どの、と猫なで声で呼びかけながら、有安は一歩、尼に詰め寄った。

「こうなれば包み隠さず申し上げます。実は当今・守仁さまと上皇さまは、血のつながった父子でありながら近年はとんと疎々《うとうと》しいお仲……。来る新嘗祭《にいなめさい》の夜、そんなご両人が久方ぶりに宴をご一緒なさるのです」

宴には管絃の遊びがつきもの。ましてや若き日から今様《いまよう》に没頭し、歌舞音曲の達人として名高い上皇であれば、居並ぶ公卿に交じって自ら楽を奏することは間違いない。

一方で今年十九歳の当今は琵琶を愛し、この数年、その稽古に余念がない。それだけに宴席では当然、天皇も琵琶の演奏を求められようが、そこでありきたりの西流の琵琶なぞ奏しては、上皇とその近臣はどんな陰口を叩くことか。勝気な当今には、それが我慢できぬのだ。

「かくしてそなたさまがご存じの桂流が、主上には必要なのです。主上が近年稀な桂流の琵琶を習われれば、公卿たちもきっとそれに倣いましょう。さすれば桂流はめでたく興隆し、尾張どのもかような貧乏暮らしから抜けだせるはず。決して悪い話ではありますまい」

有安のかき口説きに、尾張尼がぼそりと何事か呟いた。言葉にならぬほどのそのかそけさに聞き返す暇もあればこそ。尾張は手にしていた箒を、乱暴に足元に叩き付けた。

「う——うるさい、この小童《こわっぱ》がッ。黙って聞いていれば、よくもまあべらべらと。あたしは好んでここで暮らしているんだ。だいたい主上と父君との喧嘩《けんか》なぞ、あたしにゃなんの関わりもないよッ」

目を血走らせた老尼の形相に、有安は思わず後じさった。尾張はその胸元を片手でどんと衝き、「あたしの琵琶は、あたしだけのものさ」と怒りにひび割れた声で怒鳴った。およそ老婆とは思えぬ素早さで身を翻《ひるがえ》し、そのまま家内に駆け込んだ。

その勢いに呆気に取られた有安は、力任せに板戸を閉ざす音にはたと我に返った。とはいえあれほどに怒らせた尼に追いすがる気概は、もはやない。歯がみする有安をあざ笑うかの如く、強い北風が狭い庭先を吹きすぎた。庵を覆《おお》わんばかりに茂った椎の枝から一枚だけ残っていた葉が落ち、あっという間に街道の方角に吹かれて消えた。

有安が重い足取りで洛中に戻れば、短い秋の日は西に傾き、とろりとした茜色の日差しが大路を染め始めていた。

一昨年末の乱以来、帝は八条美福門院《びふくもんいん》御所や東三条御所といった邸宅を転々とし、ほとんど内裏に還御《かんぎょ》しない。そんな中でこの夏に御座所と定められた土御門高倉《たかくら》御所は建物も新しく、だだっ広い内裏より万事簡便な里内裏。だが今日ばかりは、その殿舎の小ささが恨めしかった。

「おや、いま大原からお戻りですか。またもお一人とは、有安どのはつくづく尾張尼に嫌われておいでと見えますな」

土御門大路に面した門をくぐった途端に背後から投げかけられた声は、相役の楽人・藤原孝定《たかさだ》のものだ。ひょろりと高い背丈に、長い手足。箸に目鼻がついたが如き姿を仰ぎ、有安は「はあ」と短く応えた。

「もはや冬も間近でございますぞ。いかに主上が琵琶の上手でおわしても、いい加減に尾張尼を招かねば、再来月の新嘗祭には間に合いますまい」

身分の乱高下著しい当世とはいえ、楽所楽人には歴然とした血統が存在する。たとえば目の前の藤原孝定は琵琶西流の継承者・藤原孝博《たかひろ》の養子であるし、弾かずの信綱とて祖父の代からの音楽者。そんな中で、摂関家の家司の息子でありながら楽人に成り上がった有安を、面白く思わぬ者は少なくない。

有安を置き去りに楽所に向かう孝定の横顔には、薄笑いが滲《にじ》んでいる。有安は唇を強く嚙みしめ、従僕の手から馬の口縄をひったくった。足早に厩《うまや》へと向かい、厩番に馬を押し付ける。美々しい馬具が手早く外されてゆくのを眺めながら、傍らの柱にもたれかかった。

もはや一時の猶予もならぬぐらい、有安とて承知している。とはいえあれほど頑なな尾張を、どうやって翻意させればよいのか。

知れ切った嘲りの目を覚悟で楽所に戻る図太さは、残念ながらない。有安は勢いをつけて厩から飛び出した。このまま自宅に戻り、酒でも食らって横になるつもりであった。

だが溜息をつきつき御門へ向かえば、行く手がどうも騒がしい。垣を成す武士たちの背後で伸び上がった有安の目に、身形のいい十歳前後の女童《めのわらわ》が、恐れげもなく四囲を見回しているのが映った。直垂《ひたたれ》に腹巻姿の武士の厳めしさとは裏腹に、絹糸そっくりの艶やかな黒髪がひどくたおやかであった。

「ですから、こちらにご近侍の楽人さまにお目にかかりたいのです」

「とはいえ、主上にお仕えの楽人衆は、高倉殿だけでも十四、五人はおるのだ。その一人一人におぬしを引き合わせるわけにはいかん。姓名だけでも明らかにしてはくれぬか」

髭面《ひげづら》の武士が苦り切るのに、「でも、ご姓名を存じ上げないんです」と女童は悪びれもせずに笑った。

「存じ上げているのは、最近、事あるごとに大原にお出かけで、まだ二十歳前後のお若さというだけです。それではお分かりになられませんか」

「年若な楽人も大勢おいでじゃし、普段のお出かけ先まではわしらにはわからぬでなあ」

ますます困惑顔になる武士を、有安は力任せに押しのけた。なんじゃあ、と声を上げる彼には目もくれず、「わたしに御用ですか」と女童の背丈に合わせて腰を屈めた。

女童が形のいい目を丸くして、あら、と口元に片手を当てる。その大人びた挙措は、幼い頃から貴人に仕える童ならではであった。

「わたしは中原有安と申します。お話をうかがいますに、お探しの相手はわたしではないかと思われますが」

ありやすさま、と口の中で呟いてから、女童はにっこりと笑った。

「あたくしは皇嘉門院《こうかもんいん》さまの御所にお仕えする、小萩《こはぎ》と申します。女房の治部卿《じぶきょう》さまがそなたさまにお会いになりたいと仰せられましたため、お迎えに参りました」

「皇嘉門院さまの……それはなにかの間違いではありませんか」

皇嘉門院こと藤原聖子《せいし》は、五年前の乱で敗北した讃岐廃院の中宮。もともとが前関《さきの》白・藤原忠通《ただみち》の娘であることから、夫が配流された後も都で親兄弟から厚い庇護を受けている女性である。

楽人は呼ばれれば様々な貴人の屋敷に伺候して楽を奏するが、少なくとも有安は皇嘉門院の召しを受けた覚えがない。首をひねった有安に、女童は語気を強めた。

「いえ、間違いありません。だって有安さまは治部卿さまの従姉ぎみにお目にかかるべく、大原に足しげく通っておられるのでしょう?」

有安は小萩の白い顔を凝視した。

「お待ちください。つまり治部卿さまとは」

「はい。有安さまの相役、源信綱さまの娘ぎみでございます。治部卿さまは有安さまが桂流の琵琶をお求めと仄聞《そくぶん》され、手助けをしてやりたいと仰せなのです」

弾かずの信綱に娘がいるとは、これまで聞いたことがない。ただ血筋の上では、治部卿局は桂流の一員。だとすれば彼女は、尾張の心を溶かす術《すべ》を知っているのかもしれない。

「差し支えなければ、これより有安どのを治部卿さまの元にお連れしとうございますが、ご都合はいかがでしょう」

有安に否やはない。女童に導かれるまま、暮靄《ぼあい》の漂う大路を急きながら聞き出せば、治部卿は今年三十四歳。一度、夫を迎えたものの子をなさぬまま死に別れ、以来、皇嘉門院御所に出仕しているという。

九条坊門小路と九条大路の間に構えられた皇嘉門院殿は九条殿とも称され、豪壮な邸宅の立ち並ぶ界隈でもひときわ絢爛《けんらん》な館である。

宴が行われているのか、広大な庭の奥には篝火《かがりび》が焚かれ、女房が慌ただしげに長廊を行き来している。それに背を向けて渡殿《わたどの》を回り込み、小萩は薄暗い棟廊《むねろう》の端に有安を導いた。

「ここにどうぞ」

と言いおいて、小萩が傍らの階《きざはし》を上がる。それを待っていたかの如く目の前の蔀《しとみ》がわずかに上がり、微かな香の匂いが鼻をついた。屋内に立てられた几帳《きちょう》の向こうから、「そなたが尾張どのの元に通っている楽人ですか」という声が響いてきた。

「はい。中原有安と申します」

あわてて跪《ひざまず》いた有安の耳を、くぐもった笑い声が叩いた。

「そう畏《かしこ》まらずとも。それにしても、尾張どのはそなたをさぞ困らせておいででしょう」

一部始終を見てきたかのような言いざまに、有安は返答に窮した。すると治部卿はそれにはお構いなしに、「あのお方は昔からああなのです」と小さな息をついた。灯火が風に吹かれ、床に落ちた治部卿の細い影をわずかに揺らした。

「少女だったわたくしが琵琶を教えてほしいとねだった折も、けんもほろろに断られましたし、父が辞を低くして秘曲伝授を願っても知らん顔。あのお方はご自身が教わったすべてを、自分だけのものになさりたいのですわ」

「確かにわたしにも、そう感じられました」

半年近く振り回され続けている老尼への恨みが、つい口をつく。それがよほど面白かったのか、治部卿は几帳の向こうでまたも含み笑った。

「ただ尾張どのとて、桂流の一切を掌中にしてらっしゃるわけではありません。『うちぐもり』という桂流の伝書を、そなたは知っていますか」

うちぐもり、と繰り返した有安の語調から、おおよそを察したのだろう。「曽祖父の経信が琵琶の手や掻合《かきあわせ》、更には『啄木《たくぼく》』を始めとする秘曲の口伝まで、すべてを書き留めた書物です」と治部卿は口早に続けた。

「尾張どのは確かにあらゆる曲を学んでおられます。ですがそれはあくまで、琵琶を手にしての稽古のみ。紙に書き記したものは、一切、与えられていらっしゃらぬのです」

管絃を伝授する際、師はまず弟子に楽器を用いて曲を教え、しかるべき後に口伝や譜面を授ける。だが当時、桂流二代目であった基綱は年若な孫娘に曲のみを教え、伝書は息子である信綱に伝えた、と治部卿は語った。

「お祖父さまは息子と孫が互いの持つ伝書と技を渡し合い、共に桂流を守っていくべしとお考えだったのでしょう。ですが尾張どのはあの通りの頑なさですし、わが父の信綱は琵琶が苦手……そのため『うちぐもり』はわが父の元に死蔵されたままなのです」

膝に置いていた手を、有安は強く握った。尾張招聘の命が下った際、信綱は実の姪にもかかわらず自らその任に名乗りを上げず、尾張もまた叔父の名を皆目口にしない。それは音曲と伝書を伝える両人の間に、かねて冷たい風が吹いていたためだったのか。

信綱が「うちぐもり」の存在を秘していたのは、その存在がせっかくの伝書を生かせぬ己の不甲斐なさを喧伝すると考えてであろう。琵琶が下手な彼からすれば、桂流の興隆なぞさしてありがたくもないと見える。

（まったく、どいつもこいつも）

胸の中で毒づいてから、有安は居住まいを正した。

「一つお尋ねしてもよろしいでしょうか。治部卿さまはなぜ、父君が秘しておられる伝書の存在を、わたしにお教えくださるのです」

「決まっておりましょう。桂流琵琶の興隆のためです」

治部卿の返答には、毛筋ほどの迷いもなかった。

「実を言えば、わたくしはたしなみ程度にしか琵琶を弾けません。ですが桂流の琵琶の名が世に高まれば、こんなわたくしでも桂流に連なる琵琶の弾き手として、余人から教えを請うていただけるはずです」

皇嘉門院に仕える女房は、いずれも一芸に秀でた女ばかり。そんな中で自らの立場を守るためにも桂流の名声は大切なのだ、と堂々と続ける治部卿に、有安は己と似たものを感じた。

管絃に舞楽、朗詠に催馬楽《さいばら》……音楽と名がつくものはいずれも美しく、天地を動かし人心を感ぜしむる。ただその一方で楽を生業《なりわい》とする者にとっては、麗しき響きもまた立身出世の手立ての一つ。とかく慌ただしきこの世を渡るためには、楽の美しさばかりに耽溺してはいられぬのだ。

「尾張どのはご自身が桂流の伝承者であることに、随分な自負をお持ちです。ならばそなたが『うちぐもり』を手に入れ、それと引き換えに主上への伝授を迫れば、少しはお考えを改められましょう」

「ですが、お父君は伝書の存在を隠しておられます。それをどうやって、手に入れればいいのです。まさか盗みに入るわけにもゆきませんし」

治部卿がひと膝にじり出たのか、そこでです、という言葉とともに几帳の帷《とばり》が揺れた。

「そなたはまず父に、桂流琵琶のあれこれをお尋ねなさい。その末に、どうも不審がございますので、娘御の治部卿どのからも様々お聞きしたいものです——と付け加えるのです」

「そんな真似をしては、信綱どのはさぞお怒りになられましょう」

仰天した有安に、治部卿は声を高ぶらせた。

「さあ、それこそが狙いです。父はなにせ片意地なお人。琵琶は弾けずとも、桂流の正嫡に生まれた誇りだけは強くお持ちです」

桂流琵琶の伝承者たる尾張ならばともかく、実の娘と引き比べられては、信綱は烈火の如く怒るだろう。秘蔵の「うちぐもり」を持ち出し、自らの言説の正しさを躍起になって言い立てるはずだ、と治部卿は淀みなく説いた。

「そんなにうまく行きましょうか」

「大丈夫です。わたくしと父はもともと、反りの合わぬ間柄。それだけに名を出しただけでも、不機嫌になろうことは受けあいます。もし手筈通りに行かなければ、またここを訪ねてお越しなさい」

力強い声に促されて九条殿を辞せば、大路はすでにとっぷりと闇に沈んでいる。妻か恋人の元に通う公達《きんだち》の牛車《ぎっしゃ》であろう。松明《たいまつ》を手にした牛飼を先に走らせた車が、土くれをそこここに弾き飛ばしながら、有安を追い越して北へと駆けて行く。それを追うような心持ちで、有安は往来を駆けだした。

自宅のある六条大路を過ぎ、東洞院《ひがしのとういん》大路を北へと進む。夜目にも黒々と際立つ東《ひがし》山《やま》の稜線に背を向けると、一刻ほど前に飛び出したばかりの土御門内裏の門へと走り込んだ。篝火の脇に立つ警固の武士に軽く目礼し、侍《さぶらい》廊《ろう》の長庇《ながびさし》に設えられた楽人の詰所へと向かった。

若い主上は興が乗ると深更でも楽人を呼び召し、奏楽の相手をさせる。それだけに楽所には交替で楽人が宿直《とのい》する定めであり、今夜は源信綱がその任に当たっていたはずだ。

案の定、幅五間の庇ノ間には灯が点り、狩衣《かりぎぬ》姿の源信綱が机に肘をついてうたた寝をしていた。

「信綱どの、宿直ご苦労さまでございます」

との有安の呼びかけに身を起こし、男にしては睫毛《まつげ》の濃い目を不機嫌そうにすがめた。

「有安どのか。かような夜更けにどうした」

「その……実は今日の昼、またも大原に赴いたのですが、尾張尼どのをひどく怒らせてしまいました」

ああ、と頤《おとがい》を引き、信綱はおよそ楽人らしからぬ太い指で目尻の涙を拭った。

「それは大変だったたな。まあ、あ奴は幼い頃より、片意地な娘だったからな」

「なるほど。そううかがえば得心できます。ところで信綱どの、わたしは以前、桂流の『啄木』では、撥《ばち》を乙《おつ》ノ絃に差し挟む際、撥の山形を下にすると聞いたのですが、それは真ですか」

琵琶の絃は太い順から一《いち》、乙、行《ぎょう》、上《じょう》と呼ばれ、当世流行の西流ではどんな時も撥《ばち》頭《とう》を下にすると定められている。数年前、どこかで小耳に挟んだ言説を思い出して問うと、信綱はぶっきらぼうな日ごろには似合わず、浅黒い顔をほころばせた。

「若い癖によく知っておるな。そもそも細かく言えば、西流と桂流は座り方からして異なっておる。楽座《がくざ》の際、西流は両足の裏を強くくっつけるが、桂流はゆったりと爪先を重ね合わせるのが本来の姿なのだ」

「それはまったく存じませんでした」

座り方の違いについては、すでに亡き琵琶の師から教えられた折がある。それでもわざとらしく驚いて見せた有安に、信綱は胸を張った。

「そうであろう。当節では、こういった作法も随分忘れ去られているからな」

「ついでにもう一つ、お教えください。桂流では『啄木』を弾ずる際、乙の音を常よりわずかに低く調絃すると噂に聞きました。それは本当でございますか」

突拍子もない作り話をでっち上げて問うや、信綱は怪訝そうに眉をひそめた。

「緒《お》の調子を低めるだと。そんな話は聞いたことがないぞ。おぬしの間違いではないか」

「さようでございますか。実は亡くなった師がかよう申しておったのですが……本当にご存じありませぬか」

「くどい。このわしが知らぬと申していよう」

信綱の頰《ほお》が、不快に強張る。それに気付かぬふりで、有安はぽりぽりと顎を掻いた。

「まことに失礼を申し上げますが、信綱さまとて物忘れはなさいましょう。差し支えなければ、この話、ご息女の治部卿さまにうかごうてみたいと思いますが、いかがでしょうか」

なに、と野太い呻きが、信綱の口をつく。その表情をうかがう暇もあればこそ、信綱は拳を握り締め、傍らの文机《ふづくえ》を強く打った。卓上に置かれていた文筥《ふばこ》が、耳障りな音を立てて跳ね上がる。信綱はそれには目もくれず、「無礼なッ」と声を荒らげた。

「確かに娘も琵琶を弾きはするが、その腕は取り立てて優れてはおらぬ。わしを差し置いてかような者に話を聞こうとは、おぬしは何を考えているのだ」

「それは申し訳ありません。ただ桂流の正統なる継承者は、大原の尾張尼どの。それ以外の方々は流派内の序列なぞおありではありますまい。ならば一人でも多くの方からお話を聞ければと思うておりまして」

信綱が双眸をかっと見開く。怒りを露わにした面相に、有安は殴りかかられるのではと身をすくめた。だが信綱は、「序列、序列だと」と口の中で繰り返すや、突如、壁際に置かれた私物入れの唐櫃《からびつ》に駆け寄った。笙の納められた蒔絵箱を取り出すと、その底から古びた草紙を一冊摑み出す。わななく手で、それを有安の目の前に叩き付けた。

「そこまで言うのであれば、これをおぬしに見せてやる。わしが父より賜った、桂流琵琶の伝書だ。人目に触れぬよう長らく秘して参ったが、これを一読すればわしが正統なる桂流伝書の所持者であることがわかろう」

うちくもり――と仮名で記された草紙の表紙は古び、綴じ緒は今にも切れそうなほどほころびている。有安は怒りに紅潮した信綱の顔を上目遣いにうかがい、恐る恐る草紙を繰った。

――凡そ琵琶は二穴を二儀に准《なずら》う。三尺を三才に象《かたど》り、四絃を四時にたとい、五寸五行を唱う

――一音一調子、或いは天を動かし、地を感ぜしむ。五音五調子、五色を奏で、遂には天神地祇《てんじんちぎ》を慰む

その字はほとんど走り書きに近い。しかし秘伝とも呼ぶべき琵琶の奥義はもちろん、本来であれば口伝でしか教示されぬ秘曲の手までが書き記されているのを、有安は素早く確かめた。

「そうまでわしを疑うなら、おぬしにこれを貸してやる。とくと読み、桂流のなんた

るかを学べばよい」

「よろしいのですか」

思い通りに話が進み、ついつい声が上ずる。それを伝書を貸し与えられる驚きゆえと取ったのか、信綱は忙《せわ》しくああと首肯した。

「手ずから曲を教えられなければ、伝書のみを読んだとてさして役に立たぬだろうしな。それでもこれを一読すれば、治部卿なぞに尋ね事をせずともよいと分かろうよ」

よほど長い間、笙箱に隠していたらしく、草紙は触る端からぽろぽろと崩れ、かび臭いにおいを放っている。

治部卿の名を出しただけで信綱がこれほどに怒るとは、正直、思ってもいなかった。どれだけ琵琶が下手であろうとも、信綱にはこの「うちぐもり」の存在が唯一の心の支えなのだろう。そんな彼をだまして伝書を借り受けた事実に、わずかに胸がうずく。とはいえそれは今後への期待を前に、あっという間にどこかに消え去った。

「では、ありがたく拝読いたします。書写してもよろしゅうございますか」

「ああ。好きにしろ。ただし決して、外には漏らすなよ」

もちろんです、と応じて草紙を懐に納め、有安はそそくさと自宅に引き揚げた。しかしながら翌朝、筆写に用いる紙を従僕に買いに行かせようとしていると、御所からの使いが慌ただしく屋敷に飛び込んできた。

「中原さま、帝がお召しでございます」

とっさに有安は、なかなか尾張尼を招聘できぬことに焦れた帝が、自分を叱責《しっせき》しようとしているのだと思った。すると水干姿の小舎人《こどねり》は、「なんでも中原さまがお持ちの書物について、お尋ねがおありだとか」と続け、そのまま内裏に戻って行った。

（書物――）

有安は自室の机に置いた「うちぐもり」を顧みた。信綱がこの伝書を自分に貸与したのは、つい昨夜。いかに帝が桂流の琵琶に関心を抱いているとはいえ、そんなに早く「うちぐもり」の存在を知るわけがない。

それでも念のために草紙を懐に楽所に赴けば、それまでやかましくしゃべり交わしていた楽人たちは有安の姿を見るや、一斉に口を噤《つぐ》んで目を見交わした。そんな彼らの中に信綱の姿がない事実に、有安の胸はざわめいた。

「うまくなさいましたなあ、有安どの」

肩を叩かれて頭を転じれば、藤原孝定が薄ら笑いを浮かべている。その目の底をよぎる冷たい光に、有安は一歩後じさった。

「なんのお話ですか」

「隠さずともよろしゅうございます。まさかあの信綱どのが経信公の伝書を隠し持っておられたとは。我らも帝よりうかがい、仰天いたしましたよ」

それを見事、信綱どのから取り上げられたとはねえ、と続ける孝定の顔には、嘲りとも羨望ともつかぬ表情がないまぜになっていた。

「尾張尼を連れて来られぬ失態も、伝書を帝に奉れば許していただけましょう。おかげで信綱どのは今しがた、具合が優れぬと仰せられて帰宅なさいましたよ。いやはや、さすがは有安どの。わたくしたちには思いもつかぬ奇策を思いつかれるものです」

「なんですと」

声を筒抜けさせた有安に、孝定は色の悪い唇を歪めた。

「なにを白々しい。隠さずともよろしゅうございましょうに」

「お待ちください。その話、どこからお聞きになったのです」

「だから、他ならぬ主上でございますよ。おかげで先ほどから我々は、いつ有安は出仕するのかと矢の催促ばかり受けておりました。よろしゅうございましたなあ、有安どの。これで向後《こうご》の帝のお覚えは間違いありますまい」

さあさあと背を押されるようにして御座所に向かった有安の耳の底に、昨夜聞いた治部卿の含み笑いが松籟《しょうらい》の如くよみがえった。

「うちぐもり」が有安の手に渡ったことを知る者は、信綱一人。だがそうなるように自分を唆《そそのか》したのは、あの女だ。

やられた、という呟きが我知らず口をついた。

主上はすでに西流の琵琶を学び、その腕は下手な楽人を凌ぐ。ここで桂流初代の手になる伝書を手にすれば、それを参考にして独学で桂流を学び始めよう。そうすれば尾張尼がおらずとも、桂流の名は一度に世に知れ渡る。

つまり治部卿は父が秘蔵する伝書を世間に引きずり出すために、端から自分を利用するつもりだったのだ。あの女が琵琶を出世の手段としか考えていないとは承知していたが、それでも腸《はらわた》が煮えくり返る思いがした。

案の定、御座所である寝殿に伺候すれば、帝は昼御座《ひのおまし》から身を乗り出さんばかりの勢いで、「そなた、桂流の伝書を手に入れたそうだな」と目を輝かせた。

「失礼ながら、それをいったいどこからお聞きになられたのです」

「皇嘉門院さまの元より、使いが参ってな。朕《わたし》がかねて思慕する桂流琵琶の伝書を、そなたが信綱から借り出したらしいとお教えくださったのだ」

つまり治部卿はあの後すぐに主の皇嘉門院を動かし、内裏に使いを走らせたわけだ。周到すぎるやり口に、有安は眩暈《めまい》を覚えた。

「早速、見たい。すぐに奉れ」

「かしこまりました。実は今ここに持参してございます」

事ここに至っては、隠し立ては無駄である。信綱への申し訳なさに歯がみしながら、有安は懐から取り出した「うちぐもり」を陪従の童に手渡した。

帝はすぐさま、有安のことなぞ忘れ果てた顔付きで草紙を繰り始めた。その面上に見る見る喜色が浮かぶのを見かね、有安は床に額をこすりつけた。

「申し上げたきことがございます。その伝書、わたしも一読いたしましたが、さすがにそれのみにて桂流の奥義を極めるは難しいかと拝察いたします。かくなる上はなおさら、尾張尼どのより手ほどきを受けられるべきかと」

「そうかな。これだけ丁寧に記してあれば、桂流のおおよそは分かるのではないか」

「何を仰せられます。帝が桂流を学ぶは、すべて西流琵琶しか知らぬ当世の公卿たちを驚かせんため。ならばその稽古には念には念を入れねばなりますまい」

「ふむ。それは確かに一理ある。されど尾張尼は幾度そなたが足を運んでも、けんもほろろな応《いら》えしかいたさぬそうではないか」

「いいえ。もうしばしだけ、ご猶予をくださいませ。必ずや尾張尼どのを翻意させてご覧に入れます」

あの頑固な尼を説得する困難は、承知している。しかし帝が伝書のみで桂流の琵琶を学べば、信綱はますます稀代《きたい》の下手と嘲られよう。自らの矜持を守りたい一心で「うちぐもり」を取り出した心情を思えば、これ以上、彼を傷つけるのはしのびない。

有安は寝殿から下がると、楽所を避け、そのまま土御門内裏を飛び出した。大勢の人々が行き交う大路をまっすぐ駆け、通いなれた大原への道を急いだ。

尾張尼は門口に大きな盥《たらい》を据え、煮しめたような色の衣を洗っていた。有安の姿にあからさまに顔をしかめ、濡れた手を犬でも追うかの如く振った。

「昨日の今日とはしつこいな、あんたも。幾ら押しかけても、あたしはここを動かないよ。さあ、さっさと帰れ帰れ」

「違います。今日は尼公にご相談したきことが出来《しゅったい》いたしまして。実はわたしの過ちから、源信綱さまがご所有だった伝書を、帝に奉る羽目になってしまったのです」

その途端、尾張尼の双眸が大きく見開かれた。中途半端に差し上げられたままの手からぽたりと雫が滴り、骨ばった膝を濡らした。

「それというのも、皇嘉門院さまにお仕えの信綱さまのご息女の甘言に乗ってしまったわたしが悪いのです。ただ信綱さまのお力落としぶりを拝察するに、いったいどうやって償えばいいのやら」

「あの小娘の仕業か」

尾張尼は洗いかけの衣を乱暴に盥に投げ入れた。頬に飛び散った水滴を手の甲で拭い、「あんたも愚かな真似をしたね」と毒づいた。

「まったく、基通《もとみち》どのといいあの小娘といい、わが一族の家の者はどいつもこいつも人を踏みつけにして憚《はばか》らないときたもんだ。かような琵琶の家なぞ、さっさと絶えたがよかろうにね」

聞きなれぬ名に、有安は首をひねった。尾張尼は目ざとくそれに気づいた面持ちで、ひび割れた唇を歪めた。

「昨日、会っただろう。あたしの昔の連れ合いだよ。あれでもかつては左馬寮《さまりよう》の助《すけ》(次官)にまで出世した御仁だったんだけどね。ほうぼうの公卿がたに右顧左眄《うこさべん》した末、寮の銭を使い込んで官位を失った愚か者さ。あたしとはほんの数年の共住みだったのに、追い払っても追い払ってもああやって銭をせびりに来るんだよ」

「それは迷惑な話でございますな」

「いまは治部卿とか呼ばれているあの小娘も、表面《おもてづら》は取り澄ましているけど、所詮は同じ穴の狢《むじな》。ろくな稽古もしていないくせに、昔から桂流の琵琶が弾けると喧伝していたね」

「そううかがえば、すべて合点が参ります」

有安が昨夜からの事情を語ると、尾張尼は両手で頭を掻きむしった。治部卿が自らのために桂流の興隆を願っているとの件《くだり》に至るや、「ふざけるな」と目の前に彼女がいるかの如く声を荒らげた。

「それであればなおさら、あたしは帝の師になぞならないよ。あんな欲深に利するなんて、真っ平ごめんさ」

「ですが主上はもともと、西流琵琶の名手でいらっしゃいます。このままそなたさまがお越しくださらなければ、『うちぐもり』を熟読し、それで桂流琵琶を学んだおつもりとなられましょう。そうなれば、桂流の琵琶は本来の姿とはまったく異なるものとして世に広まり、果ては西流にはるかに劣る流派と譏《そし》られるやもしれません」

「そうなるのだったら、それでいいさ。もともと音曲ってのは、人から人に伝えられてゆく間にどうしたって少しずつ変わっていくもんだ。桂流がつまらぬ楽と譏られて消えゆくのなら、それもまたこの世の理《ことわり》さね」

間髪入れず言い放った尾張尼を、有安は驚いて凝視した。

幼い頃から不思議に音楽を好み、妙なる管絃の調べによって今の地位を得た有安からすれば、自らが学んできた楽の荒廃を当然と述べる老尼の言葉は、およそ宜《うべな》えるものではない。「本心より仰せでございますか」と問う唇の端が、小さく震えた。

「ああ、本心だよ。あたしはね、自らが学んだ琵琶がこの先どうなろうともどうでもいいんだ。だからあんたの来訪は本当に迷惑でしかないんだよ」

「なんと勝手な。桂流の琵琶を、ご自身一人で抱え込んでしまわれるおつもりですか。音楽をかように私《わたくし》なさるとは、琵琶の名手のお言葉とは到底思えませぬ」

血相を変えた有安を、尾張尼はまっすぐに仰いだ。それまでのような怒りも侮蔑も含まれぬ、どこか悲し気な眼差しであった。

「音楽、音楽ねえ。ならあんたにとって、音楽とはなんだい。なぜ人は琴を爪弾き、笛を習して音曲を奏でる。なぜ絹糸の響き、竹の管を吹き過ぎる息の音にも過ぎぬものに一喜一憂して、口伝だの相伝だのを繰り返すんだよ」

それは、と応じかけた舌が強張った。

有安が楽人を志したのは、父を失った十歳の春。病弱な母を抱え、自分に何が出来るかと考えた末であった。もとより楽は好きであったが、わずかな伝手《つて》を頼って楽所を致仕した老楽人の弟子となり、少しでも他人より秀でることだけを目指して修練を重ねるうち、音楽をただ愛する思いは次第に薄らいでいった。有安の奏でる笛や琴に目を細めていた母が病で亡くなった後には、そもそも自らが楽を楽しむ折すら減った。以来十年、有安にとって今や音楽はただの立身の手段に過ぎない。

言葉に窮した有安に、尾張尼は目を眇《すが》めた。帰りな、と野面《のづら》の果てに顎をしゃくった。

「たとえ獄舎に投げ入れられても、あたしは琵琶の伝授はしないよ。主上にもそうお伝えしな」

尾張尼の身体は小さく、無理やり縛り上げて拉致できそうなほどだ。しかし枯れ木に似た両足を踏ん張った姿に、有安は万鈞《まんきん》の巌《いわお》の如き堅い意志を見た。これまでとは別人の如く静かな口調が、もはや覆せぬその胸裏を如実に物語っていた。

「かしこまりました。万一、お気持ちが変わられましたら、いつでもわたしをお訪ねください。住まいは六条西洞院。朝夕を問わずやかましい楽を鳴らしている家と尋ねていただけば、すぐに分かりましょうほどに」

未練とは分かっている。それだけに尾張尼の表情を見るのが恐ろしく、有安は深く俯いたまま、踵を返した。

乾ききった枯れ葉が、沓《くつ》の下でかそけき音を立てる。折しも山間を吹き抜けた風に、庵の屋根がぎいと鈍く軋《きし》んだ。

計らずも「うちぐもり」を手に入れた喜びゆえか、やはり尾張尼を翻意させられぬとの有安の奏上に、帝は拍子抜けするほどあっさりうなずいた。とはいえそれで、有安の失態が消え失せるわけではない。楽所の楽人たちはむしろ帝の叱責を免れた有安に、「若造が大きな顔でしゃしゃり出よって」「帝のお優しさに甘えておるのじゃ」と聞こえよがしの陰口を叩いた。

源信綱はあれ以来、病と称して出仕しない。良心の呵責に耐えかねた有安は、手土産を携えて見舞いに出向いたが、「あいにく主は熱があり、起きることが叶いませぬ」と家令に慇懃に追い返される有様だった。

帝は西流琵琶に長けた藤原孝定に、「うちぐもり」を読ませ、その意見を容れながら寸暇を惜しんで桂流琵琶の稽古に没頭している。有安自身は非番のため参列しなかったが、新嘗祭の宴席では秘曲「啄木」を桂流の譜で見事に弾じ、不仲な上皇を瞠目させたとも聞こえてきた。

これでいいのだ——と、有安は自分に懸命に言い聞かせた。

もともと有安は、流派の興亡に関わることなぞない、平凡な一介の楽人に過ぎない。帝がかねて念願の桂流琵琶を学べたことを、ただ喜ぶべきなのだ。

さりながら冬が深まり、雪を孕んだ雲が大原の方角から洛中に流れてくるのを見るにつけ、有安は尾張尼はどうしているかと案じずにはいられなかった。新嘗祭以降、桂流琵琶の人気は急に高まり、帝の寵愛を競う後宮の女の中には、早くも桂流の師を探し求めている者もいると仄聞する。尾張尼自身の選択とはいえ、桂流が突如、流行の楽として扱われ出した事実に、有安はうすら寒いものを覚えた。

ところが年が改まり、都のそこここに馥郁《ふくいく》たる梅の香りが漂い始めると、内裏には楽どころではない騒動が持ち上がった。上皇の寵臣が帝を呪詛せんと試みているとの噂が、どこからともなく流れてきたのである。

昨年九月、上皇はかねて寵愛の平滋子《しげこ》に皇子を産ませ、院の近臣の中にはまだ赤子の彼を帝の東宮にと目論む者たちもいた。

平滋子は、先の乱の折に目覚ましい働きをした平清盛の義妹。帝・上皇双方から厚い信頼を受けてきた清盛が、ここに来て急に上皇との絆を強くした事実に、帝とその臣下はこれはならぬと危惧した。清盛を急いで中納言に抜擢するとともに、折から新造成った押小路《おしこうじ》東洞院御所の警固を平家一門に命じることで、清盛を帝方に引き入れんとしていた。

そんな矢先に沸き起こった呪詛の噂に、帝はすぐさま詮議を指示。やがて呪詛を行

った疑いにより院の近臣・源資賢《すけかた》とその息子が捕縛されたが、ある日、

「どうやらお二人方の悪事が露見したのは、六条大夫基通なる男の密告ゆえらしいなあ」

という楽人仲間の声高なやりとりに、有安は我が耳を疑った。有安の間違いでなければ、基通とはあの尾張尼の昔の連れ合いではないか。

だが楽人たちは血相を変えた有安には気づくよしもなく、笙を手焙《てあぶ》りで乾かしながら噂話に興じている。有安は棚の譜面を探すふりで、その背後に忍び寄った。

「なんでも賀茂《かも》の上宮で帝の人形《ひとがた》を作り、針を刺して呪詛したんだと。恐ろしい話だよな」

「それにしても、なぜ基通とやらはそれを知ったのだ」

「さあ、それだ。どうやら基通という男はかねて、中納言・平清盛さまのお屋敷に出入りしていたらしい。一方で源資賢さまは今をときめく清盛さまをどうにかわが方に引き入れんと焦り、帝の呪詛の件を打ち明けたそうな。ところが清盛さまはそんな面倒に巻き込まれるのはご免とばかり、配下の基通を使って、密告を行わせた——とまあ、こんな次第らしい」

なんとまあ、と目を瞠《みは》り、楽人は手の中の笙をくるくると回した。羽根を広げた鳳《ほう》

凰《おう》に例えられる竹管が、小さな光をきらりと四囲に放った。

「やはり清盛さまなるお方は、油断がならんな。要は上皇さまのお身内を売り飛ばすことで、帝に恩を売ったわけか」

「まあ、あの御仁はもともと世の中の混乱に乗じ、伊勢平氏の癖に中納言にまでのし上がったお方だ。改めて考えれば、なんの不思議もないわなあ」

おお怖い、と楽人たちがどこかよそ事の顔で首をすくめる。有安は足音を忍ばせて楽所を出るや、人気のない庇ノ間に尻を下ろした。この春、元日節会《せちえ》の宴席で遠目にした清盛の四角い顔が、脳裏をよぎった。

伊勢平氏はもともと、武門の家柄。だが下膨れの清盛の面差しは四十五歳という年齢にしては老け込み、猛々しさよりも老獪さの方が勝って映った。

二度の兵乱の勝者となり、上皇方・帝方双方に親しく出入りする鵺《ぬえ》の如き彼は、自らに要らぬ火の粉が降りかからぬよう、源資賢を陥れたのだろう。かような真似をしても、これまで数々の功を挙げ、父の代から宋国との私交易で莫大な資産を築いている清盛を、上皇は突き放せぬと知っての行いに相違ない。

楽人はみな、音楽以外には取り立てて才のない者たち。このためとかく騒々しい政《まつりごと》の話は、本来は暮らしの埒外にある。帝と上皇が不仲と聞けば、直接の主である帝に肩入れするが、だからといって上皇の御殿より奏楽の招きがあれば拒みはしない。それだけに平清盛がどんな二枚舌を使おうとも、自分たちは気にかける必要はない。そうだ。尾張尼とて基通とはとっくの昔に縁切れとなっているとまくしたてていたではないか。波打ちそうな己の胸を、有安は両手でさすった。

夏が闌《た》けると共に、源資賢とその息子は信濃《しなの》国に配流され、内裏には表向き平穏が戻って来た。新嘗祭の夜、上皇とその近臣を驚かせたのがよほど楽しかったのだろう。帝は相変わらず桂流琵琶の稽古に余念がない。源信綱はいまだ自邸に引きこもりきりであるが、彼が桂流の嫡流という事実が世間に広まったのか、最近は内々にその屋敷を訪《おとな》う者もいるという。

そんなある日の夕、「今宵は月が美しい。月見の宴としゃれこもうではないか」との帝の命が下った。突然の宴ゆえ、席に連なるのは宿直の殿上人《てんじょうびと》が数名のみ。せめてもの賑わいにと命じられ、有安が他の楽人とともに宸殿《しんでん》に赴けば、折しも東山に昇り始めた月が酒肴の整えられた庇ノ間を青く染め上げている。

盃を手に脇息にもたれかかった帝が、早くも眼の縁を朱に染めながら、「おお、来たか」と頬を緩めた。

「まことに今宵の月は清らげだ。まずはみなで『嘉《か》辰《しん》』を詠じよう。それ、楽を囃せ」

宴席での楽人の仕事は、三管両絃三鼓から成る管絃の演奏が主。ただし列席者が朗詠や催馬楽といった歌謡を歌う際には、付物《つけもの》（伴奏）を命じられもする。「嘉辰」は大唐の詩人・謝偃《しゃえん》の漢詩を下敷きにした朗詠で、笙、篳篥、龍笛が公卿たちの詠唱に合わせて伴奏に当たるのが慣例であった。

「そうれ、歌うぞ。嘉辰令月《れいげつ》、歓無極《かんぶきょく》――」

帝が笏《しゃく》で拍子を取りながら機嫌よく歌い始めたその時、小柄な影が不意に階の下に兆した。刻々と青みを増す月影が凝《こご》ったかの如き人影に、有安は驚いて笙を持つ手に力を込めた。だが影は無造作に沓を脱ぐと、長い下襲《したがさね》の裾《きょ》を器用にさばいて、一歩一歩踏みしめるように階を登って来た。

ぎい、と低い軋みが、不思議なほどはっきりと有安の耳を叩いた。

「遅参いたし、申し訳ありませぬ。屋敷にしばし戻っておりましたゆえ」

「おお。来たか、清盛」

帝が笏で膝を叩いて、破顔する。平清盛はそれに一礼して、空いていた藁座《わらざ》に尻を下ろした。宴席に遅れたことを、さして悪いとも思っておらぬ面持ちであった。

「それにしても、万事几帳面な中納言が宿直を抜け出していたとは珍しい。何事か屋

卿である。

まだ十八歳と年若ではあるが、前関白・藤原忠通の五男として将来を嘱望される若公

弾んだ声で割り込んだのは、帝のすぐ隣に座していた右大臣の藤原基房《もとふさ》であった。

「縁談でございますよ」

敷で出来したのか」

「わが兄の基実《もとざね》が、清盛どののご息女を娶《めと》ると決まったのです。婚礼は当分先でございましょうが、なにせ名にしおう平家の姫君と摂関家の御曹司の縁組ともなれば、色々準備も大変でいらっしゃるようで」

「ほう、それはめでたい。して、姫は幾つだ」

帝が勧めた酒を受けながら、「まだ七つでございます」と清盛は無表情に応じた。

そのぶっきらぼうぶりを見かねたのか、基房がまた身を乗り出した。

「わが藤氏は古来、詩歌管絃を愛する家柄。それゆえ姫はまだ幼くていらっしゃいますが、たしなみにひと通りを学んでいただくことになりましてな。和歌は美福門院加《か》賀《が》どのに、琴は八条院讃岐どのに、琵琶は皇嘉門院治部卿どのに稽古をつけていただくとようやく決まったそうでございます」

「はて、皇嘉門院治部卿とな」

帝が盃を干して、怪訝な顔になる。有安もまたその名に息を飲んだが、基房はそれに気づくよしもなく、「当節流行の桂流琵琶の名手らしゅうございます」と明るく続けた。

「平家の姫君に管絃の師が必要との話を聞き及んだのか、自ら六波羅《ろくはら》に女童を遣わして、琵琶を教示できると申してきたのだとか。何でも楽所の伶人・源信綱の娘と聞いております。——さようでしたよね。清盛どの」

「ほう、信綱にそんな娘がいたか。知らなかったな」

帝の呟きを遮って、末席に座していた公卿が大声で催馬楽を歌い始めた。帝が笑いながらそれに唱和し始めたため、治部卿の話はそれきりになったが、有安は小さな石がことりと音を立てて胸底に落ちた気がした。

当節の都において、清盛は上皇や帝ですら顔色を窺う丈夫《ますらお》。そんな彼に桂流の名手と名乗って接近したやり口は、いかにも治部卿らしい。しかしこのままではあの女は平家の姫君の師の立場を用い、さぞかし大きな面をし始めよう。尾張尼や源信綱の怒りを思えば、それを見過ごすことはできなかった。

宴は月が頭上を過ぎた頃に果てた。酔いに足をふらつかせた帝や公卿が三々五々宸殿から退出するのを見送り、有安は楽人の列から抜け出した。宸殿から帝の寝所である夜御殿《よるのおとど》に向かうには、途中、長い渡殿がある。この時刻であれば警備の武士もおらぬはずと腹をくくり、渡殿の下にひざまずく。待つ間もなく、長い堂舎の果てに手燭が揺れ、複数の人影がこちらに近づいてきた。

「帝に申し上げたきことがございますッ」

と叫びざま、有安はその場に深く面伏せた。

「無礼であろう。何奴だ」

帝の前後を固めていた蔵人《くろうど》たちが、一斉に気色ばむ。だが帝は自ら手燭を渡殿の下に差し伸べ、「なんだ。有安か」と目を丸くした。

「さようでございます。先ほどの中納言さまのお話をうかがい、どうしても奏上いたしたきことがあり、まかり越しました」

「ああ、清盛の娘の縁談か。それがどうした」

赤みの残る面相の割に、帝の声には張りがある。有安は乾いた唇をちろりと舐めた。

「はい。姫君が師となされる皇嘉門院治部卿さまについてでございます。実はそのお方は決して、桂流の名手なぞではございません。わたしが伝書『うちぐもり』を源信綱さまより借り受けたのも、すべては治部卿さまに操られた末なのです」

帝の眉間に深い皺が寄る。軽く片手を振って蔵人を下がらせるや、そのまま渡殿にどっかりと尻を下ろした。

「どういうわけだ。詳しく語れ」

当節の桂流の流行は、帝とて承知していよう。ましてやそれが自身の新嘗祭の奏楽から始まっただけに、桂流琵琶には並々ならぬ自負を抱いているはずとの有安の推測は、思った以上に的を射ていた。

治部卿が琵琶は栄達の手段と言い放ったこと、それがために伝書が帝に渡るべく彼女が陰で糸を引いた仔細を語るにつれ、帝の頬は強張り、膝に置いた手がわなわなと震え始めた。ついには「許せぬな」と呻いて、拳で床を打った。

「楽とは人の心を感ぜしめ、四季折々の風物を歌うものだ。それを立身出世の術と見なすばかりか、己の腕まで偽るとは」

それにこのままでは信綱も辛すぎるではないか、と付け加え、帝は自らの顎に手を当てた。しばらくの間、目尻の赤い眼を虚空に据えていたが、やがて両手で己の腿を叩いた。

「よし。決めたぞ。明日にでも九条殿に使いを遣わし、治部卿とやらを呼び寄せよう。桂流琵琶の稽古をよくぞ今まで続けたと褒め、琵琶を一面、与えるのだ」

「お褒めになられるのですか」

「まあ、そなたは庭木の陰にでも隠れて見ておれ」

帝は肉の薄い頰を、にやりと歪めた。蝶の羽根をもぐ子供に似た、残酷な笑みであった。

風が出てきたのか薄雲が月を覆い、庭に落ちる帝の細い影がわずかに薄らいだ。


「有安どの、ちょっとよろしいですかな」

一日の勤めを終えて楽所から退出しようとしていた有安が藤原孝定に呼び止められたのは、観月の宴から四日後の夕刻であった。

すでに宿直以外の楽人は帰路につき、楽所はがらんと人気がない。どうやら孝定は自分を呼び止めるために楽所に居残っていたようだ、と有安はとっさに感じた。

「内蔵寮《くらりょう》の官人が一昨日、帝の勅により琵琶を一面出納したと申しているのです。帝はそれを治部卿なる女房に下賜なさったらしいのですが、帳簿を見る限り、なぜ宮城に紛れ込んだのか不思議なほど出来の悪い楽器だそうで。有安どのはなにかご存じではありませんか」

内蔵寮は天皇の財産を管理する役所。帝の楽器類の保管も兼ねているため、その帳簿に記載される品の出納には楽人も関わる習わしであった。

「いいえ、存じません。それにしてもなぜわたしに」

空とぼけながら、有安はひくひくと震えそうになる唇の端を懸命に引き締めた。喜色を露わに古びた琵琶を抱いた一昨日の治部卿の姿が、目裏にまざまざと蘇ったからだ。

「聞けばその治部卿は、桂流の琵琶を奏するとか。もしかして有安どのもご存じのお方と思うたのですが」

「申し訳ありませんが、知りませぬなあ。御免くだされ」

楽所をそそくさと飛び出すなり、有安は両手で口元を押さえた。なおもこみ上げてくる笑いに肩を揺らしながら、大路に面した門へと足を急がせた。

一昨日、帝が皇嘉門院邸に遣わした使いに、治部卿は自らの嘘が露見したと思い込んだのか、額の際まで青ざめさせて御所に伺候した。だが帝はそんな治部卿に、「そなたはかねて桂流を学んでおったとか」と穏やかに話しかけ、内蔵寮から運び出させた古琵琶を与えたのであった。

「これは狩葉《かりは》と申す、代々の重宝。曽祖父の興した桂流をこれまで守り継いできたそなたの功への褒美だ」

庭の植え込み越しではあったが、有安の目にその琵琶は歴然たる駄器と映った。しかし治部卿にそれは判別できぬと見え、青ざめていた顔に見る見る歓喜の表情が浮かんだ。

「も……もったいのうございます。これからも父祖より伝来の桂流興隆のため、力を尽くす所存でございます」

「それは同じ桂流の琵琶を弾く者として、嬉しい限りだ。励めよ」

唇に薄い笑みがにじんでいる割に、帝の語調はひどく平板である。治部卿が幾度も頭を床にこすりつけて退出していくと、帝は脇息を胸の前に抱え込んだ。

「あの指を見たか、有安」

植え込みの陰からごそごそと這い出した有安を見下ろし、大きな息を一つついた。

「頻繁に琵琶を奏していれば、左の手指の皮は厚く変じる。あんなに嫋《たお》やかな指をした女が、琵琶の名手であるものか」

「ご慧眼かと存じます。その上、琵琶の良し悪しすら判ぜられぬときては、いったいどんな教授をするつもりやら」

そう苦笑しあっただけに、夕風の吹く東洞院大路を自宅へと急ぎながらも、どうしても口元が緩んでくる。

あの女のことだ。今後はどこで琵琶を奏するにしても、狩葉と名付けられたあの琵琶を麗々しく持ち出そう。そしていずれは目のある者が狩葉が駄器であると気づき、治部卿の稚拙な腕前とともに噂にするはず。そうなった時の彼女の狼狽《ろうばい》ぶりを想像すると、足取りまでがおのずと軽くなった。

藤原孝定に引き留められたせいで、五条大路を過ぎ、六条内裏の長い築地塀《ついじべい》が背後に遠ざかった頃には、往来はとっぷりと暮れ切っていた。急に冷たさを増した初秋の風に、有安がぶるっと身体を震わせたその時、傍らの路地から黒い人影が飛び出してきた。

「おい、そこな奴。待て」

まだ宵の口とはいえ、都では追い剝ぎ盗人の類が始終跋扈《ばっこ》している。それだけに有安はとっさに身を翻して逃げ出そうとした。すると人影は、「おいおい、逃げるな。大原で顔を合わせていようが」と怒鳴り、足半《あしなか》をけたたましく鳴らして有安を追いかけてきた。

「覚えておろう、尾張のもとで会うた者じゃ。尾張の昔の連れ合いと申した方が早いか。おぬしにいささか話があるのじゃ」

驚いて足を緩めた有安に追いつき、基通はにやりと笑った。有安の襟首を引っ摑むと、物陰へと引きずり込もうとした。

振りほどこうにも、その腕の力はおよそ老爺とは思えぬほどに強い。懸命に振り回す両手が当たり、路地の入口に積み上げられていた桶がけたたましい音を立てて崩れた。

「は、話なぞこちらにはない。間違いだろう」

「いいや、それがわしにはあってな。あの狩葉とか申す駄器を治部卿に与えたのは、おぬしの手回しか」

有安は目を見開いた。基通はその驚愕の表情に、「どうやら話が早そうじゃな」と満足そうな薄ら笑いを浮かべた。

「おぬし……琵琶が分かるのか」

「ふん、分からいでか。これでも昔は尾張の連れ合いとして、少々は学んだ身じゃ。音曲に関しては恐らく、あの治部卿よりも秀でておるわい」

基通は言いざま、有安の身体を傍らの板塀に押し付けた。逃げようとするその喉輪を、両手でぐいと締め上げた。

「わしは今、中納言たる平清盛さまのお屋敷に出入りしておってな。清盛さまの姫君が治部卿より琵琶を習うと聞いたゆえ、昨日、機嫌伺いかたがた九条殿に出向いたの逃げ道を求めて四方に忙しく目を走らせた有安に、基通はくっと喉を鳴らした。

「あの女め。尾張の昔の連れ合いとは気づかなんだのか、庭先にわしを通しよってな。狩葉なる琵琶を帝よりいただいたと、得々と語りよった。されどわしが見る限り、あの琵琶はろくな音も出ぬ駄器。それが内裏よりの下賜品とは、どういう次第じゃろうなあ」

「わ、わたしは何も知らん」

「馬鹿を抜かせ。知らぬわけがあるか。おぬしは先だって、治部卿の親父どのより桂流の伝書をだまし取ったのだろうが」

なぜそれを、と呻きかけて、有安は息を飲んだ。信綱のもとに最近、様々な客が訪れているとの噂を思い出したのである。

「信綱どのから話を聞いたのか」

「おおよ。最近、桂流は隆盛じゃと聞き、ならば久方ぶりに顔を出してみたのじゃ。おぬしに伝書を渡した迂闊を、あの男は随分嘆いておったぞ」

信綱にとって、基通は姪のかつての連れ合い。「うちぐもり」を失った悲嘆に暮れていた信綱は、懐かしい客の到来につい愚痴をこぼしたのだろう。そして更に治部卿から狩葉の一件を聞いたことで、基通はそれが信綱から聞かされた伝書の件とつながると勘づいたのだ。

顔を青ざめさせた有安の首元から、基通はゆっくりと手を放した。「まあ、落ち着け」と、有安の肩を一つ叩いた。

「何もおぬしに乱暴をしようというのではない。ただ実際の腕はどうあれ、治部卿はいまや平家の姫君の師。それが平凡極まりない楽器を下賜され、陰で帝や楽所の楽人からあざ笑われているとなれば、清盛さまはどれだけお怒りになられようなあ」

「わたしを脅すつもりか」

基通は下卑た笑みを浮かべつつ、大仰に首を横に振った。

「とんでもない。ただ実は借りておる家が、ここのところどうにも雨漏りがひどくてのう。屋移りをしたいと思うておるのに、まとまった銭がなくて困っておるのじゃ」

有安は唇を引き結んだ。そうしないと下顎ががくがくと震え出しそうに思われたためだったが、それをどう勘違いしたのか基通はわずかに声を低めた。

「申しておくが、これでもわしは親切なのじゃぞ。なにせ上皇さまと帝の不仲は、今や周知の事実。そんな最中、娘の師が帝よりかように軽んじられたとなれば、清盛さまはさぞ不快を抱かれよう。もしかしたら帝を見限って、上皇さまにお味方申し上げると言い出されるかもしれぬわなあ」

今度こそはっきりと、有安の全身を震えが貫いた。寵愛する近臣を配流に処され、上皇はさぞ帝に対して腹を立てているはず。その上、清盛が帝を見限ったりすれば、上皇はどれほど嵩にかかるだろう。

この二年余り、まがりなりにも天に二君が並び立っていられるのは、両者の力が拮抗していればこそ。それが大きく一方に偏れば、かつての如く上皇方・帝方双方が都を兵馬で踏みにじる争いが始まる恐れもある。

「や、やめてくれ。それだけは」

「ならば、わしの屋移りの銭を整えろ。有体に申して、清盛さまは音曲にはとんと関心のないお方。わしが口を噤《つぐ》んでさえいれば、あの狩葉の正体が露見する恐れはないゆえ、安心してよいぞ」

武家の棟梁でありながらこの国の政に食い込んだ平清盛は、当世の混沌の落とし子とも呼ぶべき男。今や摂関家とすら比肩し、天皇・上皇すらその顔色をうかがう清盛を盾に取られては、歯向かう術はない。

有安は上目遣いに基通を仰いだ。そんな自らの卑屈さに吐き気すら覚えながら、血の気の引いた唇を震わせた。

「本当に……本当に黙っていてくれるのだな」

「もちろんじゃ。その代わり、どうせなら屋移り先は少し広めの家がよいな。温石《おんじゃく》代わりに寝る女子の一人や二人、わしにもまだおるでなあ」

欠けた歯を剝き出しにして笑う基通から、有安は顔を背けた。もう少し自分が賢明だったなら、治部卿への悪戯《いたずら》がどんな危険な結果を招きかねぬか気づいたはずだ。一時の怒りに駆られ、こんな破落戸《ならずもの》を招き寄せた己が情けなくてならなかった。

有安の背をもう一度叩くと、基通は敏捷な足取りで暗い大路を駆け去った。その足音から逃げるように路地をまろび出、有安は急に冷え込み始めた道を自宅へと急いだ。

一人住みの気楽さゆえ、蓄えと呼ぶべきものは有安にはない。唯一の財産は五年前に没した師から譲り受けた楽器類だが、あれを手放しては明日からの出仕に障りが出る。

いっそ帝にすべてを打ち明けるか。いや、あの勝気な帝のことだ。場合によっては上皇への敵愾心《てきがいしん》を燃やし、話を更にややこしくするかもしれない。

目の前が暗くなり、こめかみが大きく拍動する。考えごとに気を取られていたせいだろう。有安は己の家の門口を二、三歩行き過ぎ、あわててたたらを踏んだ。落ち着け、と自らに言い聞かせて踵を返せば、堅く閉ざされた木戸の外に座り込む人影がある。

有安の足音にのろのろと顔を上げ、「遅いッ。待ちくたびれたよ」と毒づいたのは、尾張尼であった。

「まったく。いつでも楽の音が聞こえておるなんて、大口を叩きやがって。どれだけ歩き回っても音は聞こえない。たまりかねてほうぼうで尋ね回れば、おぬしは朝から出かけて留守。その上、家の下郎からは胡乱《うろん》な者は上げられぬと悪態まで吐かれると来たものだ」

「な、なぜここに」

立ち上がろうとする尾張尼にあわてて手を貸しながら、有安は木戸を拳で叩き立てた。留守番の下郎が眠たげな顔を突き出すのを叱りつけ、大急ぎで尾張尼を家に招き上げた。

「ふん。いつでも来いと言ったのは、あんただろう。ふらりと洛中に出る気になっただけさ。それが悪いのかい」

いつも通りのけたたましい雑言に、有安は強張っていた肩の力が抜ける思いがした。目頭が不意に熱くなり、嚙み締めた奥歯が小さな音を立てる。あわてて俯いた視界の隅に、尾張尼が細い目を瞠るのが引っかかった。

「――どうしたんだい、あんた」

「いえ、なんでもありません」

「何にもなくて、大の男が泣くものかい。あれだけ断っても大原に押し掛けてきた図々しさはどこに行ったんだい。さっさと話しな」

尾張尼は床を軋ませて膝行《しっこう》し、左手で有安の肩を摑んだ。女とは思えぬほど堅い指先がまるでこちらの胸底まで探ろうとしているかに感じながら、「基通どのが――」と有安は声を絞り出した。

「なに、あの野郎がどうした」

尾張尼の面上に、さっと怒りの色が走る。それに励まされた思いで、有安はこれまでの一部始終を手短に語った。

尾張尼は険しく天井を睨みながら、無言で有安の話に耳を傾けていた。だが基通が屋移りの銭を要求したと有安が告げるや、灰色に汚れた小袖の裾を乱してその場に跳ね立った。

「――行くよ。案内しな」

「い、行くとはどこにでございます」

狼狽する有安を見下ろし、「決まってるだろう」と尾張尼は決めつけた。脂っけの乏しい顔の中で、大きく見開かれた双眸が雲母《うんも》を刷いたが如く光っていた。

「その中納言・平清盛さまとやらの元だよ。こうなればこのあたしが、平家の姫君に桂流の琵琶を教えてやる。なにせこのあたしは、帝にすら伝授を拒んだ桂流の伝承者。そうなれば姫君の師匠はこのあたしとなり、治部卿がどんな辱《はずかし》めを受けたとしても、中納言さまが激怒する謂れはなくなるじゃないか」

「それはまことでございますか」

声を詰まらせた有安に、尾張は目をすがめた。

「言っとくけど、あんたのためじゃないよ。あたしはただ、あの基通の思いのままにさせるのが悔しいだけさ。琵琶を出世の手段としか考えない治部卿は腹立たしいけど、それを種に銭を強請《ゆす》ろうなぞという輩《やから》はなおさら許せないのさ」

さあ早く、とせっつかれ、有安はあわてて沓をつっかけた。

伊勢平氏は先代・平忠盛の代から洛東六波羅《ろくはら》に一門が集住しており、清盛もまた賀茂川に近い一角に泉殿と呼ばれる屋敷を構えている。夜のこととて、広い賀茂河原はしんと静まり返り、橋を渡る二人の足音だけが不気味なほどうつろに響く。鴨か、それとも気の早い雁か。思いがけず近くでギャアッと響いた川鳥の声に、有安は飛び上がった。尾張尼はそんな有安をひきずるようにして川を渡り、堀で囲まれた屋敷に小走りに近づいた。

通常、公卿の邸宅が堀を巡らせることはない。闇の奥に目を凝らせば、空堀の深さは二丈あまり。その上、長い築地塀の向こうにはどうやら土塁まで築かれているようだ。

「さすがに武門の棟梁の屋敷だね。えらく物々しいときたものだ」

厳めしい四脚門の左右には篝火が焚かれ、太刀《たち》を帯びた腹巻姿の武士が辺りを睥睨《へいげい》している。尾張尼は恐れる気配もなくそちらに近づくや、「中納言さまに会わせとくれ」と嗄《しわが》れた声で怒鳴った。

「こなたは大宰権帥・源基綱の孫娘さ。中納言さまが姫君のために琵琶の師を求めておいでと聞き、大原よりまかり越したよ」

尼とは思えぬ尾張尼の居丈高さに、武士たちが目を丸くする。有安はあわててその傍らに走り寄った。

「わたしは帝にお仕えする楽所の伶人、中原有安と申します。中納言さまに折り入ってお話があり、無礼を承知でうかがいました」

かつて御所の警固は五衛府《ごえふ》の武官の役目であったが、有安が出仕を始めた前後より、その務めは平家一門に委ねられている。このため屋敷の奥から駆けだしてきた武士の中に、楽人たる有安の顔を見知っていた者がいたらしい。他の武士に何事か囁いた一人が、「待っていろ」と言い残して踵を返す。待つ間もなく戻って来ると、有安と尾張尼に顎をしゃくった。

促されるまま踏み入れば、幾つもの堂舎が渡殿でつながれた屋敷の造りは一見、公卿のそれと変わりがない。しかしよく見れば庭の至るところには厩が建てられ、馬の足掻きがしきりに夜気を揺るがせていた。

「それ、あちらにおいでだ」

武士が指差すのと同時に、池に面した正殿に見覚えのある人影が立ち現れた。ゆっくりと頭を巡らせてこちらを振り返る彼に、尾張尼が玉砂利を蹴立てて駆け寄った。

「おまえさまが清盛さまかい。あたしを姫君の師にしとくれな」

「おぬしをだと」

縹《はなだ》色の狩衣に身を包んだ清盛の姿は、内裏で見るそれよりも更に老け込んで映る。億劫そうに庇ノ間に腰を下ろし、清盛はしげしげと尾張尼を見つめた。

「そうさ。治部卿より、はるかに腕はいいよ。なにせ当世唯一の桂流の伝承者だからね」

「ああ、なるほど。そういう次第か」

清盛はどこからともなく取り出した蝙蝠扇《かわほりおうぎ》の先で、顎を掻いた。尾張尼の背後に控えた有安に目を走らせ、「公卿の仲間入りとは、実に面倒なものだな」と呟いた。

「お婆。名は何と申す」

「尾張だよ」

「せっかく訪ねて来てくれたのに、すまぬがな。わしは正直、娘の琵琶の師の腕なぞどうでもよい。治部卿に断りを入れるのも面倒ゆえ、尾張どのはおとなしく帰ってくれまいか」

さすがに思いがけなかったのか、尾張尼が目をしばたたく。清盛は大きなため息を一つつき、「そりゃあ、管絃がうまいに越したことはないがな」と続けた。

「人の良し悪しが美醜で定まるわけではない如く、人の器もまた芸の上手下手で決まりはすまい。有体《ありてい》に申して、わしはやれ管絃だ詩歌だと体裁ばかり繕う公卿がたの暮らしが、どうにもよくわからぬのだ」

篝火に誘われた羽虫が厩に迷い込んだのか、夜気をつんざいて馬が嘶《いなな》いた。その方角に素早く目を走らせてから、「わしは武士だ」と清盛は続けた。

「納言として政に加わってはおるが、この身は所詮、成り上がりもの。体裁をそれらしゅう繕ったとて、他の公卿方の如く風雅ばかり愛でる気にはならぬ。治部卿なる女が楽の下手であっても、それゆえ誰が娘の師に文句をつけようとも別にどうでもよいわい。周囲の者どもはそういうわけにはいかぬと申して、あれこれしつこく押し付けて来るがな」

「清盛さまは公卿になられるおつもりではないのですか」

つい口を挟んだ有安に、「無論、出世は目論《もくろ》むがな。さりとて公卿になりきる気はないな」と清盛は打てば響く速さで応じた。

「形ばかり変えたとて、平家は武士をやめられはせぬ。そんな輩が他人の真似事ばかりするのは、大げさに言えば道に背いた行いだろうよ。人には本来、生きるべき道があるはずだ」

治部卿にまつわる文句に頓着せぬとの言葉は、安堵すべきものだったはずだ。しかしその刹那、有安は己の胸にぽっかりと暗い穴が空いた気がした。

平清盛は混乱著しき世の中で立身した、乱世の覇者。だが殿上人として帝・上皇双方から秋波を送られながらも、清盛は自らの本質を忘れてはいない。それに引き比べ、同様に浮沈著しき宮城で楽人となった自分はどうだ。華やかな宮城での栄達に汲々とし、遂には基通なぞに付け込まれる隙を作っている。

父の仕える主の邸宅で、初めて管絃の音を洩れ聞いた幼い日が、不意に胸に蘇った。自分はいつしか栄達を目指すあまり、自らの道を見失っていたのではないか。いつぞや、尾張尼の問いに即答できなかった己の姿が、悔いと共にありありと思い出された。

「では清盛さまは、治部卿がひどい楽器を奏しても怒らないんだね」

「ああ。怒る気にはならぬな。そんな些事は、どうでもよい」

清盛は胡坐《あぐら》をかいた両膝を打って立ち上がった。壁際に伸びあがった影のせいか、小柄なはずのその姿は雲を突くほど巨大と映った。

「聞きたいのは、それだけか。ならばそろそろわしは戻らせてもらうぞ。武家の棟梁と納言の職を併せ持つのは忙しくてな」

止める間もなく身を翻した清盛が、どすどすと音を立てて渡殿を去る。そのあわただしい背中を有安は凝然と見つめた。

名利や血脈が重んじられる、古き内裏。きっと清盛はこれからも、そんな宮城を易々と踏みつけ、変えていくのだろう。いやもしかしたら都を、この国をすら、あの男は大きく変えるのかもしれない。

内裏の因習に捕らわれず、自ら己の道を切り開く逞しさ。その倜儻《てきとう》なる生き様が、ひどく眩しかった。

（それにひきかえわたしは——）

「やれやれ。結局、あたしは誰にも琵琶を教えずに済むのかい」

尾張尼が痩せた両手を天に突き上げ、ううんと背を反らす。尾張尼さま、と考えるよりも先に、有安は呼びかけていた。

「そんなことを仰らずに、よろしければわたくしに琵琶をお授けくだされ。少なくとも治部卿さまよりは上手《うま》うございますぞ」

「おふざけじゃないよ。あたしの琵琶はあたしだけのものさ。楽の何たるかも知らぬあんた如きに、教えてなるものか」

険しく眉をしかめたその表情は、大原で幾度となく見かけたそれとまったく変わらない。それが今の有安には、ひどく嬉しかった。

「さように仰せられますが、では尾張尼さまは楽の神髄をご存じでいらっしゃるのですか」

尾張尼は虚をつかれた顔で押し黙った。唇を強く引き結び、しばらくの間、空を仰いでいたが、やがて大きく一つ息を吐いた。

「恋、だね」

は、と問い返した有安を、尾張尼はぎろりと睨んだ。

「勘違いするんじゃないよ。花鳥風月を恋い、異国を恋い、友を恋う。かような思いが楽を生み、人々に奏でさせるのさ。天を動かし地を感ぜしむ楽は、生きる人間の念そのものとも言えるんじゃないかい」

こちらの言葉を封じるようにまくしたてる尾張尼の顔がわずかに赤らんでいるのは、果たして気のせいだろうか。唇を緩めた有安に、「なにがおかしい」と尾張尼は声を尖らせた。

「いいえ、なにもおかしくはございません。まこと仰せの通りかと」

「帝にしてもあんたにしても、美しきものを激しく恋う思いがなけりゃ、楽は上達しないよ。出世のためとか父親に勝つためなんぞと思うておる奴には、伝をする気にはなれないね」

翻せばそれは、有安が本気で音楽を究めんとすれば、尾張尼は応じてくれるとの意だろうか。

有安同様、内裏に身を置きながらも、清盛は冬が去れば北に飛び行く雁の如く、己の居場所を忘れない。その結果もたらされるものがあの眩《まばゆ》さだとすれば、同様に世の混沌の中で這い上がった自分もまた、生きる場所は己の本当の道たる楽のただなかにしかないはずだ。

この混沌たる世で信じられるのは、古《いにしえ》よりの習わしでも決まり事でもない。ならばひと時、あの内裏に羽を休めた自分もまた、北を指して飛び去らねばならぬ。そんな気がした。

「ならばわたしも尾張尼さまの琵琶に、恋してみとうございます。ぜひ一度、お聞かせくだされ」

「しつこいねえ。こちらが少し親切にしたからって、付け上がるんじゃないよ」

雲の切れ間から顔を出した半月が、尾張尼のしかめ面を照らし付けている。そのとげとげしい横顔に苦笑しながら、有安は尾張尼に従って歩き出した。

篝火が小さく爆《は》ぜ、煙がまるで帰雁の列の如く、暗い夜空へと立ち上った。

主な参考文献

上杉和彦『戦争の日本史6　源平の争乱』吉川弘文館　二〇〇七年
上横手雅敬・元木泰雄・勝山清次『日本の中世8　院政と平氏、鎌倉政権』中央公論新社　二〇〇二年
川合康『源頼朝』ミネルヴァ書房　二〇二一年
河内祥輔『保元の乱・平治の乱』吉川弘文館　二〇〇二年
下向井龍彦『日本の歴史07　武士の成長と院政』講談社　二〇〇九年
髙橋昌明『増補改訂　清盛以前』平凡社　二〇一一年
角田文衞『待賢門院璋子の生涯』朝日新聞出版　一九八五年
元木泰雄『院政期政治史研究』思文閣出版　一九九六年
元木泰雄『保元・平治の乱』角川学芸出版　二〇一二年
安田元久『後白河上皇』吉川弘文館　一九八六年

「漆花ひとつ」
前田義明「鳥羽離宮跡の建築と庭園」（『日本庭園学会誌』6　一九九八年）

「白夢」
加茂明日香「高陽院泰子―入内に至るまで」（『国文鶴見』38　二〇〇四年）

土屋あや美「鳥羽上皇の後宮と皇子女の基礎的考察」1〜3（「政治経済史学」319〜321　一九九三年）

「影法師」

佐々木紀一「文覚発心説話と渡辺党の信仰」（「山形県立米沢女子短期大学紀要」39　二〇〇三年）

名波弘彰「延慶本平家物語における文覚発心説話—地下官人社会における母娘の悲劇」（「文藝言語研究 文藝篇」31　一九九七年）

古澤直人「平治の乱における源義朝謀叛の動機形成—勲功賞と官爵問題を中心に」（「経済志林」80—3　二〇一三年）

「滲む月」

木村真美子「少納言入道信西の一族—僧籍の子息たち」（「史論」45　一九九二年）

角田文衞「高松女院」（『王朝の明暗』東京堂出版　一九七七年）

「鴻雁北」

森下要治「中原有安と大原尾張—琵琶桂流をめぐる情念」（「国語と国文学」72—4　一九九五年）

森下要治「院政期貴族社会の音楽と文学—源有仁の音楽活動をめぐって」

(「尾道市立大学日本文学論叢」9　二〇一三年)

本作品の執筆に際しては、これ以外にも多くの論考を参考にさせていただきました。
心より感謝いたします。

解説

創価大学文学部教授　坂井孝一

　本書が単行本として出版される折、帯にメッセージを書いてほしいとのご依頼を受け、ゲラの段階で読ませていただいた。歴史を鋭く読み解いた玄人《くろうと》好みの、同時に登場人物の心情やその場の情景を活き活きと描出した傑作という印象であった。帯には「武者の世の訪れを告げる都。権力者に翻弄されつつ必死に生きる中・下層の人々を活写した、濃密で情感あふれる歴史物語」と書かせていただいた。今回は解説を書くということなので、日本中世史を研究する歴史学者の立場から、本書の内容の歴史的背景や見どころを少しばかりご紹介したい。

　本書は五つの短編から成っている。冒頭は書名にもなった「漆花《しっか》ひとつ」、次いで「白夢《はくむ》」、「影法師」「滲《にじ》む月」と続き、最後が「鴻雁北《こうがんかえる》」である。ほぼ年代順に各作品が並んでいる。「漆花ひとつ」に「昨年亡くなった白河院《しらかわいん》（白河上皇）」とあることから大治五年（一一三〇）に始まり、「滲む月」に二条天皇の「崩御」が描かれていることから永万元年（一一六五）に至るまでの話だとわかる。平安末期の院政時代である。

院政とは、天皇の位を退いた上皇（通常、「院」と呼ばれた）が強大な権力を握って政《まつりごと》を主宰《しゅさい》する政治形態で、十二世紀初頭、白河院が本格化した。ただ、国家の王はあくまでも天皇、院は公式な王ではないという意識は残っていた。そこに家臣の頂点に立つ摂関家《せっかんけ》が関わることで、院政は院・天皇・摂関家三者の勢力バランスの上に運営された。

とはいえ、新たに出現した王権である院は最大の力を持っていた。白河殿《しらかわどの》・鳥羽《とば》殿《どの》・法住寺殿《ほうじゅうじどの》などの豪壮な御所、八角九重塔《はっかくきゅうじゅうとう》を備える法勝寺《ほっしょうじ》のような御願寺《ごがんじ》、長大な絵巻物など贅《ぜい》を尽くした宝物を集めた宝蔵《ほうぞう》といった巨大モニュメントを造立《ぞうりゅう》し、過剰なまでに知・財を集積・濫費した。さらに、源平両氏をはじめとした武士たちが中央政界に進出し、大寺院の僧兵が強訴《ごうそ》を繰り返すなど、価値の多様化・流動化が進んだのが院政時代の特徴であった。

このうち権力濫用が甚だしかった祖父白河院の死後に開始された鳥羽院政では、後《こう》宮《きゅう》・摂関家・源平両氏の内部で勢力争い・後継者争いが激化した。その結果、保元元年（一一五六）七月、初めて都大路で武士たちが激しい戦闘を繰り広げるに至った。

「武者《む しや》の世《よ》」の到来を告げる保元の乱である。三年後の平治元年（一一五九）十二月には、後白河の乳母夫《めのと》（後見人）として権力を握る信西《しんぜい》（俗名《ぞくみよう》、藤原通憲《ふじわらのみちのり》）の排除を目論《もくろ》み、藤原信頼《ふじわらののぶより》と源　義朝《みなもとのよしとも》が後白河とその姉上西門院統子《じようさいもんいんとうし》、後白河の子の二条天皇を略取・幽閉する暴挙に出た。平治の乱である。乱は信西の死、平　清盛《たいらのきよもり》の周到な手配と武力によって終息した。乱後、清盛は後白河・二条それぞれに奉仕する巧みな政略で存在感を増した。ただ、平氏政権を打ち立てる力と地位を得るには、もう少し政治的駆け引きを積み重ねる必要があった。

本書は鳥羽・後白河院政下における大治五年の二人義親《よしちか》事件、鳥羽院の后たちの確執と苦悩、遠藤盛遠《もりとお》（文覚《もんがく》）の出家譚、平治の乱と信西のさらし首、後白河・二条父子の対立と琵琶の流派争いといった事件や出来事を物語の軸に据えている。そして、こうした権力者の争いを中・下層の人々が目撃し、翻弄されつつも必死に生きていく姿を通して院政期の歴史を描き出す。さらに、権力の末端に食い込んだ後も、犬と侮られながら這《は》いつくばって主に従い、徐々に力をつけていく「武者の世」到来前後の武士の姿を印象的に描いている。

では次に、歴史学的に興味をそそられた点をいくつか指摘してみたい。まず「漆花ひとつ」である。歴史の目撃者は、園城寺《おんじようじ》の門前に捨てられ、僧侶たちに育てられた若い僧「応舜《おうしゅん》」。師の覚猷《かくゆう》は『鳥獣人物戯画』の作者とも伝えられる（諸説あり、現在は作者不明とされる）園城寺の高僧である。鳥羽院の帰依を得て鳥羽の証金剛院《しょうこんごういん》に移り、鳥羽僧正と呼ばれた。絵心のある応舜を覚猷の弟子とする設定にはなかなか説得力がある。

だが、最も注目すべきは「大津義親」「鴨院《かもいん》義親」という二人の「悪対馬守《あくつしまのかみ》」源《みなもとの》義親《よしちか》の事件である。義親は八幡太郎義家《はちまんたろうよしいえ》の子で、対馬守に任じられたものの略奪を働き、白河の命《めい》を受けた平正盛《たいらのまさもり》によって嘉祥三年（一一〇八、八月に天仁と改元）に追討された。ちなみに「悪」は「強い」の意で、義親は討たれずに生きていると噂され、追討後も義親を名乗る者が次々と現れた。中御門宗忠《なかみかどむねただ》の日記『中右記《ちゅうゆうき》』大治五年十月十四日条には「坂東より大津辺に罷《まか》り上り、源義親と称する男（中略）もとより京都に在る義親に相逢ひ、夜中に合戦す（もとは漢文体）」。一か月後の十一月十三日条には「騎兵廿人許《ばかり》、歩兵四五十人許、前《さきの》対馬守源義親の宿所〈鴨院南町なり〉に乱入し、殺害しおはんぬ。（中略）件《くだん》の義親、去年九月坂東の国より参洛《さんらく》。而《しか》るに院の御気色《みけしき》により大殿《おおとの》（前関白藤原忠実《さきのかんぱくふじわらのただざね》、解説者注）に祗候《しこう》する所なり。よって鴨院中に寄宿するなり。（中略）誰人の所為か知らず」とある。

本書はこの史料を下敷きにしたと思われる。ただ、鴨院義親殺害を「誰人の所為か知らず」とする記述を糸口にしたのであろうか、独自の推理を展開する。「偽の義親騒動」を仕掛けたのは白河に批判的な鳥羽で、白河が武家の棟梁と定めた平家の器量を計るためだったというのである。これに対し平忠盛《たいらのただもり》は、父の栄光を踏みにじる真似をされても鳥羽に忠誠を誓い、情報源となる傀儡《くぐつ》の女を通じて応舜が描いた鴨院義親の似顔絵を入手し、殺害に及んだとする。忠盛が語る「我らもののふは上つ方にお仕えし、その意のままに動くのが勤め。少しでも御主の機嫌を損ねれば、それこそ義親どのの如く、いつ討ち果たされるか知れたものではない」という言葉は、権力にしがみつきながら這い上がろうとする武士の姿を見事に表している。なお、独自の推理は他の作品にもみられるが、紙数の関係で詳細は割愛する。

次の「白夢」における歴史の目撃者は、典薬寮《てんやくりょう》の末席に甘んじる唯一の女医師「阿《あ》夜《や》」。阿夜は専制君主である白河・鳥羽、摂関家藤原忠実らの身勝手な都合により、子の産めぬ年齢で鳥羽の皇后となった高陽院《かやいん》泰子《たいし》のもとに通う。そして、白河の寵愛を得たまま鳥羽の最初の后となった待賢門院《たいけんもんいん》璋子《しょうし》、鳥羽の寵愛を集める若い美《び》福門院《ふくもんいん》得子《とくし》との確執に苦悩し、心を病む泰子のケアをする。史料にはほとんど出てこない泰子の苦悩を描いていて斬新である。

「影法師」における目撃者は後白河の姉上西門院統子に仕える下﨟女房《げろうにょうぼう》「相模《さがみ》」。誤って渡辺渡《わたる》の妻を殺し、出家して文覚と名乗った遠藤盛遠と相模との心の交流や、平治の乱の顚末を描く。火をかけられた三条東殿で繰り広げられる凄惨な殺戮の描写には迫力がある。また、乱は信頼が主導し、義朝は渋々従ったに過ぎないとする点は歴史学的にも首肯できる。盛遠の事件から伏線を張り、平治の乱を通して展開される本書独自の推理も興味深い。

「滲む月」における目撃者は信西とともに獄門に首をかけられた兵衛尉《ひょうえのじょう》平康忠《やすただ》の妻「周防《すおう》」と義理の息子「時経《ときつね》」。この話には信西の子の澄憲《ちょうけん》が登場する。澄憲は比叡山竹林院《ちくりんいん》、ついで里坊《さとぼう》の安居院《あぐい》を本拠にした天台僧。平治の乱後、下野国《しもつけのくに》に配流《はいる》されたが、すぐに許されて帰京した。説法《せっぽう》・唱導《しょうどう》の名手で、安居院流唱導の祖となった。当代随一の学者で政治家だった信西の子らしく、用意周到な切れ者の姿を周防や時経にみせている。

最終話の「鴻雁北」における歴史の目撃者は楽所《がくしょ》の若い楽人《がくにん》「中原有安《なかはらのありやす》（後に楽所《がくしょ》預《あずかり》に昇進）」。「五年前」に保元の乱、「一昨年」に平治の乱があったという記述から、応保元年（一一六一、九月に永暦から応保と改元）の頃とわかる。後白河の院政下ではあるが、公式な王である天皇の親政を望む二条天皇派が勢力を増し、父子の対立が深まっていく時期である。

この二人は音楽の才に恵まれ、とくに希代の天才といわれる妙音院《みようおんいん》藤原師長《もろなが》（保元の乱で敗死した摂関家藤原頼長《よりなが》の子）から琵琶を伝授された二条は、師長の助手だった西流《にしりゆう》琵琶の藤原孝定《たかさだ》や、中原有安など、清涼殿《せいりようでん》への昇殿《しようでん》を許されない地下《じげ》の楽人も近くに祗候《しこう》させた。そして、西流・桂流《かつらりゆう》という琵琶の両流を極め、霊力があるとされる宝器「玄上《げんじよう》」で最秘曲「啄木《たくぼく》」を弾奏した。琵琶を〈天皇の楽器〉に高めたのは二条だったとされる。

一方、後白河・二条父子の対立の中で、慈円が「ヨクヨクツ、シミテイミジクハカラヒテ、アナタコナタシケルニコソ」と『愚管抄』に記したように、清盛は慎重に双方に心を配った。さらに、まだ七歳の娘を関白・氏長者《うじのちようじや》の藤原基実《もとざね》と結婚させ、摂関家との絆も築いた。院・天皇・摂関家三者の勢力バランスが欠かせないことを理解していたからである。

ただ、武士としての本分を清盛が忘れることはなかった。本作の最後には次のような文がみられる。「内裏に身を置きながらも、清盛は冬が去れば北に飛び行く雁の如く、己の居場所を忘れない」。その眩《まばゆ》さに、歴史の目撃者有安もまた、「生きる場所は己の本当の道たる楽《がく》のただなかにしかないはずだ」と気づくのであった。

以上、短いながら歴史学の立場から解説を試みた。文書《もんじよ》・記録・編纂物《へんさんぶつ》などの史料に歴史上の人物の発した言葉が記されることはまれである。歴史学が史料に基づいて明らかにできる過去の姿には限界がある。史料の隙間や裏にはもっと生々しい人間社会の現実があったはずだからである。本書は消え去った歴史の中から、近年の歴史学の成果を踏まえた上で、そうであったかもしれないと思わずにいられない、過去の人物の心情や言葉・所作を、リアリティーと濃密な情感をもって描いている。作者の力量に感銘を受けるとともに羨ましさすら覚えた。本書を文庫版で手に取ることができる読者の方々はつくづく幸せだと思う。

二〇二五年一月六日

本書は二〇二三年二月に、小社より刊行されました。

|著者|澤田瞳子　1977年京都市生まれ。同志社大学文学部文化史学専攻卒業、同大学院博士前期課程修了。2010年『孤鷹の天』で小説家デビュー。同作により第17回中山義秀文学賞を受賞。'12年『満つる月の如し』で第2回本屋が選ぶ時代小説大賞ならびに'13年第32回新田次郎文学賞を、'16年『若冲』で第9回親鸞賞を、'20年『駆け入りの寺』で第14回舟橋聖一文学賞を、'21年『星落ちて、なお』で第165回直木賞をそれぞれ受賞。近著に『赫夜《かぐよ》』『孤城 春たり』などがある。

漆花《しつか》ひとつ

澤田瞳子《さわだとうこ》

講談社文庫

定価はカバーに
表示してあります

2025年2月14日第1刷発行

KODANSHA

発行者——篠木和久
発行所——株式会社　講談社
東京都文京区音羽2-12-21　〒112-8001
電話　出版（03）5395-3510
　　　販売（03）5395-5817
　　　業務（03）5395-3615

デザイン—菊地信義
本文データ制作—講談社デジタル製作
印刷———株式会社KPSプロダクツ
製本———株式会社国宝社

Printed in Japan

ISBN978-4-06-538370-4

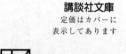

講談社文庫刊行の辞

二十一世紀の到来を目睫に望みながら、われわれはいま、人類史上かつて例を見ない巨大な転換期をむかえようとしている。

世界も、日本も、激動の予兆に対する期待とおののきを内に蔵して、未知の時代に歩み入ろうとしている。このときにあたり、創業の人野間清治の「ナショナル・エデュケイター」への志を現代に甦らせようと意図して、われわれはここに古今の文芸作品はいうまでもなく、ひろく人文・社会・自然の諸科学から東西の名著を網羅する、新しい綜合文庫の発刊を決意した。

激動の転換期はまた断絶の時代である。われわれは戦後二十五年間の出版文化のありかたへの深い反省をこめて、この断絶の時代にあえて人間的な持続を求めようとする。いたずらに浮薄な商業主義のあだ花を追い求めることなく、長期にわたって良書に生命をあたえようとつとめるところにしか、今後の出版文化の真の繁栄はあり得ないと信じるからである。

同時にわれわれはこの綜合文庫の刊行を通じて、人文・社会・自然の諸科学が、結局人間の学にほかならないことを立証しようと願っている。かつて知識とは、「汝自身を知る」ことにつきていた。現代社会の瑣末な情報の氾濫のなかから、力強い知識の源泉を掘り起し、技術文明のただなかに、生きた人間の姿を復活させること。それこそわれわれの切なる希求である。

われわれは権威に盲従せず、俗流に媚びることなく、渾然一体となって日本の「草の根」をかたちづくる若く新しい世代の人々に、心をこめてこの新しい綜合文庫をおくり届けたい。それは知識の泉であるとともに感受性のふるさとであり、もっとも有機的に組織され、社会に開かれた万人のための大学をめざしている。大方の支援と協力を衷心より切望してやまない。

一九七一年七月

野間省一

講談社文庫 最新刊

松下隆一
俠《きゃん》
人生最期の大博奕《おおばくち》は、誰を救うために――。大藪《おおやぶ》賞受賞の感涙と喝采の傑作時代小説！

前川 裕
公務執行の罠
〈逸脱刑事〉
ゴミ屋敷の対応に専心したい無紋刑事。通り魔事件の捜査に巻き込まれる。〈文庫書下ろし〉

岩瀬達哉
裁判官も人である
〈良心と組織の狭間で〉
裁判官たちが「正義」を捨てる――苦悩するエリートの「素顔」を描くノンフィクション。

金井美恵子
タ マ や
〈新装版〉
親猫と五匹の仔猫でぼくは大混乱！ 欧州各地で話題の作家による、麗しの短編集新装版。

パリュスあや子
燃 え る 息
買い物依存にスマホ中毒、置き引き、ダイエットほか。依存症の世界を描く新感覚短編集。

講談社タイガ

紺野天龍
魔法使いが多すぎる
〈名探偵倶楽部の童心〉
容疑者全員、自称魔法使い。魔法が存在すると信じる人に論理の刃は届くのか。シリーズ第二弾！

講談社文芸文庫

埴谷雄高
系譜なき難解さ　小説家と批評家の対話
解説＝井口時男　年譜＝立石　伯
長年の空白を破って『死霊』五章「夢魔の世界」が発表された一九七五年夏、作者埴谷雄高は吉本隆明と秋山駿、批評家二人と向き合い、根源的な対話三篇を行う。
はJ9
978-4-06-538444-2

金井美恵子
軽いめまい
解説＝ケイト・ザンブレノ　年譜＝前田晃一
郊外にある築七年の中古マンションに暮らす専業主婦・夏実の日常を瑞々しく、シニカルに描く。二〇二三年に英訳され、英語圏でも話題となった傑作中編小説。
かM6
978-4-06-538141-0

講談社文庫　目録

講談社文庫　目録

あさのあつこ　NO.6〔ナンバーシックス〕#4
あさのあつこ　NO.6〔ナンバーシックス〕#5
あさのあつこ　NO.6〔ナンバーシックス〕#6
あさのあつこ　NO.6〔ナンバーシックス〕#7
あさのあつこ　NO.6〔ナンバーシックス〕#8
あさのあつこ　NO.6〔ナンバーシックス〕#9
あさのあつこ　NO.6beyond〔ナンバーシックス・ビヨンド〕
あさのあつこ　待　っ　て　る　〈橘屋草子〉
あさのあつこ　さいとう市立さいとう高校野球部(上)(下)
あさのあつこ　甲子園でエースしちゃいました〈さいとう市立さいとう高校野球部〉
あさのあつこ　お　れ　が　先　輩？〈さいとう市立さいとう高校野球部〉
阿部夏丸　泣けない魚たち
朝倉かすみ　肝、　焼　け　る
朝倉かすみ　好かれようとしない
朝倉かすみ　ともしびマーケット
朝倉かすみ　感　応　連　鎖
朝倉かすみ　たそがれどきに見つけたもの
朝比奈あすか　憂鬱なハスビーン
朝比奈あすか　あの子が欲しい

天野作市　気高き昼寝
天野作市　みんなの旅行
青柳碧人　浜村渚の計算ノート
青柳碧人　浜村渚の計算ノート　2さつめ〈ふしぎの国の期末テスト〉
青柳碧人　浜村渚の計算ノート　3さつめ〈水色コンパスと恋する幾何学〉
青柳碧人　浜村渚の計算ノート　3と$\frac{1}{2}$さつめ〈ふえるま島の最終定理〉
青柳碧人　浜村渚の計算ノート　4さつめ〈方程式は歌声に乗って〉
青柳碧人　浜村渚の計算ノート　5さつめ〈鳴くよウグイス、平面上〉
青柳碧人　浜村渚の計算ノート　6さつめ〈パピルスよ、永遠に〉
青柳碧人　浜村渚の計算ノート　7さつめ〈悪魔とポタージュスープ〉
青柳碧人　浜村渚の計算ノート　8さつめ〈虚数じかけの夏みかん〉
青柳碧人　浜村渚の計算ノート　8と2分の1さつめ〈つるかめ家の一族〉
青柳碧人　浜村渚の計算ノート　9さつめ〈恋人たちの必勝法《マーチンゲール》〉
青柳碧人　浜村渚の計算ノート　10さつめ〈ラ・ラ・ラ・ラマヌジャン〉
青柳碧人　浜村渚の計算ノート　11さつめ〈エッシャーランドでだまし絵を〉
青柳碧人　霊視刑事夕雨子《ゆうこ》1〈誰かがそこにいる〉
青柳碧人　霊視刑事夕雨子2〈雨空の鎮魂歌《レクイエム》〉
朝井まかて　花《はな》　競《くら》べ〈向嶋なずな屋繁盛記〉
朝井まかて　ちゃんちゃら

朝井まかて　すかたん
朝井まかて　ぬけまいる
朝井まかて　恋　歌
朝井まかて　阿《お》蘭《らん》陀《だ》西《さい》鶴《かく》
朝井まかて　藪医《やぶい》　ふらここ堂
朝井まかて　福　袋
朝井まかて　草　々　不　一
歩《あゆみ》りえこ　ブラを捨て旅に出よう〈貧乏乙女の“世界一周”旅行記〉
安藤祐介　営業零課《ぜろか》接待班
安藤祐介　被取締役《とりしまられやく》新入社員
安藤祐介　お　い！　山　田〈大翔製菓広報宣伝部〉
安藤祐介　宝くじが当たったら
安藤祐介　一〇〇〇ヘクトパスカル
安藤祐介　テノヒラ幕府株式会社
安藤祐介　本のエンドロール
青木　理　絞　首　刑
麻見和史　石　の　繭〈警視庁殺人分析班〉
麻見和史　蟻《あり》　の　階　段〈警視庁殺人分析班〉
麻見和史　水　晶　の　鼓　動〈警視庁殺人分析班〉

講談社文庫　目録

講談社文庫　目録

2024年12月13日現在